中公文庫

警視庁組対特捜K

鈴 峯 紅 也

中央公論新社

目次

序章 …… 13
第一章 …… 26
第二章 …… 72
第三章 …… 110
第四章 …… 152
第五章 …… 180
第六章 …… 226
第七章 …… 282
終章 …… 327

主な登場人物

東堂絆《とうどうきずな》……警視庁組織犯罪対策部特別捜査隊（警視庁第二池袋分庁舎）遊班所属、警部補。典明に正伝《しょうでん》一刀流を叩《たた》き込まれた

片桐亮介《かたぎりりょうすけ》……湯島坂上に事務所を持つ探偵

東堂礼子《れいこ》……元・千葉県警の刑事。絆を生み、その後、死別

東堂典明《てんめい》……絆の祖父。剣道の腕は警視庁に武道教練で招聘《しょうへい》されるほどの実力者

大河原正平《おおがわらしょうへい》……警視庁組織犯罪対策部部長、警視長。絆を組対に引っ張った張本人

金田洋二《かねだようじ》……警視庁組織犯罪対策部特別捜査隊遊班班長、警部補。叩き上げノンキャリア。絆の教育係を務める

下田広幸《しもだひろゆき》……警視庁渋谷署組織犯罪対策課所属、巡査部長

若松道雄《わかまつみちお》……警視庁渋谷署捜査課強行犯係係長、警部補

星野尚美《ほしのなおみ》……絆の恋人。絆も所属したW大ラグビー部の元マネージャー

渡邊千佳《わたなべちか》……絆の幼馴染みであり、元恋人

綿貫蘇鉄《わたぬきそてつ》……千葉県成田市の任侠団体・大利根《おおとね》組の親分。昔気質《むかしかたぎ》のヤクザ

西崎次郎《にしざきじろう》……S大学付属病院の精神科医
迫水保《さこみずたもつ》……MG興商代表取締役社長
戸島健雅《としまたけまさ》……株式会社エムズ代表取締役社長
八坂《やさか》……JET企画株式会社代表取締役社長
魏老五《ぎろうご》……上野（通称：ノガミ）のチャイニーズ・マフィア。長江漕幇《チョウコウソウバン》の流れを汲《く》む

本文イラスト　永井秀樹

警視庁組対特捜K

やあ、初めまして。治験にご協力いただきまして、ありがとうございます。これはあなたにとっては、非常に有効な治療になるはずです。心が軽くなれば、きっと食事も摂《と》れるようになりますから。

では治療に移りましょうか。まずはこのクスリを一滴、舌に垂らしていただけますか。飲み込んでかまいません。恐がらなくても大丈夫、害は一切ありません。いずれは青い色を付けるつもりです。もっと抵抗なく飲めるように。――そう、ではベッドに横になってください。両手両足の重さを十分感じて。どうです、クスリで少し楽になりましたか？いいでしょう。次は、私が〈オープン・ユア・ハート〉と言います。そうしたらあなたは、こう唱えてください。〈オープン・マイ・ハート〉。これは重要な言葉です。恥ずかしがらないで。クスリと言葉は、どちらもあなたの心を開くためのものです。併用することによって、あなたの心の扉を開きます。

それではいきますよ。

〈オープン・ユア・ハート。私は常に、あなたに寄り添っています〉

ああ、なかなか上手《うま》くいきませんね。いいんですよ。それが心の病というものです。それでは、こちらのクスリを使ってみましょうか。いずれこちらは黄色にしようと思ってます。先ほどより少し強いクスリです。口を開けてください。——どうですか。うん、だいぶ酩酊《めいてい》に近くなってきましたね。眼球がいい感じで動いています。

では、もう一度いきますよ。

〈オープン・ユア・ハート。私は常に、あなたに寄り添っています〉

そうです。これであなたの心の扉は、黙っていても開いていきます。私の声は聞こえますね？　でも身体《からだ》は動かない。違いますか？　瞼《まぶた》は、瞬《まばた》きはできますね？

いいえ、それでいいんです。順調な証拠です。順調に、あなたは私に心を開き、すべてのことを委ねる準備ができつつあるということですから。——なにをと聞かれても、すべてですよ。ありとあらゆることです。人に聞かせられない恥ずかしい性癖も、銀行カードの暗証番号も。

おっと。今、指先が動きましたね。まだ抵抗できますか。仕方ない。このクスリも使いましょう。赤い血の色に染めるつもりの、一番強いクスリです。ああ、口を閉じても無駄ですよ。私が勝手に垂らしますから。

少しの時間ですが、クスリが効くまでお話ししましょうか。――えっ。ああ、舌がもつれ始めたようですね。でも、わかりました。どうしてあなたを選んだかですね。それは、あなたが天涯孤独だとお聞きしたからです。おまけに、多少の資産もお持ちのようだと聞いてはね。こういう研究には、ずいぶんお金が掛かりまして。これから何度かの治験を繰り返し、ゆっくりあなたの心を溶かしていけば、貴重なデータも資産も私のものです。大事に使わせてもらいますよ。

そのとき、あなたはなにも覚えていないし、なにも持たない。ホームレスからの再出発ですが、心の病は消えています。それはそれで幸せだと思いますよ。

さて、もういいでしょうか。あなたはなにも答える必要はありません。私が語ることを、ただ開いた心の扉の中に収めるだけでいい。これを何回繰り返せば、キーワードだけで扉が開くようになるか。それも治験の重要なポイントです。

おや？　今、少し動きませんでしたか？　これはいけない。まだ動けるとは、ちょっと予想外です。

そうか。なるほど。クスリの配合をもう少し変えないと。特に赤は、もっと強く——。

残念ですが、今日はこれで終わりです。治験にはなりましたが、治療にはなりませんでした。瞼は、まだ上がりますね？　けっこう。あなたには大変申し訳ないことをしたので、特別に選ぶ権利を差し上げましょう。なに、大したことはできませんが、せめてもの感謝の気持ちです。

私に殺されるか、壊されるか。ちなみにどちらも、今の状態なら痛みはありません。殺される方を選ぶなら瞬き一回、壊される方なら二回。どちらにしますか？

そうですか。目を瞑《つむ》ったままですか。なら、私が決めさせてもらいましょう。壊させてもらいますね。実は殺すより、壊すほうが簡単なのです。赤い血の色のクスリを、壊れるまで口中に垂らすだけですから。

では、時間がもったいない。さっそく始めます。

まず一滴目の追加です。ああ、恐がらないでください。大丈夫。

〈オープン・ユア・ハート。私は常に、あなたに寄り添っています〉

序章

風香る、気持ちのいい一日だった。十日前に梅雨《つゆ》明けが宣言され、前日から向こう一週間の天気予報は晴れの連続らしい。二〇一六年も猛暑になりそうだと、どのTVでも気象予報士はそう言ったが、この日はまだ柔らかな陽射しの降る、穏やかな一日だった。

星野尚美《ほしのなおみ》は二十分前から、くすのき通りに面したアメリカ橋公園のベンチに座って文庫本を読んでいた。

尚美は生成《きな》りのセーターとブラウンのパンツに青いサマージャケット、足元はデッキシューズという装いだった。二十四歳の休日には似つかわしいが、本来の趣味からいえばパンツよりスカートで、全体にたくさんのフリルが好みで、少しだけ踵《かかと》に高さが欲しかった。社会人としては四ケ月が過ぎたばかりだ。大人びた恰好《かっこう》はまだまだ気恥ずかしかったし、まだもう少し大人になりたくないと、そんな意思表示だったかもしれない。

尚美がパンツスタイルなのは、この日が二週間振りのデートだからだ。尚美の彼は仕事柄か、歩くのが速かった。遅れれば待ってくれるが、そんな気を遣わせるのが尚美は嫌だった。少し先を歩く逞《たくま》しい背中を見るのは好きだったが。

アメリカ橋公園を爽やかな風が吹き抜け、尚美はナチュラルストレートの黒髪を押さえた。

通り向こうの恵比寿《えびす》ガーデンプレイスから、明るいマーチが聞こえてきた。エントランスパビリオンのからくり時計が三時を知らせるメロディだ。

「もう。また遅刻」

読み掛けの文庫本を閉じ、尚美は愛らしく整った顔を上げた。

「でも、それがちょうどいいのよね。どこも空《す》いてるから」

お茶をしてガーデンシネマで映画を見て、どこかで夕食を摂る。付き合い始めてもう一年を超えるが、これが変わることのないデートの定番だった。彼と一緒に過ごせるだけで、尚美はまるで夢の中にいるような幸福感に包まれた。四年前に、一度は破れた恋だった。


尚美が都内の名門私立、W大入学のために出雲《いずも》から出てきたのは、五年前のことだった。あの東日本大震災の年だ。

尚美の実家は出雲大社近くで創業三百年を誇る、老舗《しにせ》の旅館だった。建物の一部は県の指定重要文化財にもなっている。

家は遡れば松江《まつえ》藩松平《まつだいら》家に連なる家系で、旅館の従業員は一般入社と〈家来《けらい》筋〉という二重構造になっていた。家来筋の番頭などは父を今でも社長ではなく殿と呼び、尚美のことを誰はばかることなく姫と呼んだ。

出雲近辺ではたいがい旅館の名を言えば、ああ、殿さまんとこの、と、それが尚美の育った家だった。

他に、八歳上に年の離れた兄がいた。両親は厳しかったが、兄と比較すれば尚美にはずいぶんと甘かったようだ。そうでなければたとえ名門のW大とはいえ、東京の大学に進学することは許してくれなかっただろう。東京はおろか、東日本には行ったことすらなかった。

認めたくはないが大事に育てられた箱入り娘、だったようだ。W大を選んだのは遅い反抗期、反発だったろう。東京への夢や憧れも、半分はあった。

四月に入ってすぐ、尚美は新居となる都内の女子学生会館に入った。

ただし、この選択の結果は最悪だった。東京や一人暮らしの憧れや夢は、このドミトリーで打ち砕かれた。

皇族のための学習院《がくしゅういん》とは比べるべくもないが、尚美は地元で由緒正しい良家の子女ばかりが集まる女子校に十二年通った。いじめなどはなかった。あったにせよ、少なくとも、〈殿さまのところの姫〉には無縁だった。誰もが一目《いちもく》も二目《にもく》も置いてくれていた。

それが学生会館では通じなかった。同じ家賃を払って入っているはずなのに、年齢や学年による先輩後輩の厳然とした序列があった。良い人もいるにはいたが、そういう人はみな総じて大人しかった。ガラの悪い多くの先輩は後輩を手足のように使った。〈姫〉だった尚美は、上手く対応できなかった。そもそも初日から、尚美は全国から集まってきた一般的な女子というものの俗っぽさにまったく馴染《なじ》めなかった。

入学式に両親が上京してくれれば気分的に救われたかもしれないが、東日本大震災の影響で、西日本の観光地はミニバブルが起こり始めていた。中でも出雲は、救いや祈りに訪れる参拝客ですでに湧いていた。両親だけでなく、営業部長である兄も旅館を離れられなかった。

女子学生会館では〈使えない愚図《ぐず》〉と、尚美の位置づけは確定した。大学でオリエンテーションが始まっても、尚美は常にひとりだった。

明けて五月、本格的に大学が動き出すとともにサークル勧誘が始まった。色とりどりのブースが大学構内に咲き乱れるようだった。軽音楽部やジャズ研はノリのいいインストを奏《かな》で、アイドル研は大音量でＡＫＢ48を流し、踊った。鬱々《うつうつ》としていた尚美も多少浮かれた。いや、浮かれすぎだったかもしれない。

「ねぇ、君」

尚美に陽気な声をかけてきたのは亜麻《あま》色に髪を染めた、いわゆるイケメンの男子だった。

午後も三時を回った頃だ。ほかにも三人いた。四色の髪色をした男たちに尚美は囲まれた。

「一年生？　サークル決まった？」

「え。はい。いえ」

「可愛いねぇ。うちにおいでよ。テニス、サーフィン、スノボにゴルフ。スポーツだけじゃなくてうちは提案型だから、やりたいことはなんでもできるよ」

「え、あ」

最初の質問は金髪で、次がブルーのメッシュだった。この後も矢継ぎ早に言葉を浴びせかけられ、尚美は軽い目眩《めまい》さえ覚えた。

「ようし。決まりっ。じゃ、こっち来て」

ドレッドの黒髪に腕をとられた感触で、ふと我に返った。タンクトップで、やけに筋肉質な長身の男だった。

「え、あの」

OKしたつもりはなかった。軽い抵抗を示したが、ドレッドの手は離れなかった。

そのとき――。

「おい」

少し低い声が掛かった。なぜか剣道の有段者である父を思わせる、そんな響きの良い声だった。

「あ？　なんだよ、あんた」

ドレッドの視線を追えば、ブースとブースの間を流れる人波の中に、動かないひとりの男がいた。

ジーパンに白いTシャツ。身長は百七十五センチくらいか。引き締まった身体で、陽に焼けた剝《む》き出しの腕は見るからに硬そうだった。緩い天然パーマの細面で、高い鼻と細い眉、薄い唇が整い、黒目勝ちの大きな目には、光と呼べるほどの艶があって印象的だった。

男はゆっくりと右腕を上げ、人差し指で尚美を指した。

「その娘《こ》、嫌がってるぞ」

「ああ？　あんたに関係ねえだろ」

ドレッドが尚美の腕を離し、男の方に向かった。残る三人は尚美を隠すように横一列になった。

「あるぞ。典型的な五月病になりかけてる大学の後輩とその先輩だっていう関係がね」

「ふざけんなよ、手前《てめ》ぇ。そういうのをな、関係ねえって言うんだよ」

乱暴な言葉でドレッドが胸をそびやかす。人波が流れを止め、男とドレッドを遠巻きにした。向き合うと、背丈も肉の厚みもドレッドのほうが男より圧倒的だった。

「いい恰好してんじゃねえぞ、馬鹿が。消えろや」

男は、恫喝《どうかつ》に一歩も引かなかった。それどころか平然としたものだ。目の光がさらに強かった。

「お前ら、ヤリサーの残《のこ》り滓《かす》だな」

男は四人を見渡した。このひと言で遠巻きにしていた学生たちも騒然となる。普通に大学生活を送る学生たちにとって、その言葉は禁忌《きんき》だった。

ヤリサーとはその昔話題にもなった、コンパや旅行先で女性を泥酔させては強姦《ごうかん》に及ぶサークルのことだ。なかでも陰湿だったW大のヤリサーが訴えられて、各大学にそんな集団のあることが表面化した。

「けっ。だったら、なんだってんだよ」

吐き捨てるなり、ドレッドは男に突っ掛けた。唸《うな》るような拳《こぶし》が顔面を狙った。普通なら慌てるだろう。けれど男は顔色も変えず、わかっていたかのように左足を引いて顔を傾けた。流麗な、舞いを見るようだった。ドレッドの拳は、空《くう》を切って右の肩口を行き過ぎた。

男の動きは、きわめて落ちついたものだった。友だちの肩にでも回すかのようにして、男の腕が、外からドレッドの丸太のような腕の、肘《ひじ》の辺りに載せられた。

次の瞬間。

「ぐぁあ」

ドレッドがいきなりその場にうずくまって苦鳴を上げた。肘を押さえていた。一瞬の静寂が喝采に変わるのに時間は掛からなかった。

——凄《すげ》え。

——やれやれ。

そんな掛け声の中、

——いいぞ。東堂《とうどう》。

と、誰かが言った。

周りの熱気に乗ることもなく、東堂と呼ばれた男性は静かにドレッドを見下ろした。

「先に手を出したのはそっちだぞ」

「野郎っ」

ドレッドに代わって前に出ようとする金髪を、メッシュが引き留めた。

「東堂って言ったら——」

「そういや見たことあるかも」

亜麻色も追随した。

「なんだよ。じゃ、あれがラグビー部の東堂かよ」

それで終わりだとは尚美にも分かった。男たちの声からは強気な色が消えていた。尚美を見ることもなく、ドレッドにメッシュが肩を貸し、四人は人混みの中に紛れていった。すぐにまた、人波が流れ始める。尚美は、東堂だけを見ていた。やがて、ヒーローは尚美に歩み寄ってきた。思わず胸が高鳴った。

「寂しいのかも知れないけど、あまりに気配が弱過ぎる。それがああいう男たちを引き寄せる隙《すき》になるんだ」

聞こえ方は言葉ほどきつくない。東堂は穏やかに笑っていた。

「ワン・フォー・オール、オール・フォー・ワン。君はひとりだけど、ひとりじゃない」

東堂は言いながら尚美の頭に手を置き、じゃあしっかりやるんだよ、ここはいい大学だからと添えて去っていった。硬い手のひらの感触が頭の上から染み込み、やがて尚美の胸に落ちた。

尚美は翌日からすぐに行動に移った。自身でもびっくりするほどアクティブだった。東堂という男性のことはすぐにわかった。一部では結構な有名人だった。

W大学法学部の四年生で、体育会ラグビー部所属。曰《いわ》く、身体の大きさが足りずレギュラーではないが、ここぞという場面で登場するスーパーサブ。曰く、飄々《ひょうひょう》として、行《ゆ》く雲のような奴《やつ》。曰く、誰にも媚びない、男らしい先輩。

体育会系の募集には少し遅れたが、尚美は迷うことなくラグビー部のマネージャーに応募し、入部を許可された。後で聞けば、東堂の口利きもあったようだ。

――ここで拒否したら、うちの大学は前途ある学生をひとり、失うよ。

顔合わせの日、尚美はクラブハウス前で、総勢百数十人の前に立った。

「あの、初めまして。国際関係学部一年、星野尚美です。よろしくお願いします」

拍手で迎えられた後、部員がひとりずつ一歩前に出て名乗った。東堂の順番は、十八番目だった。それ以前も以降も、尚美の耳目にはほとんど入らなかった。

やがて、東堂が前に出た。

「こういう縁もある。だから、大学は面白いところだと思う」

東堂は語り掛けるように言って、軽く頭を下げた。

「法学部四年、東堂絆《きずな》。よろしく」

これが、星野尚美と東堂絆の正式な出会いだった。


尚美は文庫を読み終え、携帯で時刻を確認した。約束の時間から、もう三十分が過ぎようとしていた。知らない間にLINEに着信があった。絆からだった。

〈悪い。だいぶ遅れてる〉

それでも尚美は、別に怒ることもない。絆を待つということも、実はオプションとしてデートに組み込まれていた。だから待ち時間用の文庫本は、いつももう一冊持っている。

大学を卒業した絆は、職業として刑事を選んだ。よくは知らないが、刑事の生活が不規則なのは小説やドラマの通りだった。つい最近昇任試験に合格して、階級は警部補になったらしい。

（なんてことないわ。あの頃に比べれば）

マネージャーになってから、尚美は一生懸命ラグビー部のために尽くした。正確には絆のために、だ。尚美は愛らしい顔立ちもあって、男性部員からはすぐに可愛がられるようになり、出自もあって〈お嬢〉というニックネームまでつけられた。けれど、絆だけはそう呼ばなかった。だから尚美は、いっそう絆のために、絆だけのために立ち働いた。

半年も過ぎた頃、尚美は練習終わりの絆に呼ばれた。胸は高鳴ったが、用件は期待していたのとほぼ真逆だった。

「ワン・フォー・オール、オール・フォー・ワン。その精神が、君にはわからないようだね」

言われて初めて、自分の振舞いがすべてあからさまだったことに気付く。恥ずかしさもあったが、それ以上に悲しかった。知らず涙が溢《あふ》れた。

「ごめんなさい。すいませんでした」

心を入れ替えた振りをして、尚美は誰とも公平に接した。それもこれも、選手権を目指す絆のために。

この年の大学選手権は、残念なことにW大は第二ステージで敗退となった。絆の出番はなかった。選手はフィールドでみんな泣いていた。タッチラインの外で絆はただ、高い空を見上げていた。

練習グラウンドでの四年生の追い出し試合が終わった後、尚美は絆に告白した。

多くは覚えていないが、初めて見る絆の困った顔だけは忘れられなかった。

「気持ちは嬉《うれ》しいけど俺、彼女がいるんだ」

そんな可能性は考えもしなかった。初めてのことで、真剣で、一途《いちず》だった。免疫などありはしない。不思議と涙は出なかった。代わりに、心がなにかを噴いた。尚美の心身は正常なバランスを維持できなかった。二年次の前期、尚美は休学を余儀なくされた。慌てて上京した母親の支えと、島根の父がすぐ都内に手配してくれた病院がなかったら、おそらく尚美は大学を辞め、出雲に帰っていたことだろう。

後期開講には間に合った。が、取得単位全体としてはそれが理由で一年卒業が遅れた。部にも復帰し、みなに拍手で迎えられ笑顔で応えたが、そのことと絆に対する感情は別だった。絆本人は仕事に忙殺されているようで、卒業以降、部に顔を出すことは一度もなかった。だが、時折やってくるOBに噂《うわさ》を聞けば、やはり心は疼《うず》いた。

尚美が三年次、W大ラグビー部は十年振りに悲願の大学選手権を制した。その祝勝会場に、宴もたけなわになった頃、息を切らして駆け込んできたのが、二年振りに見る絆だった。

――ほら。言っちゃいなさいよ。

親しい同期のマネージャーが背を押した。絆が彼女と別れたようだとは、誰に聞いたか忘れたが知っていた。

好きですと、二度目の告白にまた、絆は困ったような顔をした。けれど――。

――俺でいいのかな。

それからおよそ一ケ月後の夜、尚美は絆の腕の中で眠った。今までの人生で、それほど満ち足りた眠りはなかった。世の中の幸せを独り占めした気分だった。

(そう、だから絆君。二時間でも三時間でも許してあげる。二年、いえ三年に比べれば、ほんのちょっとのことですもの)

陽が動いて、木漏れ陽が尚美に注ぎ始めていた。尚美は木陰に二つベンチを移動した。

あと三時間、そこは陽が暮れるまで、直《じか》に日差しを浴びずにすむ場所だった。

第一章

一

絆はJR恵比寿駅東口の自動改札を抜け、左腕のG-SHOCKを見た。

「おっとっと」

約束の時間を四十五分過ぎていた。アメリカ橋公園に向けて走る。全力で走れば五分も掛からない距離だった。ただ――。

(何度目の遅刻だ。これ)

思いはしたが、実際に数えるのは面倒なほどだった。間に合ったことのほうが少ない。

尚美とのデートは、あるときから恵比寿が定番になった。当たり前のように遅れるなら、決まった場所のほうが尚美に負担がかからないというのが理由だ。

「まったく。相変わらずシモさんは話が長いからなあ」

〝シモさん〟とは渋谷署組織犯罪対策課の、下田広幸《しもだひろゆき》巡査部長のことだ。年齢は五十三歳、署では古株で、絆が一年半前に配属されたときの相方だった。

三日前、渋谷で裏カジノの摘発があった。絆が突き止め、特別捜査隊の浜田健《はまだけん》隊長から大河原正平《おおがわらしょうへい》組対部長に上げた結果、渋谷署が動いた案件だった。

絆がこの春から所属している組織犯罪対策部特別捜査隊、通称〝組対特捜《そたいとくそう》〟は、様々な案件に迅速かつ広域に対応するための専門的な執行隊のことだ。池袋《いけぶくろ》の警視庁第二池袋分庁舎に本部があり、絆は個別に動く遊班だった。

筋を通す意味で渋谷署に挨拶に向かい、そこで絆は下田につかまった。

「よう、東堂。裏カジノの件、さすがの嗅覚だな。おっと、警部補になったんだったっけ。最短の出世、おめでとうございます」

「シモさん、からかわないでください」

「いたって真面目《まじめ》だよ。W大の法学部だろ。前にも言ったが、そんな男が好んで一兵卒からやってんだ。そのままどんどん昇っちまえ。お前みたいなやつがキャリアの階段を突き抜けてくれるんなら、俺らにゃいっそ、そっちのほうが気持ちいいや」

五分のつもりで訪れた渋谷署で、そんな会話が三十分続いた。もっとも、それを差し引いても尚美との約束には十五分ほど遅れることは確定していた。明け番の引継ぎも少し長引いたからだ。

（色々と、なかなか上手くいかないなぁ）

真っ直ぐガーデンプレイスに向かうと、最後はJRの線路沿いで上り坂になる。絆はギアを上げた。麻のジャケットが大きくなびき、ビブラムの靴底が鳴った。

尚美はいつも、ベンチに座って文庫本を読んでいた。絆が走り込むと、文庫本を閉じ、髪に手をやりながら、遅いぞと上目遣いに見て笑う。その一瞬、切り替わる際の一瞬の表情が絆にはいつも危うげに映った。ビードロ細工のように、薄いガラスが震える、そんな感じだ。できることなら守ってやりたいと覚悟させ、後悔を思い出させる。

大学を卒業するころ、尚美の告白を絆は受け止められなかった。幼馴染みにして四年間付き合っていた、渡邊千佳《わたなべちか》がいたということもある。だが実際には、警察学校入校直前でそれどころではないというのが本音だった。

最初から脆《もろ》く弱い娘だとはわかっていた。配慮を欠いた。

とはいえ、そのことに気付いたのは警察学校の寮に入り、厳しい六ケ月の初任科教養を終えて卒配に回った頃だった。尚美が〈復学〉という言葉を聞いたのは、偶然卒配地で出くわしたラグビー部の現役生からだ。前期はすでに終わっていた。なにもしてやれなかったことを知る。だからせめて、部とは距離を置いた。時々押しかけて来る、気のいい同期連中から聞く話だけにとどめた。

卒配から初任総合科講習までは、警察学校の同期となにも変わらなかった。ただそこから先は、絆にとって怒濤《どとう》の展開だった。荒波に翻弄《ほんろう》されるうちに、日系航空会社に成田《なりた》空港のグラウンドスタッフとして就職した千佳とはなんとなく疎遠になった。すれ違いばかりで、たまに会えば喧嘩《けんか》にもなった。自然消滅は、この時期の若い二人には持ち切れない荷物を下ろす感覚だったのかもしれない。

実際、絆はそれからも警視庁の荒波に翻弄され続けた。

そんな折りに飛び込んできたのが、W大ラグビー部の選手権制覇の知らせだった。自分たちが実現できなかったからこそ、それは絆にとっても悲願だった。矢も楯もたまらず、捜査に区切りをつけて祝勝会場に走った。尚美がいることは、当然わかっていた。だが、祝勝会場に駆け込めば、そんなことは杞憂《きゆう》だった。驚くほどに大人びた尚美がそこにいた。OB連中に囲まれ、笑えば大輪の花に見えた。

だから、尚美からの二度目の告白には、否は言えなかった。尚美は愛らしく、加えて、二年間も思い続けてくれていたことへの愛《いと》おしさが募った。

ただし、断ったときに起こる事態への恐れを気にしなかったかと言えば嘘《うそ》になる。愛おしさは多分に、言い訳めいていたかもしれない。

付き合い始めても、尚美は千佳と違って、予定が急に変わる絆に文句は言わなかった。ただ、時折リアクションの中に、一瞬だけ本人も意識しない真情を垣間見せた。脆さも弱さも、上手く隠しているだけだと絆にはわかった。わかるということが、警視庁における絆の〝異例ずくめ〟の理由でもあった。

（よし。到着っ）

絆は坂を上り切り、息を弾ませながらアメリカ橋公園に飛び込んだ。

「お待たせ」

尚美は奥の方の木陰のベンチに座って、いつものように文庫本を読んでいた。

絆が走り込むと文庫本を閉じ、いつものように髪に手をやりながら立ち上がり、

「遅いぞ」

と上目遣いに見て、いつものように笑った。

この〝いつも〟を守らなければと、いつものように絆が思う瞬間だった。

二

「さてと」

絆は時間を確認した。金属フレームのG‐SHOCKは三時五十七分を指していた。

G‐SHOCKは、絆の数少ない趣味だった。ほかに十二個持っている。ハマったのは警察官になってからだ。ファッションではなく、絆にとって腕時計は職務上のマストアイテムだった。G‐SHOCKは正確さもさることながら、最初は手軽に買える値段が気に

入って購入した。三つ壊した段階で予備も考えて二つ購入し、その内のひとつが壊れるまでに四つに増え、いつの間にか趣味になった。

尚美がスマホで、上映時間を調べている。

「なあ。お茶は今度にするか？」

お茶をして映画を見て、どこかで夕食を摂る。いつものことをいつものようにしてやりたかったが、今日はお茶をしていると映画の上映時間には間に合わない。

「決まってるわ」

尚美はＧ‐ＳＨＯＣＫを隠すように絆の腕を取って胸元に引き寄せた。着痩せする尚美の胸の感触が伝わる。

「ガーデンシネマよ。絶対に見たいと思ってた映画があるんだもの」

尚美はそのまま絆を急《せ》かすように歩き出した。

横断歩道を渡り、恵比寿ガーデンプレイスの敷地内に入る。

メインエントランスとビアステーションを左手に見ながら時計広場を抜ければ、目の前は大屋根下のセンター広場に下る坂道のプロムナードになるが、絆と尚美は足を踏み入れなかった。広場を避けるように両側には通路があり、それぞれシンボルタワー前と三越前に出る。ガーデンシネマに向かうには三越側が近道だった。

「あら。やあね」

絆の左側から、尚美が右下に広がるセンター広場を眺めて眉を顰《ひそ》めた。

「え、なにが」

「ほら、あの人たち。なんか感じ悪い」

尚美は絆に隠れるようにして指差した。そこには、広場のファストフード店から出てきた若い男たちが三人いた。原色のヨットパーカーにスウェットを身に着けた似たような二人と、白いTシャツにジーパンの三人だが、そろって首にも腕にもごつい金の装飾品をつけていた。数は多くないが広場にはほかにも人がいる。その全員が関わりを恐れて距離を置き目を逸《そ》らす、そんなタイプだ。

絆は足を止めた。後ろを歩く二人は知らなかったが、先頭を歩くTシャツの男に見覚えがあったからだ。男は広域指定暴力団竜神会《りゅうじんかい》系沖田《おきた》組のフロント企業で、新宿を根城にする㈱金松《かねまつ》リースのチンピラだった。たしか宮地《みやち》といい、半グレ上がりだったはずだ。

半グレとは暴力団に所属せずに法を犯し、犯罪に手を染める集団のことを指す。元暴走族のメンバーやその知人のネットワークで構成され、暴対法やその後の条例でめっきり弱くなったとされる暴力団に並ぶ勢力になっている。若年層が多く、集散を繰り返して集団の実態も明らかではないのが特徴だが、やっていることは暴力団となんら変わらなかった。

絆は口元を引き締め、目を細めた。

「なに、絆君。どうしたの」

尚美は腕を引くが、答えず絆は三人の行方を目で追った。三人は絆の注視に気づくわけもなく、坂道のプロムナードを上って行った。絆たちの向かう先とは逆方向だ。

「ねえ、早く行きましょ。始まっちゃうわ」

尚美は急かすが、絆は動かなかった。三度腕を引かれて、向き直る。口を開く前に、溜《た》息《め》とともに尚美は絆の腕を放した。

「怖いわ。お巡りさんの顔」

付き合って一年以上経《た》つ。絆が尚美の脆さを知るように、尚美も絆の様子から感じるものはあるのだろう。

「私より大事？」

「悪い」

絆は尚美に頭を下げた。

「映画はひとりで見てくれ」

「……そう」

大屋根の下を風が吹き抜けた。黒髪が流れ、尚美の顔を隠す。表情の変化はわからなかった。

「必ず戻るから」

いつもお茶をするカフェを、時間は告げずに指定する。返事も待たず、絆は尚美に背を向け、足早にその場を離れた。グズグズしている暇はなかった。三人を見失っては、尚美に詫《わ》びた意味がないのだ。

絆は来た道を逆走した。男らはビアステーションの脇を、ゆっくりと外に向けて歩いているところだった。

「間違いないな」

先ほど尚美に教えられた際、絆には男ら三人、特に先頭の宮地から、尋常でないほどの剣呑《けんのん》な気が発せられているのが〈観《み》〉えた。だから、尚美とのデートを中断してまで三人を追ったのだ。明らかに気配がおかしい。広場で〈観えた〉ものより、今のほうがさらに濃くなっているようだった。

なにかある。なにか起こる。

絆の勘は、〈観《かん》〉によって補完された。

男らは時計広場からくすのき通りに出て、横断歩道を渡らず歩道を右に折れた。植栽の切れたところで道路を渡る。絆はこちら側の歩道から距離を保って後を追った。

くすのき通りには、見通せる限り人影は皆無だった。車の往来もほとんどない。恵比寿の駅からアメリカ橋を目指して線路沿いに下れば、そのままガーデンプレイスに入る。しばしばガーデンプレイスを訪れる絆ですら、こちら側に足を延ばしたことはない。

ガーデンプレイスの北ゲート前を過ぎると、瀟洒《しょうしゃ》なビルが二棟並んでいた。奥側のビルは一階の前面にオープンテラスがある。ＮＢＡ関連のカフェのようだ。そこにひとりの男がいた。グラスビールを呑むＧＩカットの男だった。歳は三十半ばくらいか。濃い色のサングラスのせいではっきりしない。夏にも拘《かかわ》らず、着ている上着は前を開けた派手なスカジャンだった。

ほかには、隣のテーブルに二人の若者がいるだけだった。ＧＩカットの男は、宮地らを認めるとビールを干して片手を上げた。

若者たちがＧＩカットの動きに合わせて振り向いた。どこから見ても普通の若者、どこかの大学生に見えた。ガラガラにも拘わらずそんな席に座っているのがなんとも奇妙だ。胡乱《うろん》な男の近くにいるせいか、〈観〉える感じは怯《おび》え以外の何物でもなかった。

ＧＩカットに応えるように、宮地も近づきながら手を上げた。

「よう。魏《ぎ》さん」

かすかにだが、それだけはたしかに聞こえた。

ＧＩカットはどうやら、日本人ではないようだった。

三

カフェをガーデンプレイス側の北ゲートから目視できるのは有り難かった。絆はゲートの内側に張り付いてカフェを睨《にら》んだ。

男たちは魏を囲んでビールを呑み始めた。魏は二杯目だ。学生らしき二人は移動することもなく、隣でただ固まっていた。ときおり四人から笑い声は聞こえたが、腹の探り合い、少なくとも良好な関係ではないと絆は踏んだ。それぞれに〈観〉える剣呑な気がたがいに牽制《けんせい》し合っていた。学生らしき二人の怯えの気だけが、次第に膨らんでいった。

絆は一帯を目で確認した。並んだビルの左手前には、ほかに建物はない。今いる場所は高台だ。向こう側は土留《どど》めの遮蔽壁《しゃへいへき》になっているのだろう。ビルの右側に続く長々としたフェンス内は小学校のグラウンドのようだが、児童の姿は見られなかった。

と、いきなりカフェのほうから耳障りな喚《わめ》き声が聞こえた。見れば真っ赤な顔で立ち上がった魏が、呑みかけのビールを宮地にぶっ掛けるところだった。ところどころ声が聞こえたが意味は分からない。中国語のようだ。魏の白いスラックスの右腿辺りには、なぜか大きな茶色い染みがあった。

スウェットの二人が立とうとする。怒気が膨らむが、宮地は手で二人を制し、手近なおしぼりで顔を拭くと自ら立った。なにごとかと出てきたウエイターらも制すると、いきなり立った魏の肩に手を回した。見せかけの仕草とは裏腹に、感じられる気に親しみは一切なかった。

宮地は魏を力で動かすように歩き出した。並んでカフェの向こう側に消える。ビルと学校のフェンスの間には路地があるようだ。ひと呼吸置いて、スウェットの二人も席を立ったが、そのままどこかに行くわけではないらしい。魏のクラッチバッグが椅子の上に置かれたままだった。

絆は素早く通りを渡った。学生風の二人に近付く。

「君たち」

言いながら証票を提示する。

「警察？　東堂、絆」

銀縁メガネの、身体の線が細い青年が呟《つぶや》いた。もうひとりの、丸刈りに近い髪形をした青年も証票を覗《のぞ》く。こちらは対照的に筋肉質のいい身体をしていた。どちらも絆が警察と知って安心したのか、怯えの気配がいくぶん緩んだ。かわって流れ出したのは喜び、いや、怯えの反動としてか、愉悦に近い。

「彼らとの関係は？」

前置きもなく絆は尋ねた。いつ連中が戻ってくるかわからない以上、時間は掛けられない。

「えっと、コーヒーを」

「そう。僕があの人にコーヒーを引っ掛けちゃって」

銀縁メガネが丸刈りの言葉を引き継いだ。

「コーヒー。ああ、あの染みか」

「スカジャンにも。そしたら因縁つけられて。三十万なんて持ってないし。そしたら」

「わかった」

大体の状況を把握できればこの場は良しとする。

「君たち学生かな」

二人はそろってうなずいた。

「学生証、携帯してるかい」

それぞれから受け取った学生証に絆は目を通した。銀縁メガネの男は柳本《やなぎもと》でW大、丸刈りの男は和久井《わくい》といってK大だった。二人とも優秀なようだ。

「へえ。W大。俺もだよ」

絆がそう言った瞬間だった。路地から意味のわからない中国語に続き、怒声が走った。

「ティアティアってうるせえんだよ。渡せねえっつってんだろクソボケがぁっ！」

反射的に絆は、二人に動くなと言い置いて走った。とっさのことで手に学生証を持ったままだった。とりあえず尻ポケットにしまって路地に飛び込む。

幅三メートルほどの路地は、奥で行き止まりになっているように見えた。そこに固まるようにして四人がいた。スウェットの二人はなぜか慌てていた。宮地が身体ごと、魏を小学校のフェンスに押し付けるようにしていた。

宮地が離れると、魏がフェンスに寄り掛かり、そのままずるずると崩れ落ちた。肩で息をしながら見下ろす宮地の手にナイフが見えた。白いTシャツのところどころも赤い。返り血に違いない。

「あ？」

スウェットのひとりが絆に気が付いたようだ。

「な、なんだ手前ぇ。あっち行けよコラ」

威嚇しながら出てくる。近くで見れば思った以上に若かった。十代、現役の半グレと見た。

絆は無言でまっすぐ進んだ。多人数と対するとき、たとえ何人であろうと正面から立ち向かうのが絆の流儀だった。

「なんだよ、おい。聞こえねえのかよっ」

虚勢を張り続けるスウェットの後ろで、ナイフをしまった宮地がもうひとりのスウェットからヨットパーカーを引き剝がし始めていた。

宮地は奪い取ると、こちらを見た。見て、冷ややかに笑った。明らかに嘲笑だった。絆に思考する一瞬も与えず、宮地は奥の、さらに奥に消えた。

「おっと。しまった」

絆は思わず一声漏らした。路地は行き止まりではなかった。左手の松に隠れた辺りに、坂下へ降りる階段があるようだった。

「どこ見てんだオラッ」

すでに二メートルと離れていないスウェットが騒ぐが聞く耳など持たない。すぐにも宮地を追わなければならなかった。待ったなしだ。

「やめたほうがいいぜ。怪我《けが》をしてもつまらないからな」

だが、絆は止まらなかった。舐《な》められたと思ったか、スウェットは口を歪《ゆが》め、いきなり殴りかかってきた。そうさせるための挑発ではある。

「この野郎っ」

本式に習ったことがあるのかもしれない。破壊力のありそうな、いいストレートだった。だが、届けばの話だ。

絆はパンチの始動よりも先に動いていた。手のひらでスウェットの拳をつかむ。スウェットは目を剝いた。絆はつかんだ拳を外にひねった。

「うがっ」

スウェットの身体が宙に浮き、回転しながらアスファルトに激突した。男がバウンドする間に絆は構わず、男の顔を踏みつけた。鈍い音がした。スウェットは白目を剝き、動かなくなった。殴り掛かられてから五秒と経過していない。一瞬の出来事だ。

怖気《おじけ》づくかと期待したが、奥の方のスウェットはさらにいきり立った。

「手前ぇ。なにしやがるっ」

怒気を撒《ま》き散らし奥から走ってくる。そのまま突っ込んでくる気のようだ。絆も走った。走って避けられない激突をスウェットが覚悟する距離、呼吸、その拍子で、絆は踏み出した足を軸に半転した。暴れ牛と闘牛士の要領だが、おそらく絆の動きは闘牛士よりも早かった。相手の男は消えたとしか思えなかっただろう。たたらを踏む男に絆は一足飛《いっそく》びに寄った。振り向く瞬間の、驚愕《きょうがく》の表情すら許さない。がら空きの顎先を拳で打ち抜けば、男は声もなく前のめりに倒れた。

二人を捨て置いて、絆はフェンスに寄り掛かる魏に駆け寄った。腹を何度も刺されたようで出血がひどい。呼び掛けるも意識はない。とりあえず最初の男からヨットパーカーを剝ぎ、魏の腹に宛《あて》がった。

路地の入り口から恐る恐る大学生二人が覗き込んできた。

「救急車をっ」

それだけ叫ぶと、絆はとりあえずスウェット同士を携帯の手錠でつなぎ、奥に急いだ。細角度の急な狭い階段が下まで続いていた。高さは約四メートル。絆は一気に飛んだ。細長い住宅の間を抜ける。出た一方通行のような道路は、両側に店の並ぶ地元の商店街だった。

絆は左右を素早く見回した。宮地の姿は右手三十メートルの辺りにあった。のたりと歩いていた。絆がスウェットたちをそんなに早く撃退するとは思っていなかったようだ。絆は全力で走った。宮地が気付くまでに十メートルを詰める。気づいて振り向く宮地の顔に、もう嘲笑は浮かばなかった。

「宮地っ」

宮地は愕然とした表情で泳ぐように走り出した。だが、慌てて逃げた先は、坂の途中にぶつかるT字路だった。宮地は右手、上り坂のほうに曲がった。

上り切ったところに交番があることを思い出した。渋谷警察署管轄の、恵比寿四丁目交番だ。

あと十メートルで追いつく辺りで、宮地の前方に下校途中の小学生が二人、道をふさぐように歩いていた。どちらも女の子だった。宮地は道路側の子のランドセルをつかむと、乱暴に放った。

「きゃっ」

悲鳴とともに女の子が道路に投げ出された。走り来るトラックが目の前に迫っていた。慌てるドライバーの顔がフロントガラスの中に見えた。対向車線にも、絆の背後にエンジン音がした。回転が高い。それなりのスピードのようだった。

「くそっ」

絆は奥歯を嚙《か》み、車道にダイブした。トラックのブレーキとほぼ同時だった。少女の身体をランドセルごと抱え込み、アスファルトの上を転がる。回る視界の中に白が紛れた。センターラインだ。絆は足を踏ん張り、少女を守るように身を丸めた。タイヤの悲鳴のような擦過音が体の両側を行き過ぎる。

ギリギリの空隙《くうげき》だったろう。背中にトラックのホイールが触れ、爪先を対向車のタイヤがかすめた。

白煙を上げて二台が停まる。そのあと何台かのブレーキ音も響いた。

「危ねえじゃねえか。この野郎っ！」

トラックのドライバーが窓から顔を出し、怒鳴った。絆の腕の中で少女が震え、泣き出す。

「大丈夫。もう大丈夫だよ」

絆は頭を撫《な》で、歩道に戻してやるため、抱き上げた。

「驚かせたね」

少女は黒髪を揺らして首を振った。

「おい。なんだ」

騒ぎを聞きつけ、交番から年配の警官が飛び出してくる。

「お、東堂。あ、いや、東堂警部補」

渋谷署時代に見知った顔だった。杉山《すぎやま》という巡査部長だ。絆は泣き止《や》んだ少女を地面に下ろした。

「杉山さん。不審な男が駆けて行きませんでしたか」

「あ、そういや、横断歩道を小走りに渡ってったのはいたな」

事態が呑み込めないようだったが、杉山は真面目に答えた。

「どっちへ」

「あっちだ」

杉山が指差すのは交番前十字路の左方、角に日仏会館がある方角だった。

「行きます。杉山さん」

絆は杉山に手錠の鍵を渡した。

「小学校向こうの路地で傷害事件。マル被は逃走中。出血多量のガイシャ有り。公妨の二人をつないであります。マルモクの学生二名。救急車は手配済みのはず。後は頼みます。署には後で」

「りょ、了解」

走り出そうとして絆はいったん足を止めた。少女が二人、青い顔で絆を見ていた。気は急いたが、捨ててはいけないものもある。

「怖かったよね」

少女らに目線を合わせ、取り出した名刺を渡す。

「いいかい。なにかあったら、遠慮なく電話するように。いつでもどこでも、夜中でも。お兄さんは駆けつけるから」

少しお道化《どけ》て胸を張り、腰に手を当てる。

「なんたってお兄さんは正義のヒーローだからね」

顔を見合わせ、少女らは口を押さえて笑った。それでいい。

「じゃ、気をつけて帰るんだよ」

手を上げ、絆は表情を引き締めて走り出した。遠くに救急車のサイレンが聞こえた。

それから、約一時間——。

絆は住宅の多い三丁目から高速目黒《めぐろ》線の辺りまで探したが、もう宮地の姿はどこにも見当たらなかった。

四

陽が西にだいぶ傾いていた。

絆はスマートフォンを取り出し、隊の相方である金田洋二《かねだようじ》に掛けた。定年を来年に控えるが、金田はまだまだ現役の、組対部叩《たた》き上げの警部補だ。階級こそ今は絆に並ばれたが、いきなり本庁組対部に配属されたときの絆の教育係で、各署の組対を渡り歩いた絆を先回りするように、半年前から池袋の組対特捜に異動になっていた。

——なんか事件、拾ったみたいだね。渋谷署から連絡が入ってる。

電話の向こうからガラガラとした声が聞こえた。口調はいつも柔らかいが、口をしっかり開けて話さないので聞き取りづらい。

「すいませんが、そっちには後で回るって言っといてください」

絆は呼吸を整えながらあらましを説明した。

——金松、沖田組ね。

金田が復唱した。気になるワードに対する金田の癖のようなものだ。

「はい。それと、引っ掛かる言葉を耳にしまして」

——なんだね。

「ティアティアってうるせえんだ。そう宮地が言ってました」

——ティア……。ティアドロップか。

「おそらく」

金田が野太い声で、長く唸った。

ティアことティアドロップは数年前から市中に出回り始めた、リキッドタイプの危険ドラッグだ。二〇一三年一月から麻薬指定されたα‐PVP系の合成薬物で、覚醒剤に似た作用があり、中毒性も高かった。警視庁とティアドロップの関わりは、二〇一三年十月にまで遡《さかのぼ》る。

この十月、品川《しながわ》のシティホテルで三多摩《さんたま》の都議会議員が死亡しているのをベッドメイクの従業員が発見した。宿泊名簿にも防犯カメラにも同宿の女性が確認できたが、死亡時部屋にはいなかった。サングラスをかけて顔を隠し、偽名を使っていたことから事件性が疑われ、女に対する緊急配備が敷かれた。

女はすぐに発見されたが、死亡への関与はなかった。この女は都議会議員の愛人で、実際には、議員の死因は心臓発作による呼吸不全だった。翌日から視察名目で、この愛人と海外旅行に行く予定だったという。

だが、品川警察署は事件性を疑っていたため、ホテルからの通報直後、議員は司法解剖に回された。その血中から薬物反応が発見され、これが心臓発作の直接の引き金になったのではと結論づけられた。もともと心臓に持病もあったらしい。

愛人の証言によれば、議員はディナーの席で強《したた》かにワインを飲み、その後シャワーを浴びてベッドに入る直前、間接照明の中で上を向き、なにかをしてから様子がおかしくなったという。女が逃げたのは、いきなり動かなくなり冷たくなってゆく死体を前にして怖くなったからだ。

議員の持ち物を調べた結果、不審な目薬が二個、発見された。同じような容器に入ったどちらも使いかけの目薬だった。中の液体はひとつが透明で、ひとつが黄色だった。黄色の方に、間違えないためにか両面に細い油性ペンの線が引かれていた。

この黄色い液体が、この当時はまだ名前さえ知られていなかったα‐PVP系の新しい危険ドラッグ、ティアドロップだった。警察庁から全国に通達まで出されたが、正体不明のこの危険ドラッグは、出所や販売ルートはおろか、ひとりの売人、ドラッグの呼称さえつかめなかった。

事態が少し進展したのは、二〇一四年に入ってからだ。

二月、福島《ふくしま》市の阿武隈《あぶくま》大橋で、歩行中の老人を巻き込んで乗用車が川に転落する事故が発生した。歩行者の老人が死亡し、被疑者も重傷を負うという事故だ。

被疑者のドライバーは、福島市の市議会議員だった。病気も飲酒も疑われたが、結果として原因は危険ドラッグだった。市議会議員の薬物反応を受け、県警が押収した持ち物から目薬型の容器に入った危険ドラッグが発見された。ただし、色は黄色ではなく、赤だった。

だが、当初福島県警が本部長以下の方針により、他都道府県に先駆けて密《ひそ》かに新型危険ドラッグに対する県内の取り締まり強化を優先した結果、このことを警察庁及び警視庁が知るのは、約半年後になった。

福島の県警本部長は自分の迂闊《うかつ》さと甘さを釈明したが、警察庁の組対部は激怒した。本部長個人にというより、警察内にいまだ蔓延《はびこ》る垣根や排他主義、いわゆるサイロ・エフェクトに対してだ。本部長はすぐさま更迭《こうてつ》された。全国の警察本部に釘を刺す意味もあったようだ。自らを律することを忘れてよくやるよと、冷ややかに傍観する向きもあったが、とにかくそうして、新型危険ドラッグには黄色と赤があることは認識された。

そうして九月。六本木のキャバ嬢が出勤前、ＪＲ大崎駅のホームから転落し電車に轢《ひ》かれて死亡するという事故が発生した。バッグの中には箱に入った目薬型の青い新型危険ドラッグがあった。パッケージには市販品をコピーしたようなデザインが施され、ティアドロップと表記されていた。容器本体にはワンポイントのメモシールが張られ、キャバ嬢本人の字で〈Ｔ・Ｂ〉と書かれていた。

ここで初めて、捜査関係者は新型危険ドラッグの名称を知ることになった。Ｔはティアドロップ、Ｂはおそらくブルーだということで意見は統一された。

警視庁にとっては、ささやかではあっても丸一年振りの進展だ。意気も上がる。特に組対は気合が入った。動きは迅速だった。

ただ、後で考えれば細心の注意が必要だったかもしれない。

係を超えた動員をかけて調べを進めると、ティアドロップはキャバ嬢が店で常連客からもらったものだということが、複数のそれこそ十人以上の証言によって判明した。防犯カメラにも映像が残っていた。中年の男だった。とりたてて隠し立てはしていない、かえって堂々としていた。見るかぎり話題のひとつ、キャバ嬢の気を引きたいという様子が実にあからさまだった。

脱法ハーブは危険ドラッグという名称に変わったが、それだけで、本当に危険だという啓蒙《けいもう》はまだまだ不十分だ。一般の認識は今現在でも、ヘロインや覚醒剤ほどには浸透していないだろう。下手《へた》をしたら大麻のほうがまだ危険視されている。

常連客は千葉《ちば》県浦安《うらやす》市の市議会議員だった。

複数の証言を得るということは、情報が流れる可能性も高まるということだ。ここに注意が足りなかった。誰が教えたのかは最後まで判明しなかったが、事件発覚後、警視庁が千葉県警との連携を調整しているうちに、市議会議員は自宅で首を吊《つ》って自殺した。ルートの解明、全容の把握という目論見《もくろみ》はまたも灰燼《かいじん》に帰した。

だが、失うものばかりではなかった。

家宅捜査の結果、被疑者の家から未開封の黄色二個と、開封の赤一個が出てきた。パッケージにはそれぞれ、〈T・Y〉、〈T・R〉というラベルが貼られていた。

分析の結果は明白だった。〈ティアドロップ〉は成分の薄いブルーをゲートウェイ・ドラッグとし、中毒の進行によってイエローからレッドへと進む、まさしく麻薬だった。ゲートウェイとは入り口という意味だ。これまでの薬物では、大麻がそれにあたる。

一年を掛けてこれだけでは虚《むな》しくもあるが、一年を掛けて別にわかったこともあった。市販の目薬と同じようなパッケージで、使い方は舌に数滴。これがティアドロップだ。一本買えば頻度と程度にもよるが、十回から三十回は使える。簡単でお洒落で、特に一回分に換算すれば数千円ですむ安価なブルーは、若者を中心に口コミで広がり始めている様子だった。

なんとかしなければ——。

警視庁は本腰を入れようとするが、組対から上がってくる既存のルートには一年経ってもまったく当たりはなかった。二〇一五年の後半に入って二、三人の売人は引っ掛けたが、みな半グレか、半グレ上がりではあるが昼間は一般の社会人として働いており、興味本位、小遣い稼ぎの域を出る者はいなかった。

仲間からもらった、あるいは買ったという証言ばかりで、辿《たど》ってみても黒幕の影すら踏めず、全体はいまだ、五里の霧の中だった。

五

金松リースは広域指定暴力団、竜神会系沖田組のフロントで、マネーロンダリングの一部も担う企業体だった。

沖田組の本部兼会長宅は蒲田《かまた》にある。二年前に死去した前会長の剛毅《ごうき》が東京に進出してきて以来の場所だ。九州に生まれた剛毅は戦後の動乱期を腕っぷしひとつで渡り歩き、送り込まれた関東で竜神会の名を盤石《ばんじゃく》にした男だった。切った張ったの伝説は枚挙にいとまがないが、実は経済ヤクザの一面も持ち合わせ、進出してきた竜神会、いや、沖田剛毅に関東のヤクザはまるで歯が立たなかったという。

後を継いだ嫡男の丈一《じょういち》は父に比べるまでもない、粗野なだけの凡庸な男だった。二〇〇六年、会長の剛毅が脳梗塞で倒れ半身不随になった。このとき、警視庁の機密白書が示す沖田組に対する判断は丈一を念頭に置いたものだった。出てくる答えは間違いのない、〈衰退〉だった。

が、大方の見方に反して実際にそうはならなかった。一九九二年の暴対法以前から、先を読んだ剛毅の号令によって整えられたフロント企業群が土台をしっかり支えているからだともいわれる。たしかに二〇〇七年の犯収法、二〇一一年の暴排条例、二〇一三年の改正犯収法も見事に乗り切り、これら企業群は堅調な経済活動をしているところが多かった。

金松リースも、そのうちのひとつだった。土木系の大型建機レンタルが主業務の会社で、土木建機は一般の建設会社にも貸し出すが、組の息がかかった工務店などには破格値《はかくね》を出すようだ。それでも建機などは長く借り出されればすぐに元は取れる。後は利益だ。ほかにリース事業も営み、ビル一棟から乗用車、ファクス・コピー機まで、なんでもリースを組み、沖田組系の車両もリースで一手に預かっているらしい。組長連中が乗る高級外車もだ。それで金を回し、新しい金を生む。ある種のマネーロンダリングともいえた。

これが金松リースの役割だが、そうとわかっていても警察は潰す方向に舵《かじ》は取っていない。取れないというほうが正しいか。

暴対法前後から生き残っているフロント企業を警察が追い込めないのはみな同じ理由だ。地下に潜り、雨後の筍《たけのこ》のように設立されたフロント企業を、当初警察は追い切れなかった。判明したときには、すでに企業決算が三十期目に入った会社もあった。そうと知らず就職し、知らないまま今も働いている一般の社員が大半を占める会社もあった。日本を代表する、たとえばＫＯＢＩＸ建設のような主要企業に食い込み、潰せば客先の経済活動を大きく後退させかねない企業もあった。

金松リースは、このすべてに当てはまる会社だった。

もちろん、それでも潰すことはできる。だが、そんなことをしても労力の割に益が少ない。

これが警察庁をはじめとする官僚の方針だった。

金松リースは西新宿にある。絆はテナントビルの四階を訪れた。

金松リースは表向き、毎年堅調に利益を出している会社だ。四階のワンフロア、約三百平方メートルは一社借り切りだった。

　時刻はまだ午後六時になったばかりだった。電話の音も賑《にぎ》やかに、大勢と言っていい人数が忙しく立ち働いていた。

　受付がないことはわかっていた。このフロアが主に総務とリースの営業部門で、建機の貸し出し及びメンテナンスの営業所が関東主要都市に約十ヶ所あることも知っている。池袋の特捜隊に異動になる直前、この春まで絆は新宿署の組対にいた。一度、この金松リースには来たことがある。宮地を見知ったのもそのときだ。

ひと渡り見渡し、絆はフロアの真ん中辺りで電話中の、見覚えのある男に近づいた。フロアには、絆の動きに従いザラザラとした気配を向ける男が四人いた。皆、部屋の奥の方に座っている。前回来たときに、組関係と認識した男ばかりだった。

「すいません」

　通話を終えた男に絆は声をかけた。相手がなにか言うより先に、男にだけわかるように証票を見せた。

　すると男はわずかに目を泳がせた。だがそれだけだ。すぐに取り繕った笑顔で、やぁ松島さんお久し振りと、適当な名前を言いながら立ち上がった。主に周りに聞かせるためだったろう。寄り集まっていた興味の気配が一気に散った。残る視線は目の前の男のほかには、ザラザラとした気配の四人だけだった。

「社長にお会いしたいんですが」

　絆は低く言った。社長室に人の気配がなかったからだ。

「いやぁ。申し訳ありませんが出掛けていて、たぶん今日は戻らないと思いますよ」

「そうですか。有り難う」

　絆は踵を返したが、向かった先はエレベータではなかった。

「あっ。おい」

　男は本性を垣間見せつつ慌てて絆の背に腕を伸ばしてくるが、足運びの位置をわずかにずらして触らせなかった。泳ぐように前に出てくる男の耳元で絆は囁《ささや》いた。

「事を荒立てるつもりはない。話が聞きたいだけだ」

　男は絆を睨んだが、そのままなにもせず席に戻った。警察が正面からは手を出しづらいのと同様、フロント企業もまた、警察に対して手を出しづらい。そんなことをして一般社員に知られることは、デメリット以外のなにものでもないからだ。

　絆は事務デスクの間を抜け、トイレや給湯室がある側に向かった。先の男は質問した際、わずかにだがこちら側を意識したようだった。目の動きも、その感覚が間違いでないことを補完した。

　応接室№1、2、3。№2の部屋に最初から三人分の気配があるのはわかっていた。男の気配も目も、明らかにそちらに向けられていた。

ノックはしたが、返事は待たない。

絆はドアを開けた。応接セットに向かい合わせで三人が座っていた。二人並んだ奥、上等なスーツに身を包み、髪を油で撫で付けた蟷螂《かまきり》のような男が社長の葉山浩《はやまひろし》で、もうひとりの関取のように太った男が専務の山上清一《やまがみせいいち》だった。どちらも見知った顔だ。手前に座る若い男は知らないが、目つきに隠し切れない険があった。おそらく沖田組からの出向だろう。

「勝手に開けるな。打ち合わ、せ」

顔を向けた葉山が一瞬、怪訝《けげん》な表情を見せた。

「……て、なんだ。組対の若いのじゃねえか。異動したって聞いたが」

葉山は声を落とし、ソファに踏ん反り返るようにして足を組んだ。おい、と顎で示せば、若い衆が絆と入れ替わるように出ていった。

「今は池袋の特捜です」

絆は専務の山上の正面に座り、腿に両肘を載せて手を組んだ。

「お茶は要《い》らないですよ。勝手に話を聞きに来たので」

「ふん。端《はな》から出す気なんざねえよ」

葉山に代わって山上が潰れた声を出した。剝き出しの敵意が熱いほど伝わってくる。

「ガミ、突っ掛かっても帰りゃしねえだろうよ。時間の無駄だ。——で、なんの用だ」

「惚《とぼ》けるのは無しにしましょう。聞いてないわけがない。今も後始末の話をしていたんじゃないんですか。もっとも、三人寄っても文殊にはなりそうもない面子《メンツ》ですが」

「なんだとコラッ」

「ガミ！　うるせえんだよ」

いきり立つ山上を葉山が制し、

「いい根性だ」

口元を歪めて笑った。

「ひとりでやってくるくれえだ。肝っ玉は据わってるな。名前、なんてったっけ」

「東堂」

「階級は」

「警部補になりました」

「その若さってことは、キャリアか」

「いえ」

「ほう、ノンキャリで。現場の星ってわけか」

絆は片手を上げた。

「こっちも時間が惜しいんで、早速、宮地について聞かせてもらいましょうか」

「宮地か。ガミ、宮地の下の名前はなんてったっけ」

は勘弁してくれよ」

「そうそう、琢だ。ああ、前に新宿の旦那と来たとき、下の道路で車洗ってたっけか。なら、新宿からも聴取に来るのかい？　参ったな。知ってることは話すから、何度も来るの
「琢《たく》です」

葉山は両手をソファの後ろに回した。

「わかりました。その代わり、嘘も隠しごとも一切なしでお願いします」

「ありがとよ。と言っても、よくは知らねえんだ。大体、うちの社員じゃねえし」

「社員じゃない？　組からの預かりとか」

「そんなんでもねえよ」

葉山は首を振った。

「ありゃあ、半グレ上がり、いや、下がりだな。つるんでた連中からも爪弾《つまはじ》きにされたみてえでよ。そんときうちの営業所にいた元半グレを頼って転がり込んできたんだ。実家が近くで、餓鬼ん頃、よくパシリに使ってたって聞いたが、こっちでも毛の生えたパシリだった。車や空いたテナント、営業所回って重機の掃除だけやらせといた。それだって満足にできやしねえ。そんなののよ、空いた時間の面倒までは見切れねえ。半グレとも呼べねえ餓鬼集めて偉そうにしてるたぁ、こっちの元半グレから聞いた気もするが、どこのグループにいたとか、なにやってたかまでは知らねえし興味もねえよ」

「で、その元半グレは？」

聞けば葉山は鼻で笑った。

「もういねえよ」

「組に返したんですか」

「そうじゃねえ。死んだんだよ」

「死んだ？」

「そうだ。けどよ、疚《やま》しいところなんざねえよ。休みに昔の仲間と突っ走って、ポリに追われてガードレールからダイブだ。栃木県警に聞いてみな」

葉山は言ってから、元半グレの名を口にした。

「宮地と違ってこいつには、そろそろ親父連中の車を任せようかってえ頃だった。それなりにできる奴だったけどよ、半グレは所詮半グレだ。昔の仲間なんざ切り捨てるくれえの奴じゃねえと、こっちに任されても迷惑なだけだ」

葉山は吐き捨てると、ソファに沈んだ。

「なるほど、ね」

一つの線が切れた感じだ。つながるかどうかはわからないが、もうひとつの線で挑発してみる。

「ティア、扱ってますよね」

「ああ？　なんだって」

「ティアドロップ。最近新宿や渋谷の若者の間で流行《はや》ってるやつですが」

「なんだそれ。こちとらもう、そんな奴らの相手する齢じゃないんでね」

「またまた。儲《もう》かればなんでもやるでしょう。非合法は得意じゃないですか。下手したら人の命もリースに掛けそうですけどね、ここの会社は」

葉山は目だけ光らせ、口を閉じた。

「おい」

山上に怒気が凝《こご》る。

「舐めた口は、その辺にしとけ。この部屋の会話は、全部録音済みだ。なんなら、名誉毀《き》損《そん》で訴えるって手もあるんだぜ」

「いいですね。やってみますか」

絆は身を乗り出し、片目を瞑って見せた。

「埃《ほこり》という埃、全部叩き出しますか。次の社員募集と株主総会の時期が楽しみだ」

「手前《てめ》え」

山上の拳が白《しら》むほどに握り込まれた。

「サツだからって調子こいてると、嫌われるぜ」

「あんたに好かれても仕方がないでしょう」

山上の奥歯が音を立てた。

「嫌われると、痛え目《いて》に遭うぜ」

「痛い目、ね」

絆は笑った。

「楽しみだね」

「……そうかい。楽しみ、かい」

声が冷える。途端、山上の怒気が爆発した。

「ほらよっ」

丸太のような山上の左足、黒い蛇柄の靴底が前置きもなくテーブルに向かう。テーブルを蹴って押し込めば、玉突きにされ潰されるのは絆の膝だった。

だが、絆はその前に組んだ手を開いていた。不意打ちはヤクザの常套《じょうとう》手段だとわかっていて待ってやる義理はない。

絆は開いた両手でテーブルの手前をわずかに持ち上げた。山上の足が目算を狂わせ、止まらず踵がテーブル上を滑る。伸び切る寸前に絆はテーブルから手を放した。山上の足が宙に浮く。それで、蛇柄の裏底が正面だった。

絆は左手で靴をつかみ、無造作《むぞうさ》に外側に捻《ひね》った。足首の腱は伸びたはずだ。

「ぐわっ」

潰れた声をさらに潰すような苦鳴とともに、山上の巨体がソファから勢いよく飛び出した。ドア脇の壁にぶち当たった。一般のオフィスでは有り得ない音がした。

激突の余韻だけで、しばらくフロアから人の発する音という音が途絶えた。誰も取らない電話の着信音だけが虚しく響いた。

この間、絆は座ったままだった。動かしたのは両腕だけだ。

「さて」

絆は立ち上がると、胸ポケットからスマホを取り出した。床で顔を歪める山上に向けて振る。

「録ってるのはそっちだけじゃない。嫌われると痛い目に遭う、だっけ。その言葉、そっくりそのまま返すよ」

スマホを戻し顔を葉山に向ければ、髪のセットを乱した蟷螂が青い顔でこちらを見ていた。

「ティアを扱っているのなら潰す。——まあ、勝手に話を聞きに来たんで、今日はこのくらいで勘弁してやるけど」

絆は山上をまたぎ、応接室を出た。フロアの視線が集中する。

「お騒がせしました。ああ、専務が転んだだけですから」

六

外には夕景が広がっていた。絆が金松リースを出たのは、そんな時刻だった。

金田に電話を掛けるとすぐに出た。

「金松を出ました」

――そう。で、どうだったかな。君の印象は。

最初は教わるばかりだったが、階級が並んだこともあり、特捜隊で再会してからの金田は絆にすべての判断を委ねた。有り難くもあるが、責任は重い。

「匂いはありますが、ヤクザの匂いは混在ですから。なにが出るかわからないので、ここは新宿署だけでなく、うちも絡んでお願いできますか」

――張り込みかね。

「はい」

――わかった。隊長に言っとくよ。

「ありがとうございます。じゃあ、俺はこのまま渋谷に回ります」

――いい時間だね。引っ張られた連中の取り調べも終わってる頃合いだ。古巣だし、問題はないだろう。じゃあ、俺は先に帰らせてもらうよ。

「了解です。お疲れさんでした」

通話を終えた絆は、言葉通り渋谷に向かった。ふと途中で思い出したように尚美にLINEメールを送る。

〈もう少し掛かる。ゴメン〉

だが、新宿駅のホームで送ったメッセージは、渋谷署に着いても既読にはならなかった。


「やっと来た。それにしても一日二回とは、さすがに上に昇る人だな。お忙しいっすね。警部補」

大部屋に顔を出すと、待ち構えていたように下田が寄ってきた。

大部屋ではほかに何人か、よぉと手を上げてくれる者もいたが、一瞥《いちべつ》だけで無視を決め込む者も多かった。気にはしないが、渋谷署や新宿署、絆の異動先には下田のように好意的な署員と嫌悪感剝き出しの署員が混在していた。異例特例で絆は半年ごとに所轄の組対を渡り歩いた。本庁の極秘監察と噂する向きもあり、特にヤクザ社会に近くなにかと物議を醸《かも》す組対では、脛《すね》に傷を持つ者たちは一様にそっぽを向き、中には露骨な嫌がらせを仕掛けてくる奴もいた。

「恵比寿の件は勝手にお任せして、すみませんでした」

「同じ組対。角突き合わせたって仕方ありませんから」

人前では、下田は一応絆の階級を慮《おもんぱか》ってくれるようだ。それで言葉がごっちゃになる。

「――で、ちょっといいっすかね」

下田は二本指に煙草《たばこ》を挟む仕草をした。うなずき、二人で外に向かった。所轄内での処世術だろう。絆になにをどこまで話すのか、詮索する耳もあるに違いない。そもそも下田は煙草をやめたはずだ。午後早いうちに訪れたとき、下田はこう言っていた。

「まだ続くかどうかわかんねえから誰にも言ってねえんだけどよ。俺は煙草やめて三週間超えたんだ。最長不倒だぜ」

署を出て歩道橋を渡り、向かった先はヒカリエにほど近い雑居ビルの一階だった。絆も馴染みの喫茶店だった。ビルオーナーが営むこの喫茶店はほぼ趣味の店で、客が常に数えるほどしかいない。

「どうですか」

注文のコーヒーが運ばれてから絆は切り出した。

「ああ。宮地に関しちゃ、署の緊配は掛けたが無駄だった。さっき解けた。ＰＣやＰＢの集中運用は続けてるが、無理だろうな。防犯カメラは今データの収集中。このくらいかな」

署の緊配とは所轄内で一斉に動く緊急配備のことだ。よほどでなければ普通、二時間程度で解除される。集中運用はパトカーや交番の警官による、現場周辺の重点警邏《けいら》のことだ。

「若い奴らの調べは終わってる。二人とも署の箱ん中で大人しくしてるぜ。マルヒに関しちゃあ、まだ病院任せだ」

供述に拠《よ》れば半グレ二人は宮地の後輩で、詳しい話も知らず招集を掛けられたということだった。

――面倒な奴と会わなきゃなんねえからよ。悪ぃけど来てくれや。大人しくこっちの言うこと聞けばいいが、そいつがわけわかんねえこと言うようなら、少しばかり揉《も》んでやんなきゃなんねえからよ。

宮地はそう言ったらしい。待ち合わせてついていったのが恵比寿のカフェのようだ。

――言われた通り脅し掛けたんだけど、そのうちそいつが中国語で捲し立てはじめてよ。そしたら宮地さんがやり返しはじめて。言い合ってたと思ったら、いきなり宮地さんが真っ赤な顔してバタフライ撥《は》ねたんだ。

これは宮地の近くにいた半グレの証言だ。

――それから宮地さんの合図で俺が一発噛ましたんだ。へっ、あの男、腕っぷしは大したことないな。それで、宮地さんが横瀬《よこせ》に押さえとけって言ってよ。タコ殴りすんのかと思ってよ。俺は、見張りに動いたんだ。そしたら、あの中国人が宮地さんになにか言ったらしい。で、振り向いたら宮地さんが刺してて、横瀬がおたついてた。それからは、俺らをノした、あのクソ若ぇ刑事の見た通りだ。

　手前にいた半グレは悪びれもせずそう言ったという。横瀬はもうひとりの半グレの名だろう。話を合わせればわかる。横瀬は魏を押さえつけていたことにより、幇助《ほうじょ》を恐れたのだ。

「宮地ってなぁ、母親が中国人らしい。それでしゃべれるんだってよ」

「そうですか」

「二人と宮地の裏は、うちのほうで今取ってる最中だ。感じから言えば、証言に嘘はなさそうだがな」

「グループ名は」

「あの半グレ二人のは聞いてる。大したことねえチンケなとこだ。宮地は、まあ、裏ぁ取るが、二人の証言通りならグループとは関係ねえらしい。どっかで誰かが知り合って、気が付いたらいたってな話だ。本人に聞いてもあんまり言いたくないようだったらしい。黒歴史とか言ってたってな」

「マルヒに関しては」

「病院のＩＣＵだ。意識不明だってよ。三カ所刺されてる。うち一つが、届いちゃいないが心臓の近くでな。逝くか還るか、微妙なとこだ」

「そうですか」

「だが、そのマルヒよ」

コーヒーをひと口飲み、下田はテーブルに身を乗り出した。

「バッグん中にイエロー有りだ」

周りを気にしながら囁くような声だった。

「それだけじゃねえ。東堂。お前《め》ぇもノガミの魏老五《ぎろうご》は知ってるな」

絆はうなずいた。ノガミこと上野の魏老五と言えば、チャイニーズ・マフィアの中でも名の通った男だ。長江漕幇《チョウコウソウバン》の流れを汲《く》むというこの男は、昨今なんでもありの同国人マフィアと違い、恩も義理も道理も知るという。仲間には手厚く、ためにグループとしては大きくないが、慕う同胞は多い。メンツに拘《こだわ》り裏切りを決して許さないのはほかのマフィアと同じだが、仕打ちははるかに惨《むご》いとも聞く。

「マルヒはよ。その魏老五の甥《おい》っ子だ。免許証から照会した。結構なワルだな。魏洪盛《こうせい》。読み方は知らねえ」

「へえ。魏老五」

さすがに絆も驚く。大物だ。

「こっちは、おいおいだ。まずは本人の意識が戻ってからだな」

もうひと口コーヒーを飲み、

「おっ」

下田はなにかを思い出したらしく、手を打った。

「東堂。その場にいた学生二人も、身元の確認は済んだんで帰したが、お前、そいつらの学生証どうした」

「えっ。――あ」

そう言われればと思い出す。尻ポケットに入れたままだった。

「だろう。待ってるかって聞いたら、今日は用事があるから明日でいいって帰ってった」

「え、帰ったんですか。……そうですか。帰った」

絆は眉を顰めた。

「そう難しい顔をすんな。でな、お前えんとこの部署は説明しづらいから、池袋署を教えといた。遺失物でもねえし、受付にでも預けとけばいいんじゃねえか」

「有り難うございます」

頭を下げれば、

「なんにしても、お前や俺は、明日だ」

下田はそう切り上げ、伝票を持ってレジに向かった。

「やっばい、やばい」

下田と別れてそのまま、絆はＪＲ渋谷駅に走った。辺りはもうすっかり夜だった。Ｇ‐ＳＨＯＣＫを見れば、時刻はもうすぐ八時半になろうとしていた。すでに酔眼《すいがん》で帰り道だろうサラリーマンも多かった。

ホームに駆け上がったところでスマホを確認する。この時間になってもまだＬＩＮＥは既読になっていなかった。電車に乗り込む前に、今渋谷から向かうと追加する。それごと、恵比寿の駅についても既読にはならなかった。

「怒らせちゃったかな」

今まで怒らせたことはない。仕事柄不規則不定期な分、大事に扱ってきたつもりだ。けれど、今回だけは少しまずい気がする。なんといっても、ここまでひとりで待たせたことはない――たぶん。

人が増えた通りを、縫うようにしてガーデンプレイスまで走る。いつものカフェのいつもの席には、空いていたにもかかわらず尚美の姿はなかった。店内を見回してもいない。

「あっちゃ。参ったな」

辺り憚《はばか》らない独り言に、そばにいたカップルが上から目線を注ぐ。邪推するな、と言ってやりたかったがおそらくお察しの通りだ。

スマホがポケットで振動した。いつの間にかＬＩＮＥが既読になっていた。

〈了解〉

スマホを震わせたのは尚美からの書き込みだった。だが、ここに本人の姿はない。いないものは絆にも〈観〉えない。

頭を掻きながらカフェから離れる。と、絆は自分に注がれる視線を感じた。坂道のプロムナードのほうからこちらに歩いてくる尚美だった。手を振っていた。

待たせたのは自分だ。駆け寄る義務は、絆にあった。

「遅かったわね」

「悪い。ほんとに、悪い」

走りながら、片手拝みに頭を下げる。

「ううん」

尚美が黒髪を揺らした。

「あんまり遅いから映画、二本見ちゃった」

愛らしく舌を出し、笑顔を見せたことに胸を撫で下ろす。

ガラス細工を壊してはならない。守らなければいけない。

それが、尚美と付き合うことを承諾したとき心に決めた、絆の覚悟だった。

第二章

一

　東堂絆は一九八九年、荒川区《あらかわ》のT女子医大病院で生まれた。絆という名は母、東堂礼子《れいこ》がつけてくれたものらしい。

　千葉県警の刑事だった母は、絆を生んですぐ亡くなった。

　だから母のことは、すでに年下になった往時の写真でしか絆は知らない。父に至っては顔すら知らなかった。

　絆は、礼子の私生児だった。育ったのは千葉県成田市押畑《おしはた》にある、母方の祖父母が住む旧家だ。近くを小橋川《こばしがわ》という細い川が流れ、遥か印旛沼《いんばぬま》に注ぐ長閑《のどか》な場所だった。

　絆を生まれてからずっと育ててくれたのは、孫の命と引き換えるようにひとり娘を失った、この祖父母だった。

祖父東堂典明《てんめい》は、古流剣術である正伝一刀流《しょうでんいっとうりゅう》を継ぐ男だった。世間にはさほど知られていない小さな流派だが、発祥は江戸初期の剣豪、小野次郎衛門忠明《おのじろうえもんただあき》まで遡るという。たしかに、忠明の知行地《ちぎょうち》は成田にあった。

小野次郎衛門という男は本来、相当苛烈な男だったらしい。師伊東一刀斎《いとういっとうさい》を前にして伝承者の地位を賭け、御子神典膳《みこがみてんぜん》（次郎衛門）と小野善鬼《おのぜんき》が戦った小金ケ原《こがねがはら》の決闘は評伝にも名高い。その次郎衛門が窮屈な江戸ではなく、知行地に〈天衣無縫《てんいむほう》〉を以《もっ》て伝えたのが正伝一刀流だった。伊東一刀斎直伝《じきでん》の、荒々しい本物の一刀流という意味だという。

絆の祖父東堂典明はその、第十九代正統だった。剣の道では有名で、中には今剣聖《いまけんせい》と称《たた》える人もあるらしい。その腕を以って千葉県警だけでなく、昔から警視庁にも武術教練の師として招聘《しょうへい》されたようだ。祖母の多恵子《たえこ》は絆が警察学校時代に他界しているが、今年七十六歳になる典明は矍鑠《かくしゃく》としてすこぶる元気だった。逆に元気過ぎるのが、絆にとっては少しだけ悩みの種でもある。

絆は高校を卒業するまで、典明に正伝一刀流を叩き込まれた。叩き込まれるとは文字通りの意味でだ。

——俺はな、良かれと思って礼子にもある程度は教えた。それでも高校のときには、現代剣道でも県代表くらいにはなれた。けれど中途半端は、かえってあいつの心身を脆くしたのかも知れん。だから、忘れ形見のお前には徹底的に教える。鋼の心身、それが罪滅ぼしになるかは、わからないがな。

たしかに典明の〈教え〉は、年に数度は骨折も当たり前なほど激烈だった。結果、高校に進学する頃にはもう、なんとなく〈観〉えるようになった。もちろん鍛錬の賜物《たまもの》ではある。だがそれだけではなく、曽祖父に近代の中では格別と言わしめた祖父をして、舌を巻かせるほどの天与の才もあったようだ。

中学では陸上部だった。母と同じように剣道部も考えたが、それは典明に止められた。

──やめとけ。死んだお前の母親のレベルくらいならそれもいいだろう。けどな、お前くらいになると、今の現代剣道からはもう亜流だ。竹刀《しない》捌《さば》き足捌き、全部が泥臭く見えるだろう。直されたらお前、バラバラになるぞ。

それならば、と選んだのが陸上部だ。県大会でもいいところまで行った。

だが高校では、どの運動部にも入らなかった。この頃になると絆は師範代として、典明の代稽古をつけるようになっていた。祖母が身体の調子を壊し、入退院を繰り返していたからだ。正伝一刀流は地元に根差した古い流派だ。子供から大人まで、代わる代わる身体を動かしに来る近在の人たちがいた。中には代々門人という、成田山門前のテキ屋を束ねる組の親分もいた。そういう人たちからの束脩《そくしゅう》で絆は育てられたといっていい。祖父母への恩返しのつもりもあった。

W大学に進学してからは、同じ高校からラグビー推薦で進学していた先輩の熱心な誘いもあって同部に入った。絆は一般入試だったが、名門のラグビー部へ未経験でも誘う先輩があるほど、昔から運動のセンスは卓越していた。ラグビー部へ入ったのは部活動、特に球技というものへの興味があったからかも知れない。

絆は勝手に〈観〉えると言い表すが、研ぎ澄まされた五感の感応力は、正伝一刀流の口《く》伝《でん》に正しくは〈観《かん》〉という。

なんとなく〈観〉えるだけだった絆がさらに深化したのは、二十歳のときだった。ラグビーという新味《しんみ》を加え、本来天衣無縫であるべき小野次郎衛門の剣が開花したものだろう。ローカルTVではあったが、この正月、大学選手権の予選で、絆がゴールキックを任されたシーンが流れた。それを見た典明に、絆は久し振りに道場に誘われた。木刀を構え、互いに青眼に位取《くらいど》り、絆が一歩出ようとする拍子で典明がからりと木刀を捨てた。

――できた。もうお前に教えられることはなにもない。

時代が時代なら免許皆伝と、そんな瞬間だったろう。技術だけでは得られないものだ。絆は特に、抜き身の刃を交える対峙《たいじ》の感覚、その感得に優れた。昔も今も変わらないだろう殺意・悪意・敵意に、複雑に捩《ね》じれた現代的な負の感情も含めてというところが、近代中格別の祖父をして、できたと言わしめた天与の才だったか。

天才の反動として、絆は陽《よう》の気や、負でも些末《さまつ》な感情には無頓着だった。意識してそうするわけではない。常に高いレベルで五感を研ぎ澄ませては、さすがに神経が擦り切れる。

これは無意識のうちの抑止、ブレーキだったろう。

例えば大学四年間で、絆は尚美を含め、五人から付き合ってくれませんかと言われた。尚美のことはわかった。あまりにもわかりやすかったからだ。が、ほかの四人は告白されるまでまったく分からなかった。中でも、

〈ずっと見てました〉

この言葉が一番驚いた。どこで見ていたのかと実際聞いてしまったほどだ。この辺が絆が大学時代、飄々として、あるいは行く雲のよう、媚びないと評された所以《ゆえん》でもある。

だが、そんな能力をもってしてもラグビー部では四年間、絆は常に控えだった。どれほど食っても練習に汗を流しても、筋肉がそれ以上太くなることはなかった。重戦車のような三十人の男たちが鬩《せめ》ぎ合《あ》う肉弾戦に、比べれば華奢《きゃしゃ》な絆の入る余地はなかった。

それでも卓越した身体能力、突き抜けた五感の鋭さは誰もが認めるところで、ゼッケンは常に十八番だった。野球で言えばエースナンバーだが、W大ラグビー部における十八番は、スーパーサブのナンバーだ。あの頃セブンズがあればお前もいい線いってたのにな、とは、同じ釜の飯を食った仲間が今でも本気で悔しがりながら言ってくれる言葉だった。

そうして大学の四年次、絆は迷うことなく職業に警察官を選んだ。母が警察官だったこともあるが、それだけではない。聞いても典明は昔から知らぬ存ぜぬを貫き通したが、祖母は何度かワイドショーを見ながら呟いた。本人は溜息をつく程度のつもりだったのかも

しれない。

芸能人、特に俳優同士や歌手同士の結婚報道を見ては、

〈同じ職場でも、こうやって上手くいく人はいるのねえ〉

痴情の縺《もつ》れが原因の事件報道では、それが同僚だったりすると、

〈やっぱり、同じ職場は上手くいかないのかしらねえ〉

そして最後に、必ず呟いた。

〈警察官同士ってねえ〉

絆にとって警察官は、自然な流れだった。

警視庁採用試験一種に合格し、採用された。警察学校の成績や評価は突き抜けていたようだ。おそらく、成績はトップだったろう。

ただそんなことより初任教養の六ケ月、場長として同じ教場からひとりの脱落者も出さなかったことは、自身今でも密かな自慢ではあった。

絆は異例特例の組対と言われるが、それを決定したのは後で思えば、初任教養に続く卒配時だと自身では思っている。絆の卒配は、第六方面浅草《あさくさ》署の地域課だった。ここで絆は持ち前の能力を存分に発揮した。空き巣・ストーカー・引ったくり等、とにかく制服勤務での職質や警邏における犯罪の未然防止が多かったのだ。桁違いだったと言い換えてもいい。人の所作、気配から立ち上る通常でないものは、絆には感覚として〈観〉えた。先輩

警官にコツを教えろなどとも言われたが、これには苦笑を返すしかなかった。教えられるものではないのだ。

卒配を終え、警察学校へ戻って二ケ月の初任教習。ここまでが絆の、普通の警察官としての過程だった。異例特例はこの後すぐに始まった。異例ながら所轄に配属されることなく、警察学校に残ってそのまま捜査専科講習に入った。そして学校、実習の三ケ月を無事乗り切った後、絆の配属は、本庁組織犯罪対策部第四課9係だった。誰もが驚いた。

ただし、絆の異例特例はこれだけで終わらなかった。秋に本庁組対に配属となった絆は、腰を落ち着けることなく次の春の人事で、築地《つきじ》警察署刑事組織犯罪対策課に異動になったのだ。そして続く秋の異動で渋谷署の組対、春に池袋署の組対、秋に新宿署の組対へと異動を繰り返し、渡り歩いた。そのために所轄では本庁の監察かと疑われる羽目にもなった。

絆が現在の組対特捜隊遊班に所属するのは、だから、この春からだった。

二

次の日の朝、絆は尚美の賃貸マンションで目覚めた。遅くなったときはたいがい隊のある第二池袋分庁舎の仮眠室で寝る。半年ごとに所轄を渡り歩いた結果、絆の住まいは定まっていない。所在地の登録としては成田市押畑のままだ。時間に余裕があれば本当に帰り、翌朝そちらから勤務に出る。現警視総監の古畑正興《ふるはたまさおき》にとっても師である典明の家ということ、絆の原点が古流剣術であることにも起因して、これも異例特例のひとつだったろう。

休みがあまり合わないこともあり、絆が尚美のマンションに泊まるのはおよそ二ケ月振りだった。京王線《けいおう》桜上水《さくらじょうすい》の駅から徒歩五分、住環境としては申し分ない。その代わり、ロフト付きの1Kマンションの家賃は、下町なら2LDKが借りられるほどだ。尚美は商事会社に勤めているが、社会人一年目のサラリーでは手が届くはずもない。家賃の支払いは出雲の実家だった。

絆が目覚めたのは、携帯に着信があったからだ。時刻は朝の六時を回ったところだった。遮光カーテンに輝く朝陽の筋が入っていた。起こさないよう尚美の頭から腕を外す。電話の相手は、渋谷署の下田だった。

「はい」

――下田だ。声が寝惚《ねぼ》けてんな。起こしちまったか。

「いえ。もう起きるつもりでしたから」

――そうかい。ま、規則正しい生活なんざ、そもそも刑事には無理だけどな。

「そうですね。で、どうしました？」

――ああ。今から五分くらい前にな。

魏洪盛が、一度も意識を取り戻すことなく病院で死亡したと下田は続けた。「お前や俺は、明日だ」と言いながら、自分は署に泊まって待機していたようだ。

「じゃあ、これからすぐに向かいます」

――そんなに急ぐことはねえや。お前がどこにいるのかは知らねえが、こっちもすぐに動くわけじゃねえ。今いる人間で捜査方針の確認が終わってからだ。

「そうですか」

――朝飯でもゆっくり食ってこいや。朝飯は大事だぜ。俺はぞんざいにしたせいで、中性脂肪やら悪玉コレステロールやら、溜《た》まりまくりだ。

「わかりました」

――そうだな。九時から九時半の間で昨日の喫茶店で待ってるぜ。

下田はそう言って電話を切った。少しの時間だったが、カーテンの隙間から差し込む朝陽の輝きが増していた。

「絆君」

ベッドから声がした。通話の間に尚美が起きていた。だが、布団に潜ったまま目から上だけを出し、おはようと告げる声は気怠《けだる》い。尚美は極端に朝が弱かった。

「おはよう。起こしちゃったな」

「すぐに出る？」

「いや。逆にいつもよりゆっくりできそうだ」

絆はキッチンに入った。コーヒーメーカーがある。絆が買って置いたものだ。フィルターと浅煎りの引き豆をセットする。

「だから今日の朝飯は俺が作るよ。昨日待たせたお詫びも兼ねてね」

「うん」

尚美は布団を頭からかぶった。絆の手料理は尚美も知っている。両親の記憶すらない絆は、祖母が他界して以来、家にいられるときは、なにもできないというかしようともしない典明の分と二人分を作ってきた。もっとも、料理の腕前は胸を張れるほどではなく、たいがいは道場を代々間借りしている、渡邊家の真理子《まりこ》と娘の千佳に頼り切りだったが。

「さぁて」

大きく伸びをし、絆は小さな冷蔵庫を覚悟して開けた。開けて絆は、やはり唸った。五百ミリのペットボトルの水が三本、あとはチョコレートがひと箱と、やけに大きな脱臭剤がひとつ入っているだけだった。

「いつものことって言えば、いつものことだけど」

まずは、買い出しをしなければならない。

「それより、あのチョコレートも大丈夫なのかな」

コーヒーメーカーから、香ばしい香りが漂い始めた。

絆は尚美の出社に合わせてマンションを出た。新宿までは一緒に出る。尚美の会社は四谷《よつや》にあった。絆はJR中央線に乗る尚美と別れ、山手線で渋谷に向かった。

喫茶店に入ったのは八時五十分だった。すでに下田はいたが、ひとりではなかった。もうひとり、見覚えのある男がいた。渋谷署の捜査課強行犯係の係長、若松道雄《わかまつみちお》だった。下田とは警察学校の同期だと聞く。

同席の理由は察しがついた。

魏洪盛は死んだ。チンピラ同士の傷害では終わらなかった。宮地の罪状は殺人に切り替わる。当然、強行犯係が出張《でば》ってくる案件だ。ティアドロップが関わるとはいえ、所轄レベルの組対が課内に抑え込んでおける事件ではない。

「早いですね」

絆は挨拶しながら下田の隣に座り、

「どうも」

と向かいの若松にも頭を下げた。若松も答えて鷹揚《おうよう》に身体を動かした。絆を含めた三人以外に客はいない。そういう店だ。下田と若松の前には飲み掛けのアイスコーヒーがあった。マスターに同じ物を注文する。

「どうやら帳場が立つらしい。そっちの準備で署内は大わらわだ。んで」

下田は若松のほうに顎をしゃくった。

「こいつが暇そうにしてたんで連れてきた。一緒のほうが話も早いし」

「連れてきたってのは偉そうな言い方だが。ま、そういうことだ」

「うちの係長はなんだが、課長には話を通してある」

「そうですか」

下田の係長は絆を煙たがるほうで、課長は割り合い好意的、というよりも上の意向に敏感な男だった。

コーヒーが運ばれ、本題に入る。絆は、前夜下田に話した犯行の状況をもう一度語った。

若松は腕を組み黙って聞いていた。

下田からは、半グレ二人のウラ取りの結果が報告された。

「どっちも言ってた通りみてえだ。あの連中はなにかってえとひと塊《かたまり》になる。十日くらい前、どっかのパーティだかイベントだかにつるんで行ったときに宮地が声を掛けたようだ。塊の数はあの半グレ二人を入れて十三人。ほかの十一全部のウラは取った。どっちかってえとその中で、宮地に可愛がられてたのは別の三人でよ。声掛けられたのは、中でも喧嘩上等な奴二人だ」

下田は目を動かし、話を区切ってストローを口にした。カウベルが鳴り、ビジネススーツの二人組が入ってきた。絆らと離れた窓際の席に座り、ブレンドを注文する。

「その喧嘩上等な二人な」

下田の声は、少し潜められた。

「特に手下ってわけじゃなく、単なる小遣い目当てらしい。金の縁ってやつだ。嘘臭え自慢話ばっかりの宮地とはむしろ距離を置くほうだったらしい。結論から言うと——」

下田は若松に振った。

「そう」

うなずき、若松はコーヒーをすすった。今度は若松が声を落とした。

「宮地の犯行は計画的ではなく、突発的ということになるが……」

若松は正面から絆を見た。目の奥に強い意志があった。言葉尻と総合すれば、疑っているのは明白だった。

「気になるんですね」

「そうだ。刺し傷が三つ」

若松は右手をテーブルと平行に出した。鳩尾《みぞおち》辺りに浮かせ、

「ここから下の同じ辺りに二つ」

上にひとつと小声で言った。

「順番まではこの段階じゃあまだわからないが、俺は下の二つが先で、上が最後だと思ってる。激高して刺したんなら、三つ目も二つの構えのまま下でいいだろう。それを狙った

ように上げてる。中に届いちゃいないが、それは腕の問題だ。そして残りの下二つはダミー。どうだ」

「ははっ。専門家に聞かれると恐縮しますが、殺意があったことだけは、間違いないと思います」

「お前にも、そう思う根拠がありそうだな」

「笑ったんですよ、逃げる直前。宮地が俺に向いて」

「――ほう。笑ったか、宮地が。お前が言うんだ。間違いないだろう。緊配に掛からなかったのもそれで納得できる」

若松の目の奥で光が強い。考えるところは一緒だろう。計画的かそうでないかで、逃走経路は大違いだ。つまり、捜査そのものが大きく変わる。

「ま、若松が関わるほうはそんな感じか」

下田がアイスコーヒーをグラスからそのまま飲んだ。氷が音を立てた。

「若松、わかってんな。パクったらこっちも絡ませろよ」

若松はうなずいた。話はできているようだ。下田は絆に顔を向けた。

「さっき若松には話したんだが――」

「あ。ちょっと待ってください」

絆は遮った。下田と若松は怪訝な顔だ。絆は席を立って窓際に歩いた。サラリーマンに近づく。二人ともセルロイドの眼鏡《めがね》を掛けた、三十代の男だった。そろって新聞を広げていた。

「ん？　なんだい、君」

ひとりが絆を見上げ、下田らと同じような顔をした。絆はゆっくりと笑顔を近づけた。

もうひとりも新聞から目を離し、テーブルに置いた。

「こんなところで聞き耳を立ててるくらいなら、一緒にどうです」

凍り付いたように二人は固まった。

「渋谷署の警備？　いや、見たことないですね。本庁？　まさか公安ですか⁉」

「なにを言ってるんだ、君は」

言ったのは先ほどと同じ男だが、言葉はまるで顎の油が切れたように平板だった。

「馬鹿馬鹿しい。おい、行こう」

ひとりがもうひとりを促す。そそくさとレジへ向かい、二人は出て行った。テーブルには手付かずのコーヒーが残された。

「すいません。話の腰を折って」

絆は席に戻った。

「――公安の連中か」

若松が聞いてきた。絆がおそらくと答えると、下田がけっと吐き捨てた。二人ともあまりいい印象を持っていないようだ。横槍《よこやり》、搾取、遮断、拒絶。過去にいろいろやられたのだろう。

絆も経験がないわけではないが、あまり気にしてはいない。どういう形であれ犯罪が防がれ、事件が解決するならそれでいい。

「シモさん。続きを」

「ん？　おっと、そうだった。えっとな。——そう、半グレ。話を聞いた十三人の半グレな。宮地が特に可愛がってた三人は、どうやらティアをやってるみたいだ。こりゃあ周りの十人から聞いた話だがな。そのまんま張り込んでるがよ。餓鬼ばっかりだっていうから、売人の線は薄い。なんにしても宮地だ。パクんねえとな」

絆は強くうなずいた。反比例するように若松が椅子の背もたれを軋ませ、長い息を吐いた。

「しかし、半グレと沖田のチンピラとノガミのチャイニーズにクスリ。そこにうちと組対と、挙句の果てになにを狙ってかはわからんが公安がおでましか。ゴチャゴチャだな」

「ああ。ゴチャゴチャだ」

下田はグラスの氷を手でつかみ、口に放り込んだ。

「シモ。今の中で公安が絡むとすりゃ、外事。ノガミかクスリだろうな」

「だな」

「よし」

若松は膝を打って立ち上がった。

「こっちの帳場には、宮地の殺し一本で進言しとく。シモのほうは沖田でいいな」

「おう。妥当な線だ。なら残りは……」

若松と下田の視線が絆に集まる。

「残りは俺ですか」

「ま、そういうこった」

絆の肩を叩き、下田も立ち上がった。

「外二《そとに》辺りが絡むとすりゃ、俺ら兵隊じゃあ、すぐに捜査から外されちまう。あいつらとタメを張れるのは、部長か、上層部に近いお前くらいのもんだ」

「参ったな」

絆は頭を搔《か》いた。

「買いかぶりです。俺も兵隊ですよ」

「悲しいこと言ってくれんじゃねえよ。いいか、昨日も言ったが、お前は星なんだ。星ってのはよ、上で輝くもんだ」

意味は分かるようでわからないが、期待されるのは悪いことではない。

「頑張ってみます。けど、後で俺のほうから泣きつくかもしれませんよ」

「そいつは、もう俺らの仕事じゃねえ。お前には金田さんがいる。その後ろに、大河原正平って曲者《くせもの》もいる」

じゃ行こうかと若松が促し、

「このくらいは情報料で帳場回しにしてやる」

と、伝票を持ってレジに向かった。

三

絆がJR池袋の駅に着いたのは、午前十時だった。勤務先である池袋分庁舎は一丁目にある。池袋駅西口からは、直線で六百メートルといったところか。

普通に向かうなら西口ロータリーを右に曲がるが、この日は違った。左に曲がる。目撃者二人の学生証を、まず池袋警察署の受付に預けなければならなかった。

西口公園を抜け、芸術劇場の脇を通る途中でスマホが振動した。金田からだった。

「はい」

――今、どの辺りだい？

「池袋に着きました。芸術劇場の横で、署に向かってます」

――なら、すぐだね。ちょうどいいや。目的の学生たちがね。

署の受付で待っていると、特捜隊に連絡があったという。

「わかりました」

絆は先を急いだ。メトロポリタンホテルを回り込むように抜ければ、池袋警察署は目の前だ。自動ドアを入ると、顔見知りの受付職員が笑顔でソファを指し示す。

さまざまな所轄《しょかつ》を渡り歩いたが、この池袋署の雰囲気が絆は一番気に入っていた。署訓も〈愛・力・絆〉だ。親しみの元はそれかもしれない。

「ごめん。待たせたかな」

昨日から人を待たせて謝ってばかりいると思い、苦笑が漏れた。

「いえ」

まず先に銀縁メガネの柳本が立ち、丸刈りの和久井が続いた。

「昨日の犯人、まだ捕まってないみたいですね」

聞いてきたのは柳本だ。

「ニュースになってないみたいだから、まだなんでしょ」

と、これは続く和久井が言った。

「悪いね。ちょっと、詳しいことは言えないんだ」

絆は濁した。

「あ、そうでした。捜査上のってやつですね。小説はけっこう読んでるんでわかってるっもりだったんですけど、なんか聞いちゃいました」

柳本は苦笑いで頭を掻いた。

絆はポケットから二人の学生証を取り出し、名前と大学をそれぞれ確認した。

「柳本君はいいとしても、和久井君は悪かったね。Ｋ大じゃここから遠いだろう」

言いながらＷ大の学生証を柳本に返し、Ｋ大のそれを和久井に返す。

「まあ、真面目に授業に出てればですけどね」

和久井は笑った。

「どっちかっていうと、こっちにいることのほうが多いんですよ」

「へえ。住まいが近いの？」

「いえ。実家は静岡だし、アパートは押上《おしあげ》です」

「――ああ。そうなんだ。じゃあ、どうしてこっちに？」

「刑事さん。僕も和久井も、サークル連絡会議の派遣委員なんですよ。首都圏サークル連絡会議。通称サ連。ご存じですか」

絆の疑問に答えたのは柳本だった。

「首都圏サークル連絡会議？　なんか聞いたことはあるような」

Ｗ大には、文化会連合と体育会連合がある。ともに、大学に正式認可されたサークルが所属する連絡部会だ。絆の所属したラグビー部は当然、体育会連合に所属していた。ただ、

W大のような大きな大学になると、泡のようにできては消えてゆくサークルが、管理できないほど無数にあった。ヤリサーなどは、そんな無認可のサークルの代表だ。だが、そう括《くく》ってもらっては困るという無認可サークルがあったのも事実だった。

真面目に活動する集まりは存在を主張した。関知はしないが管理はしたいというのは、どの大学も同じだった。双方の利害は一致し、大学にはいくつかの無認可団体を束ねる組織が存在した。首都圏サークル連絡会議というのも、そんな組織のひとつなのだろう。

「いくつもあるし、うちはそんな中でも小さいほうだから知らないですよね。特に先輩は、体育会連合だし」

柳本の目は輝いていた。

「東堂って名前どっかで聞いたことあるなぁと思ったら、あの東堂先輩だったんですね。ラグビー部創設以来のスーパーサブ」

「ははっ。そんな、大げさだな。選手権も取れなかったのに」

「ご謙遜を。うちのサークルの先輩にも聞きました。東堂にあと二十キロ身体があったらって――。選手権敗退の後は、大学周辺の飲み屋がそんな愚痴だらけになったって」

「褒めてくれてるようだけど、思い出としては苦いな。その、君のサークルっていうのは」

話題を変えようと絆は話を振った。柳本は、聞いたことがあるテニスサークルの名称を口にした。無認可の中では伝統のあるところだ。三十年は続いているだろう。K大の和久井は、ツーリング同好会だと言った。

「こいつ、だからこの時期になると坊主になるんです」

「この時期？　ああ、夏か」

「柳本は笑いますけど。ヘルメットってもう、ホントに蒸れるんです。こうしないと」

和久井は自分の頭を撫でた。

「事故から身を守るためのヘルメットのせいで、事故っちゃいそうです。なんか、本末転倒な気もしないでもないんですけどね」

他愛《たわい》もない話をしばらく続け、署にほど近いR大学に行くという二人を絆は送り出した。

R大学の無認可サークルがひとつ、首都圏サークル連絡会議に申し込んできたという。

「でも、R大はこの三月で三つ抹消になりましたから、まだマイナスです。なかなか増えません」

肩をすくめ、横断歩道に向かう二人を見送る。姿が見えなくなってから、絆は辺りの気配を探った。渋谷の喫茶店で見たような、本庁の影は今のところなかった。G-SHOCKの針は、十時四十分を指していた。

四

絆は隊の本部がある分庁舎に向かった。池袋署からは徒歩で二十分と掛からなかった。

特捜隊は大部屋だが、本庁のような人の賑わいはない。執行隊とはそういうものだ。ただし、同じ執行隊でも初動を受け持つ刑事部の機動捜査隊や交通部の交通機動隊とは違う。それらは頻発する事件に迅速さをもって当たるため出入りが激しく、数の多さで忙しい。

一方、組対特捜隊は、事件というより案件で動く。今日の今日という案件でも動くが、一ケ月、あるいは一年の案件もある。だから常に、隊本部に人は少なかった。言えば公安機動捜査隊に近いか。二〇〇三年四月の組織犯罪対策部設立時に、かつての外事特別捜査隊、現在の公安部外事第三課から池袋分庁舎の組対特捜隊に転属になった者も多い。

大部屋には三人の男しかいなかった。みな、それぞれの班長だ。絆はそのうちのひとり、窓際で麗《うら》らかな陽を浴びながら眠っているような男に近寄った。老眼鏡を掛けデスクに新聞を広げているが、たぶん寝ている。近づいても、髪を短めに刈った半白の頭は後頭部を真上に向けたまま動かなかった。

「戻りました」

少し間があった。思った通りだ。

「ん？　おう」

　やがて老眼鏡を外し、顔を上げたのが絆の相方、班長の金田洋二警部補だった。ゆっくりと伸びをする。百六十センチに満たない小柄で、最近太り気味だと本人は言うが、出会った頃からそんな感じじゃないか、と絆は思う。ぎょろ目に厚い唇、太い鼻は、若い時分には相当厳《いか》ついマル暴顔だったろうが、今はかえって好々爺《こうこうや》然として見える。喜怒哀楽を表すとまた元に戻るのかもしれないが――。

　一男一女の内、息子《むすこ》夫婦に去年初孫が生まれたというが、金田があやすと泣き叫ぶらしい。これが今の悩みだという。

　いつもよれよれのスーツを着ているが、これはトレードマークなどではなく、

「来年定年じゃ、新調したって勿体ないだけだろう」

　少し無頓着《むとんちゃく》過ぎないかとも思うが、捜査以外に拘りのないのが金田という男だった。

　金田は新聞を畳んでから、よっこらせと席を立ち、緑茶を二人分煎れて席に戻った。

「で？」

　絆の報告を聞きつつ煎れ立ての緑茶をすする。昨日の重複が多い報告の中で金田が取り上げたのは、若松と下田に任された魏老五のことと、本庁の公安らしき男らが現れたということだけだった。

「公安はまあ、放っておけばいい。隊長には報告を上げておくがね。中でガチャガチャす

るのは好きじゃない。労力の無駄ってものだ。もっとも、されるのはもっと嫌だがね」

金田の口調は柔らかい。久し振りに会った人間はかなり驚くから、これも齢とともに変わってきたことなのだろう。

「わかりました」

「それにしても、ティアとノガミか。ティアは今に始まったことじゃないが、ノガミ、な。ノガミの、魏老五。手始めはこっちかね。普通なら令状がない限り、警察を名乗って会うのは難しいだろうが」

金田は椅子の背もたれを軋ませた。目を細める。遠いなにかに、思いを馳せているようだった。

「長くやってると、こういう場面にも出くわす。因縁てやつかな。怖い怖い」

おもむろに携帯を取り出し、老眼鏡を掛ける。呼び出した番号に金田は電話を掛け、老眼鏡をデスクに放った。

そのまま軽く一分は、絆も金田も動かなかった。陽の光だけが騒がしい窓際だ。金田の携帯から漏れるかすかな呼び出し音が聞こえた。相手はなかなか出なかった。

絆ならとっくに切るほど待って、ようやく携帯はつながった。

「よう。久し振りだな。もう少し早く出てくれると助かるが」

音として相手がなにかを言ったのは聞こえたが、内容まではわからない。

「――まあ、そう言うな。いや、ちょっと力を貸して欲しいことができてな」

そこからは押し問答のようだった。

結果は金田に軍配が上がった。

「俺も来年で定年だ。最後にひと花ってわけじゃないがね。これがきっと最後だ。安心しろ。来年からはもう、顔を見ることもないだろうよ。――そうだ。俺もお前の顔は見飽きたよ。だからなあ、聞き入れてくれや」

シミジミとした口調は金田の手管《てくだ》だろうが、こんなことを言われて断れる者はなかなかいないはずだ。案の定、それじゃあよろしくな、と言って金田は通話を終えた。

それだけでわかる。どこの誰に掛けたのかは知らないが、電話の相手は悪い人間ではない。

「さて。少し早いが、昼飯にするかね」

金田は三十年来の愛妻弁当を取り出した。するかね、と言いながら絆のことはお構いなしだ。このマイペースも三十年変わらないらしい。

「君もいいよ、食べてきな。時間はまあ」

金田は腕時計に目をやった。

「だいぶある。一時には隊長が戻るんでね。それで今までのところを報告したら、出掛けるよ」

「はい。で、どこに」

「湯島《ゆしま》のほうだ」

「さっきの電話の相手ですか」

「そうだよ」

「誰ですか」

「言っても君は知らない男さ。ただ、俺が知ってる中じゃあ、ノガミにつながる唯一の筋だよ」

金田は弁当の蓋を開け、渋面を作った。

「かあー! 母ちゃん、またやりやがった」

弁当にメルヘンは要らないと呟く。

愛妻弁当を覗き込むと、なにで作ったかはわからないが、星とハートと笑う太陽が、白米のキャンバスに描かれていた。

五

金田に従い、絆は池袋の隊を出た。山手線で西日暮里《にしにっぽり》に回り、接続の千代田《ちよだ》線に乗り換えて湯島で降りる。不忍池《しのばずのいけ》が左手に見えたが、金田が向かったのは逆だった。湯島坂下の交差点を右に曲がり、坂上へ出る。迷いは一切なかった。何度も足を運んだことがあるようだ。

坂上でいったん、金田は息をついた。二百メートル足らずの坂道で、金田の額にはもう汗の粒が浮いていた。

「いやぁ。この坂は堪《こた》える。電話ではああ言ったが、どうにも本当になりそうだな。東堂君、覚えておくように。次からはひとりで来てもらうことになるだろうし、今後もなにかとあるだろうから」

金田は絆だけでなく、皆を君付けで呼ぶ。いつからかは知らないが、本庁での教育係のときからそうだった。

「えっ、今後もですか」

絆は聞き咎《とが》めたが、

「そうだよ。電話での話には、大きなところで嘘や隠しはないよ。そこはほら、駆け引きってやつだ。これから会う奴は、そんなことしたら臍《へそ》を曲げる男でね」

金田は平然として、取り出したハンカチで汗を拭いた。

「だから私は行かないが、君が行くと。そういうことさ。ね、嘘はないだろ」

「そりゃまあ」

「ちょうどいい機会だしね。まあ、こういう感じでこれからもどんどん、君に私の協力者を渡していくよ。ただ、どういうわけか癖の強いのが多いんだ。だから、扱えるかどうかは君次第だけどね」

金田はにやりと笑い、さてと肩を回しながら歩き出した。

大人、叩き上げの刑事、いや、

「師匠が狸《たぬき》なら、俺も狸になるのかな」

「ん？　なんか言ったかい」

「いえ」

肩をすくめ、絆は金田の後に続いた。

狭い変形十字路から一方通行を逆に入り、およそ百メートルくらい行った右手が目的地のようだった。

立ち止まって金田が見上げた。

古びた細い、五階建ての雑居ビルだった。特に看板はなにもない。狭い道から見上げる各階の窓にはそれらしき名称が貼ってあるようだが、角度がありすぎて読めはしなかった。五階にはそれすらない。

「さあて」

金田は勢いをつけるように、大きく息を吸ってからビルに入った。

最初の勢いの割りに、金田はゆっくりと階段に足を掛けた。おそらくビルは、一九九五年の建築基準法改正前の建物なのだろう。エレベータはないようだった。最後はもつれ加減の足を運んで、金田が向かったのは五階だった。共用部分以外はワンフロア、というか、ひと部屋に違いなかった。

木製のドア上部が曇り硝子《ガラス》で、そこに剝がれかけたシート文字と、ひび割れを補修したビニルテープが貼ってあった。

〈片桐《かたぎり》探偵事務所〉

白だかベージュだかわからない文字は、そう読めた。

「へえ。探偵ですか」

「そう。ここの所長は、動かしようによっちゃ使える男だよ。所長といったってひとりしかいない個人営業だけどね」

「こういう職種の人、俺は初めてです」

「そうかい。じゃあ、早速慣れたほうがいい」

金田はノックもなしにドアを開けた。

煙草の煙と観葉植物と、饐《す》えたような臭いと、有線から流れる昭和歌謡が充満する部屋だった。今流れているのは桂銀淑《ケイウンスク》の〈すずめの涙〉だ。

部屋の間取りは、十五から二十畳くらいの居間に流しとトイレ、そんな感じか。決して狭くはないはずだが、絵に描いたようなおちぶれ、やさぐれの事務所だ。乱雑に投げ捨てられた粗大ゴミのような物品が至る所に山を作り埃をかぶり、行動可能面積は限定されていた。

真っ直ぐに延びる獣道のような隙間の先に高さのない平棚があった。よく見れば型の古い事務机だった。ただの平棚と見間違えそうになったのは、ウイスキーの空き瓶が端から端まで並べられていたからだ。

その奥に、ひとりの男がいた。肘掛椅子からデスクに足を振り上げ、顔に古雑誌を載せて微動だにしない。

その男が、片桐という探偵なのだろう。

「おい。来たぞ」

返事はなかったが、意に介さず金田は進んだ。絆も続く。デスクの前に、ゴミに埋もれるようにして向かい合わせの長椅子があった。片方には枕と毛布が載っていた。金田は無造作に取り上げ、両方とも片桐に投げて長椅子に座った。

「ばっ！　おわっ」

肘掛椅子でバランスを崩し、反動で片桐はデスクにのめって大きな音を立てた。

吹き寄せる空気が、異様に酒臭かった。

「聞こえてらぁ。そんなことしねえでもわかるってんだ——ん？」

片桐は金田から、長椅子の手前に立つ絆に視線を移した。

正面からの顔が尖《とが》って見える、あるいは百七十以上はある身体が細く見えるのは、どちらも不摂生で削《そ》げているからだろう。濃い眉の下に腫れぼったい一重瞼の目があり、その下に眉と同じ濃さの隈《くま》があった。高い鼻と色の悪い薄い唇。合わせて考えれば齢は金田と同じくらいか。いや、顔色の悪さと雑な無精髭《ひげ》がそう見せているだけかもしれない。五十から五十半ばが妥当なところだろう。緩い天然パーマには、寝癖が煩《うるさ》いほどついていた。

「ほう」

「へえ」

片桐と絆の、互いに対する感嘆はほぼ同時だった。

関節ひとつひとつの動き、動かし方。目の配り、光。声の伸び。今はいざ知らず、絆は片桐が、かつては相当に鍛えた男であることを見て取った。一瞬だけだが、漏れ出る気配に現れたのは間違いなく抜き合わせる白刃の剣気だった。

片桐も絆に同様の気を感じたに違いない。

「――強いとかってレベルじゃねえな。初めて見た。お前、化け物か」

絆を見ながら、目は用心深く細められた。身体に染み込んだ習性だろう。今も昔も変わらない、心の下拵《したごしら》えというやつだ。

「あなたもできますね。剣道ですか」

「お前みてえなのに言われても嬉しかないがな」

「でも、この亮介《りょうすけ》もかつては、剣道では高校日本一から大学の選手権まで制した男でね。県立の星・国立の星なんて謳《うた》われた時期もあったな」

金田がひとり納得するようにうなずいた。亮介、それが片桐の名前のようだ。金田との関係はわからないが、そう呼ぶほどには親しいのだろう。

「へっ。やめてくれ。もう黴《かび》の生えた話だ。擦《こす》っても取れねえ、黴の生えたな」

「そんなことはないだろう。トロフィーや盾はそうでも、お前が優勝した事実は消えないよ」

いててと片桐は顔をしかめた。

「ゴチャゴチャうるせえよ。消えねえってことは消せねえってことと変わらねえ。どうでもいい」

手を伸ばし、デスクに並んだウイスキーの瓶をたしかめる。

「ちっ」

一本目も二本目も空だった。

「なんだい。こうやってわざわざ来たってのに、また呑むのか」

「迎え酒だよ。話があるんだろ。このまんまじゃ聞いてられねえよ」

四本目で中身の音がした。引き寄せつつ片桐は顎で絆を示した。

「それよりカネさん。こいつはなんだ。人を連れてくるなんざ初めてだし、聞いてねえ」

キャップを開け、片桐はそのまま口をつけた。

「ああ。そうだったな。忘れてた」

額を叩き、金田は絆を促した。

「自己紹介の時間だね」

なぜか、金田の目に宿る光は悪戯《いたずら》を仕掛けた子供のようだった。

「初めまして」

絆は背筋を伸ばし、儀礼に則《のっと》った会釈をした。

「警視庁組織犯罪対策部、特別捜査隊遊班、東堂絆です」

途端、片桐がウイスキーを吹き出しむせ返った。霧のようなウイスキーが舞う。部屋のアルコール臭がさらに濃くなった。

「と、東堂だぁ⁉」

片桐は金田を睨んだ。

「そう」

金田は深くうなずき、

「ちなみに彼は警部補だ。二十七歳の若さでな」

と続けた。

「警部補……」

まだむせながら片桐は絆の全身を強い目で見回した。嫌な視線ではなかったが、気配も込みに不思議なものだった。絆をたしかめながら、目の前の絆を見ないとでもいうか。貫いて奥、その深いものを見定めようとでもするかのような目だった。

やがて室内に、有線の音楽が蘇《よみがえ》った。曲は、〈ページ99〉に変わっていた。

「カネさん。冗談にも程ってもんがあるぜ。こりゃあ、なんの真似《まね》だい？」

デスクに右手を載せ、手のひらに頭を預けるようにして片桐は言った。声の質が少し変わった。気配もいくぶん尖る。怒っているようだった。

「無理をしたわけじゃない。流れだよ。自然な流れっていうものは、やっぱり行き着くところに流れるんだ」

視線が絡む。強くはなかったが、揺るぎもなかった。

いてて、とまた顔をしかめ、先に切ったのは片桐だった。大きく息を吐き、金田に向けて指を突き出す。

「カネさん。そこに冷蔵庫があんだろ」

「ん？」

左右に体をひねり、

「ああ。これか」

金田はデスクに近い床の上にある、五十センチ角くらいの黒い箱に手を伸ばした。黒がくすむほどだ。かなりの年代物なのだろう。金田が開けると、三百五十ミリのペットボトルの水が数本入っているのが絆にも見えた。本当に冷蔵庫だった。

「一本くれ」

「ん。ほらよ」

一本を取り出し、片桐に投げる。片桐は三百五十ミリを一気に飲み干した。天井を見上げ、息を吐く。

「で、用件は？」

絆は金田を見た。

「いいよ」

「と、言われても……」

打ち合わせなどできていない。捜査協力者とはいえ、探偵は民間人だ。全部見越して、いいよと金田は言った。

「変な嘘や隠し立てをすると臍を曲げる男だと言ったよね」

「ふん。放っとけ」

片桐が毒づいた。では、と絆は昼前に隊で報告した内容を片桐に伝えた。一度話した分、整理はできていた。要約は五分掛からなかった。

「そういうことか。魏老五、な」

片桐はまた天井を見上げ、今度は目を閉じた。流れる曲は〈岬めぐり〉だった。

一時間くれと、曲が終わる頃に片桐が言った。

「酔い覚ましだ。シャワーくらい浴びさせろ」

片桐は頭を振りながら立ち、不忍池近くのファストフード店を指定した。金田にはそれで通じたようだ。

「じゃ、ブラブラ行ってるよ」

金田が腰を上げ、ドアに向かった。絆も続こうとして、片桐に呼び止められた。

「爺《じい》さんは元気か」

「えっ。あ、はい」

「そうか。まあ、殺しても死なねえような爺さんだけどな」

「ご存じなんですか。うちの祖父を」

「ああ。その道じゃ有名人だしな。一時期、ムチャクチャにしごかれたもんだ。いや、絞られた、だな」

「そうですか」

「お前も、大変だな。絞られてんだろ」

「はい。昔は」

「昔？　どういうことだ？」

「二十歳のときに、もう教えることはないって放り出されました」

「はぁっ？」

口を開けたままの片桐に一礼し、絆は先に出た金田の後を追った。

第三章

一

ファストフード店は不忍通りと中央通りの角にあった。上野公園の入り口近くだ。待つ間、徒然《つれづれ》に金田は片桐のことをポツリポツリと語った。元刑事、それも組対だとは、事務所での二人の遣《や》り取りから、聞かなくとも推測できた。

片桐は今年で五十四歳になるらしい。埼玉《さいたま》県熊谷《くまがや》市の出身で、県立高校時代に剣道で日本一になり、進学した千葉の大学でも選手権を制し日本一になったという。その後警視庁に入庁し、二十四歳で刑事部捜査第四課、現在の組織犯罪対策部に配属されたようだ。

「まあ、逸材だったな」

金田は片桐をそう評価した。金田と片桐はそこで、ずっと同じ係だったという。

「正義感も能力も、有り余るほど持っていた。私は凡庸だからね。眩《まぶ》しいくらいだったよ。

当時の亮介は」

だが数年後、とある事件を機に警視庁を退職したらしい。

「東堂君、いるんだよ。思いも寄らない場面に出会《でくわ》す奴がね。そういうとき、刑事はつらい。いい刑事ほどね。白と黒の世界に、建前上グレーはないんだ。図太くないとやっていられないが、悲しみや怒りなんていう感情にも敏感でないとやっていけない。亮介が遭遇したのは、まさにそういう場面だった。──難しいね。私はもう全部に鈍感になってしまったけど、亮介はまだもがいている。あんな生活はもがいてないと、なかなか続けられるものじゃない。過去がどうのじゃなくて。君と亮介をつなげるのは、そういう意味もあるんだな」

縁というか流れというか。東堂君、君には肌で感じてほしい。この辺が因よくはわからない。ただ、わからないということがわかっていれば今はいいのだろう。

絆はうなずいた。

片桐はそれ以来、今の自堕落な生活を続けているようだ。

「細々とね」

片桐は刑事時代の関係で、黒いほうにはずいぶん顔が利いたらしい。清濁併《せいだくあわ》せ呑《の》むというやつだ。阿漕《あこぎ》な弁護士、そのものずばりのヤクザ、そんな辺りから揉め事の仲裁やらを引き受ける。

「私も依頼の口を、回してやったりもしたがね」

それにしても、陽の当たる世界の依頼人は少ないようだ。魏老五もそんな片桐の、陽陰《ひかげ》の客のひとりだということだった。

ファストフード店に入って三十分ほど過ぎた頃、金田の携帯が鳴った。

「おう。——ん？　なんだい。——そうかいそうかい。ああ、わかった」

「片桐さんですか」

そうだよ、と言って金田は使い込んだ携帯を畳んだ。

「魏老五と連絡がついたらしいけどね。五時だとさ」

絆は腕のＧ‐ＳＨＯＣＫを見た。現在時刻はおよそ三時半だった。

「東堂君。まだ時間もあるし、少し息抜きしないかね。この近くに、あんみつの美味《うま》い店があるんだ」

金田は酒は嗜《たしな》む程度だが、甘い物にはめっぽう目がない。だから聞きながらも、絆に同意を求めているわけでは絶対にない。

それが証拠に金田は早くも立ち上がり、いそいそと出口へ向かっていた。

二

「こっちだ」

髭も当たりこざっぱりした恰好で現れた片桐に案内されたのは、上野仲町《なかまち》通りだった。アメ横と並ぶ上野の歓楽街だ。多国籍な飲食店と水商売が混在し、通りから外れた奥の奥までなにがしかの店が並ぶ。猥雑《わいざつ》な雰囲気は新宿歌舞伎町《かぶきちょう》の、東宝ビル裏のさくら通り界隈《かいわい》に近いか。

片桐が二人を誘ったのは、メイン通りにあるビルの裏手だった。幅三メートルもない路地だ。派手なスタンド看板が立ち並び、営業前の客引きが何人もたむろしていた。

「よう」

片桐が客引きに声を掛けたのは、路地の向こう角口のビル前だった。路地に面した中では一番大きい。

「あ、どうも」

頭を下げる客引きに軽く手を上げ、片桐はビルに入った。勝手知ったる様子でエレベータに乗り込む。向かったのは七階、最上階だった。

「持ち主は別だが、このビルは地下一階から六階まで、全部、魏老五の店が入ってる。最上階が奴の事務所だ」

片桐はそんな説明をした。

エレベータの扉が開くと、下の路地と同じような幅の廊下が左右に延びていた。右手がトイレのようで、左手が非常口だ。真正面は端から端まで黒塗りのサイディング壁で、中央に一カ所だけの入り口があった。頑丈そうなスチールの扉だ。その両サイドには篝火《かがりび》を模したオブジェが置かれ、照明機材による炎が明滅していた。

「昔はここも店だった。ま、不景気の波はこの最上階にも押し寄せたってことだな」

片桐はインターホンを押し、カメラアイの前で「俺だ」とだけ言った。すぐに鍵を開ける音がして、若い男が顔を出した。上から下まで片桐を眺め回し、後ろに控える絆と金田にも一瞥をくれた。

鍵といい、カメラアイといい、若い衆のチェックといい、念の入ったことだ。が、思えば魏老五は小なりとはいえ、在日チャイニーズ・マフィアの一翼を担う男なのだとすればこのくらいが妥当なところか。例えば沖田組の蒲田の本部事務所に乗り込むとしたら、こんなものでは済まないだろう。

部屋の中は広かった。元は店だったというのもうなずける広さだ。装飾や調度品は当時のままなのだろう。店はおそらく、ステージのあるパブだったに違いない。窓がないのもそのときの名残か、あるいは用心か。

十数人の男たちが思い思いのソファに座り、入り口近くの絆らを見ていた。好意的な視線はひとつもないし、そもそも有り得ないだろう。敵意というほどではないが、気配はどいつも、なにかあれば一気に尖る備えはできているようだった。

片桐は無造作に奥に進んだ。ステージだったに違いない一段高いところに木机が置かれている。人が三人は寝られるほどの大きさで、袖板に龍虎が彫り込まれた偉そうな木机だった。

「このところ、顔見なかったな」

目的の男は机の向こう側で若い衆に左右を守られるようにして、背の高い肘掛椅子に座ったまま表情筋を緩めた。

オールバックの黒髪、薄い眉、一重の細い目、女性のような白い肌、その肌にふさわしい赤い唇。

印象は蛇、それが魏老五という男だった。

「片桐さん。また痩せたかな。不摂生ね」

やや耳障りな高めの声だった。

「そうか？　気のせいだろ」

片桐は手近なソファにどっかりと座った。ぞんざいに見えるが、十数人の男たちは気配ひとつ動かさなかった。片桐の態度には慣れていると、そんな様子だった。

魏老五が絆たちに手でソファを勧めた。金田が近場に座り、絆も隣に腰を下ろした。座ると一段高い場所の魏老五は、首から上しか見えなかった。

「カネさん。大体はボスに話してある。好きにやってくれ。俺ぁつなぐだけだ」

片桐は振ると、畜生まだ抜けねえと言いながらソファに寝そべった。

「ええと。このたびはご愁傷さ——」

「ああ。いい。要らないね」

金田の口上を魏老五が遮った。

「ふん。馬鹿な奴。このところ顔見せないから、清々してたくらいよ。我慢に我慢で食わせてやった結果がこれね。投資の分、なにひとつ返ってこない。大損よ。遺体も本当なら引き取りたくないね」

それから魏老五は、いかに魏洪盛が使えない男だったかを滔々《とうとう》と語った。途中、同調するように何人かがエピソードを挿し入れる。中国語も飛び交い、まるで魏ファミリーの会議のようだった。片桐からは軽い鼾《いびき》も聞こえた。

「で、洪盛のことが聞きたいんだってね」

魏老五の口に日本語が蘇った。金田がそうですと答えた。

「おい。誰かこのところの洪盛のこと、知ってるか」

ボスの問い掛けに、戸口に近い若い男が手を上げた。話し始めるが内容はわからない。中国語だった。魏老五が応じ、別の位置からもうひとりが加わった。待っていると魏老五が両手を上げ、ＯＫと会話を引き取った。

「洪盛は仲間内でも鼻摘《はなつま》み者ね。ああいう、出てきたばかりのお上《のぼ》りちゃんしか相手いない。だから詳しくは、誰もわからない」

魏老五は絆に顔を向けた。

「狂走連合《きょうそうれんごう》、知ってるね」

絆はうなずいた。

狂走連合は組対なら、いや刑事なら誰でも知っていた。かつて関東最大の暴走族で、走り屋から形を変えた現在でも名前はグループに残っている。ただし、今の認識は半グレ集団としてだ。未成年から二十代の学生、三十代の社会人まで、各々の欲求に従って集散を繰り返すその枝葉まで数えれば、狂走連合の全体はまず千人でも利かないだろう。警視庁も半グレ集団としてマークはしているが、すべてを把握することはほぼ不可能だった。

「お前、いい顔してるね。いい俠《おとこ》の顔。最近は、なかなか見ないね。警察には惜しいくらいよ」

魏老五は笑顔で言う。絆は特に答えなかったが、内心では唸った。魏老五は表情筋ばかりはよく動かし、全体を柔らかく見せる。が、目の芯にある光が動くことはまったくなかった。ある意味、不気味な生き物、まさしく蛇と言えた。

絆の反応に魏老五は鼻を鳴らし、椅子に深く沈んだ。

「その狂走連合って言葉、よく使ってたらしい。ほかには爆音爆音って騒がしかったそうよ。ワードとしては、このふたつね。今話してた若いのも、一緒に行動してたわけじゃないから、どっちもよくは知らないって言うね。それだけ。それで全部」

椅子に深く座られると顔も見えない。魏老五の声は天井を回って降るようだった。そうなるように考えられた配置に違いない。

それだけ、とはフィニッシュを表す言葉のようだった。十数人が一斉に立ち、魏老五を隠すようにステージ下に並ぶ。片桐の鼾が止まっていた。

「じゃ、東堂君。お暇《いとま》しようか」

金田が腰を上げる前に、欠伸《あくび》をしながら片桐がもう歩き始めていた。

「ボス。また顔出すよ。忘れられねえうちにな」

「ああ。そうしたほうがいいね。待ってて片桐さんに金が回るほど、今はこっちにも仕事はないよ。もうワンフロア、閉めようかと思ってるくらいね。不景気、不景気。はっはっはっ」

最後の笑いは、ドアの向こう側に消えた。


外に出ると、路地にはもう夜が始まっていた。ビルに挟まれた路地は暗くなるのが早い。代わりにけばけばしい看板類に灯が入り、客引きが散り散りに動き始めていた。

「さて、もう時間も時間だが」

仲町通りに戻ったところで金田は時計を見た。

「亮介。久し振りに一杯やるかね」

年代だろうか。ぐい呑みを傾ける仕草をする。

「へっ。二日酔いだって苦しんでた人間に、言うかよ」

「でも、どうせ呑むんだろ」

「まぁな」

「じゃあ、決まりだ」

金田は絆に顔を向けた。

「君はどうする」

絆に躊躇《ちゅうちょ》はなかった。

「遠慮して、俺は成田の家に帰らせてもらいます。渋谷の摘発の準備やらがあって一週間帰ってないんで。ちょうど上野だし」

上野から成田までは京成《けいせい》線で一本だ。特急で一時間十分ほど。スカイライナーなら空港から折り返してももっと早い。

「おい。お前、成田から通ってるのか」

片桐が信じられないといった顔をする。職務規程から言えばたしかに外れるが、

「まぁ亮介。その辺も彼は異例特例なんだ」

金田は片桐の肩を叩いた。

「話してやるよ。酒の肴《さかな》にな」

金田が歩き出し、片桐も続こうとする。

「ああ、片桐さん。ちょっとすいません」

絆は呼び止め、顔を片桐に向けた。

「魏老五の動き、見られますか」

「なんだ？」

「陽炎《かげろう》のように立ち上る、冷えた気。それが洪盛の名を口にするたびに、風に押された湖面のように盛り上がる。そんな感じでした。口ではああ言ってましたが、無関心ということは有り得ない」

「――報復ってことか」

片桐の目が細められる。

「はい。勝手に動かれると、邪魔です」

「それを俺に探れ、と。お前が」

細められた目に白々とした光が収斂《しゅうれん》する。剣気の匂いがした。いい剣気だ。風貌と相まって、ひと昔前ならヤクザの用心棒でも通用するだろう。たとえばそのまま雑踏を歩けば、百人が百人道を空ける。現に今も、声を掛けようと寄ってくる客引きが、一様に笑顔を引き攣《つ》らせて遠ざかる。

だが、絆は片桐の気を真正面から平然と受け、揺るがなかった。それどころか、平然と笑った。

「やってもらえますか」

片桐の気が霧散した。

「正伝一刀流、か。いや、そうじゃねえ」

ふんと鼻を鳴らす。

「化け物の孫もまた、化け物ってことだな」

カネさん、今夜の呑み代は高えよ。これが片桐の答えだったろう。

金田と片桐は仲町通りの奥深くに入ってゆく。

絆は見送り、反対方向へ歩き出した。

三

片桐が金田を誘ったのは、池之端《いけのはた》にある中華料理屋だった。オープンして三十年になる店だ。上野界隈ではまず成功していると言っていい。たしかに、なにを頼んでも美味い店だった。

もう亡くなっているが、先代と片桐が馴染み、そんな縁だった。金田も知っている。

その昔、厨師《ちゅうし》の資格を持って上野にやってきた馬栄七《まえいしち》という四十代の中国人がいた。馬が店を出すとき、当時上野に根を張っていた地回りのヤクザと揉めた。バブルがまだ華やかな頃だった。

土地は古くから上野に住む地元の古老のものだった。天涯孤独の男だったらしい。売れというヤクザには頑として首を縦に振らなかったが、馬には、馬の作る中華料理にはうなずいた。

メンツ、沽券《こけん》に関わると、地回りはあらゆる妨害を仕掛けたようだ。やがてチャイニーズ・マフィアまで巻き込み、一触即発の状態になった。ノガミに血の雨が降ると誰もが思った。

そこに割って入ったのが、警視庁刑事部捜査第四課の片桐だった。地場《じば》の商店主に何人かのエス、捜査協力者をつないでいた。その連中に泣きつかれた恰好だ。

片桐は地回りの上の上、そのまた上と話をつけ、チャイニーズ・マフィアと五分の手打ちをさせた。もちろんただではない。それ相応のみかじめ料を上の上の、そのまた上に直接支払うことを馬に約束させた。ただし、店が軌道に乗った後でだ。

結果は馬の店の、三十年経った今の繁盛《はんじょう》が物語る。

代替わりはしたが、父からそのことを何度も聞いている息子は、いつ行っても片桐には丁寧だった。頼んだ料理や酒よりサービスのほうが多かったかも知れない。ただ、苦い思い出と積もる話に、紹興酒をいくら呑んでも片桐は酔えなかった。

「じゃあな。彼をよろしくな。亮介」

適量を遥かに超えた金田はそんな言葉を何度も繰り返し、最後は千鳥足で帰っていった。

店先の喫煙スペースで一本つけ、片桐は空を見上げた。すっかりと夜だった。星が瞬《また》いていた。

「片桐さん。またのお越しを」

日本生まれ、日本育ちの二代目は、忙しい最中だろうにわざわざ出てきてくれた。

「そうだな。だがよ、あんまりサービスばっかりじゃ居心地も悪い。次来るときゃあ、気遣いは無しでいこうぜ」

煙草を消し、片桐は歩き出した。

「じゃあ、大勢で来てたくさん頼んでくださいよ。なんかしょぼしょぼだと、こっちが悪いみたいな気になっちゃうんです。よろしくお願いしますよ」

背に聞けば流暢《りゅうちょう》というか、当たり前だがネイティブな日本語だ。

(そういえば、先代は最後まで日本語が駄目だったたな。料理は、あんなに凄かったっていうのにな。天は二物を与えずってやつか)

そんなことを思い出す。それでも馬栄七が上野にやってきたのは、通訳に頼る男が先に日本に来ていたからだ。

それが、二十代の魏老五だった。当時つるんでいた新宿の仲間内で、頭角を現し始めた時期だ。若さからくる迂闊さも短気もまだ十分ある頃だったろう。地回りと馬の間に入り、魏も引くに引けなくなっていた。ことが収まった後、宴に呼ばれた片桐の前で魏老五は助かったと頭を下げた。自分のこととしてではなく、馬栄七のことでだ。馬は魏老五の、母方の叔父だと聞いた。

先代に負けない中華を堪能《たんのう》した片桐は、腹ごなしに不忍池をぶらついてから湯島に足を向けた。

すぐに帰るつもりはない。

酔って、酔い潰れるようにして眠るのが、片桐にとっては日課だった。

「さて。今夜は、眠れるかどうかだがよ」

ラブホテル街の間にひっそりと、一軒のバーがあった。行きつけのバーだ。場所柄、洒落たカクテルなど必要ないし、マスターにそんな腕もない。そもそも酒好きが高じて家庭を無くしたマスターの、最後の拠り所のような店だった。

油の切れた扉を鳴らし、いらっしゃいませも言わないマスターの正面を見て、片桐は固まった。

カウンターにスツール八脚だけの店内に客は、ダブルのスーツに大柄な身を包んだひとりしかいなかった。

「よう。やっぱり来たか。今でも毎晩、ここなんだってな」

恰幅がよく、四角くえらの張った顔の中に造作物のすべてがでかい。片桐にとっては久し振りの顔だった。

警視庁を辞したときの自分や金田の直属の上司。当時の刑事部第四課警部、係長。今は組織犯罪対策部部長の大河原正平だった。片桐が湯島に腰を落ち着けた当時は、ときどき事務所に顔を出しては仕事を紹介していったものだが、今はない。顔を見るのは七、八年振りくらいだった。

「先にマスターとやってるぜ」

「警部。いや、部長、警視長でしたっけ」

「ま、そんなことはどうでもいいや」

大河原は隣のスツールを引いた。片桐は無言で座った。マスターが片桐の前にスコッチの瓶とグラスとアイスペールを置くが、氷など使ったこともない。それが片桐の呑み方であり、マスターはマスターで勝手に呑む。それが場末らしい、この店のルールだった。

「カネさんに昼間、連絡もらってよ。どうだったたい？　親子の対面は」

すぐには答えない。しばらく無言を続ける。口を開くには、駆けつけの二杯が必要だった。

「部長の指示ですか」

自分の声が驚くほど遠かった。

東堂絆は、片桐亮介の息子だった。東堂礼子は片桐がただひとり愛した女性であり、そして、殺してしまったに等しい女性だった。

「へっ。わざわざそんなことしねえよ。言っちゃ悪いが、もうお前のことはどうでもいいんだ。俺のできることなんざ、なにもねえしよ」

大河原はバーボンだったようだ。空になった。片桐のボトルを引き寄せ、アイスペールも近づける。氷が鳴った。

「流れだよ、片桐。カネさんも言ってたが、こりゃあ流れだ。だからよ、お前ぇも乗っかっちゃくれねえか」

「俺になにができるって言うんですか。うらぶれて、どぶ泥の中に首まで浸かっちまってる男です」

「だからいいんだ」

大河原はオンザロックのグラスを眺めた。

「お前が真っ当にやってて、父親やりてえっていうなら、俺ぁカネさんの話に駄目出ししたかもしんねえ。グズグズだからいいんだ。泥ん中にいるから、いいんだな」

「……よくわからねえ話だ」

片桐はグラスに口をつけた。まるで水だった。

「倅《せがれ》の話、聞いてるかい？」

「適当には」

「俺は、警視庁に入ってきたときから知ってる。見てきた。最初はたしかに、お前の倅って目で見てたけどよ」

大河原は満面の笑みを片桐に向けた。

「ありゃあお前、スゲェよ。そういやお前ぇも大卒二年で四課に来たっけな。あれも見上げたもんだった。ずいぶん期待したもんだ。けどよ、お前の倅は、桁が違う。物が違う。俺もここまでやってきたが、あれは、ピカ一だ」

「なにを。酔ってんですか」

「ん？　おう、酔ってるよ。俺は、お前ぇの息子に酔ってる。――なんだ。少しくれえ喜んでもいいんじゃねえかい。自分の倅の話だぜ」

「……その、倅っての止めてもらえませんか。俺は、一生名乗れない父親。いや、他人ですから」

「ってお前ぇ。まあ、そうか。そうなっちまうか」

大河原は溜息とともに前を向いた。

「俺はよ。東堂絆ってひとりの青年に賭けてんだ」

「賭けてる？　なにを」

「組対の、ひいては所轄同士の、ひっくるめて警視庁の未来をだ」

片桐はさすがに、あっけにとられて大河原を見た。大風呂敷が過ぎると思うが、大河原の横顔はどこまでも、いたって真剣だった。

「警察学校の成績もずば抜けてた。頭脳と柔剣道だけじゃねえ。射撃もだ。これも武芸百般の内かね。実際、各方面からの引きはあった。ＳＩＴとかよ。公安も目をつけてた。だが、俺が全部排除して釣り上げた。お前とのしがらみ、申し訳ねえが前面に押し出させてもらった。これは俺のエゴ、自己満足かもしれねえ。だがよ、ずば抜けた能力だけじゃねえ。その能力に見合った真っ直ぐな精神もよ、得難いもんだ。俺は、俺の下で育てたかった。俺のやりたくてもできなかったことを託したかった。――ふっふっ。こりゃあまったく、父親みてえな言い草だがな」

大河原はグラス三分の一ほどのストレートを一気に呷《あお》った。そういう呑み方をする大河原を、片桐は初めて見た。

「艱難《かんなん》、汝《なんじ》を珠《たま》にすって言うが、東堂絆、ありゃあ透き通った水晶みてぇな珠だ。もうでき上がってる。でもよ、刑事に輝きは要らねえや。だからお前が必要なんだ。わかるかい？」

「――いえ」

「ひとつ所に置かねえで、半年ごとに所轄を回した。少しずついろんな手垢をつけるためだ。清濁っていうか、酸いも甘いもっていうかよ。あいつは、応えてきちんとつけて帰ったよ。ただ、そのまんま放っといたら汚えまだらだ。検挙率がいいだけの、できる普通の刑事になっちまう。だからよ、綺麗に汚してやんなきゃなんねえんだ。輝きを吸い込んで艶めくような、綺麗な飴色によ。そう思って俺やカネさんはやってきたが、どうにも汚しの駒が足りねえ。所轄の小悪党くれえじゃ、金輪際無理だ。だからよ、手を貸せよ。いつまでも燻《くすぶ》っててんじゃねえや」

「――こんなヤサグレ、ごろつきの手垢をですか」

「小汚ぇ泥ん中から支えてみろよ。手前ぇの中に根を伸ばして咲く、泥中の蓮《はす》をよ」

　大河原は笑った。

「東堂絆。言い得て妙だ。マルヒとの絆。刑事同士の絆。署と署の絆。部と部の絆。対立ばっかじゃ、警察だって潰れっかもしんねえ世の中だ。全部ひっくるめて絆が持てればよ。それが俺の、見果てぬ夢だが、あいつなら託す価値がある。――ふっふっ。願わくば、家族の絆も。おっと、酔っちまったかな。こりゃあ、世迷《よま》い言《ごと》か」

　大河原は、ごっそうさんと言いながら立ち上がった。スーツのポケットから財布を出し、動きを止める。

「おい、片桐。この店は、なんだな。あんがい適当に客が入りゃ、儲かるかもな」

「えっ」

「これじゃあ、いくらだかわかんねえ。わかってても店の丸取りだろ」

「ああ」

それでわかった。たまに一見《いちげん》の客から同じようなぼやきが漏れる。

まったくよと、大河原は財布から三万円を出してカウンターに置いた。

「癪《しゃく》だからな。一応言っとくか。――釣りは要らねえよ」

返事は、あるわけもない。

カウンターの中でマスターは早くも酔い潰れ、床に大の字になって軽い寝息を立てていた。

四

絆が成田に着いたのは七時過ぎだった。押畑の我が家は駅から遠い。歩いては行けない。だから、半分以上は捨て金のようだが、契約の月極《つきぎめ》駐輪場にロードレーサーが停めてあった。

少年組の稽古には無理だが、中高生からの一般組には間に合う時間だった。ペダルを踏み込み、飛ばしに飛ばす。

「あ、若先生。さようなら」

「うん。さようなら」

「はいよ。さよなら。みんな、気をつけてな」

小学生に若をつけて呼ばれるのは面映《おもは》ゆいが、立場上仕方ない。大先生はいるが、本来先生と呼ばれるに相応《ふさわ》しい年回りに人がいないのだ。

すれ違う少年組の何人かに声を掛け、絆は竹垣に囲まれた敷地に、玄関口の冠木門《かぶきもん》からロードレーサーを滑り込ませた。

絆の家は木造平屋の日本家屋だ。何度か手を入れたとは言うが、建てたのは自分の親父の代だと典明が言う以上、築七十六年は優に超えている。土地は二百坪あったが、地面に這いつくばるような平屋がでかく、自家菜園もあると残りはさほどない。車一台、自転車が数台で一杯だった。だから、裏の垣根から小橋川沿いに建つ道場は、隣家の大地主、渡邊家に代々借り受けている。

その道場から、竹刀を打ち合う小気味のいい音が聞こえていた。

「うん。間に合った」

ロードレーサーのスタンドを立て、玄関から入ろうとすると、隣家の方から軽いクラクションが聞こえた。空を映したような青い軽自動車が駐車場に曲がるところだった。

車に見覚えはなかったが、運転手が誰なのかはすぐわかった。馴染みのある、柔らかな気配だ。

運転席から降りてきたのは、渡邊千佳だった。元カノではあるが、隣同士の幼馴染みだ。縁が切れることはない。千佳は夏らしい薄手のスーツスカート姿だった。全体にカモシカを連想させる。愛らしい顔立ちは高校時代から男連中の注目の的であり、男勝りな性格は、そんな連中を泣かせ倒しても、一切揺るがなかった。罪作り、というやつだ。

「久し振りね」

垣根を回り、朗らかで涼やかな声が寄ってきた。

「よう」

絆はとりあえず片手を上げた。

「さっき絆のロードレーサーが国道に見えたから、アクセル思いっきり踏んじゃった」

千佳は肩をすくめ、小さく舌を出して笑った。なぜか絆の胸に、甘酸っぱいものが込み上げた。

「あ、そう」

「なによ。素っ気ないわね」

千佳は腰に手を当てた。

「久し振りなんだから、もうちょっと愛想よくしたら？」

「いや、不愛想なつもりはまったくないけど」

口ではそう言うが、実際には別れて以降、絆は千佳とどう接していいのか決め切れていなかった。千佳とは互いに嫌い合って別れたわけではない。ほんの擦れ違いだ。

ただし、絆には今、尚美という彼女がいる。千佳との関係は幼馴染みという平行線から一歩も出ることはない。もう交わることもないだろうと、それもわかっていた。わかって態度が決め切れない自分を、未練、と絆は心の中で自嘲した。

「そう言えば、あの車」

「なに？」

絆は青い軽自動車を指差した。

「新車だな。替えたのか」

「替えたのかって。——そうか。絆、今回はそんなに帰ってなかったんだ。あの車の納車、もう三週間以上前よ」

「えっ。……あ、そう」

千佳は軽い溜息をつき、セミロングの黒髪を左右に揺らした。

「ま、仕方ないわね。そういう仕事なんですものね」

諦めに近い言葉は、少々耳に痛かった。この繰り返しの果てに、絆は千佳と別れたのだ。

「それはそうと、今日の夕飯はどうするの？　典爺には、今夜は用事があるから要らないって言われてるけど」

典爺とは当然、典明のことだ。今は亡き自分の祖父と区別する意味で、千佳は昔からそう呼んだ。

「うわ。そうなんだ。参った。なにも考えてなかった」

「じゃ、うちに来て食べる？　ひとり分くらいならなんとでもなるわよ」

「いや、さすがにそれは甘え過ぎというか」

気が引けた。というか、別れた彼女とその両親と一緒に食卓を囲むというシチュエーションは、イメージすらわかなかった。

「あとでもらいに行くよ」

と絆が言えば、千佳は大きな目でじっと絆を見詰めてから踵を返した。

「気にすることないのに」

そう言って千佳は、垣根の外に出て行った。

絆は見送ってから、天を振り仰いだ。

「なんか、見抜かれてるなあ」

ほかであることではない。普通なら余人に許すことでもない。ただ千佳を前にすると、自分の中のなにかが緩む。隙ができると言い換えてもいい。

「まだまだだな。——いや、こういうことにはいつまで経っても、男なんてこんなものかもしれないな」

道場から聞こえくる竹刀の音が激しさを増していた。

「いけね。待たせてるんだっけ」

大利根《おおとね》組の面々が今や遅しと絆の到来を待っていることを思い出し、絆は我が家の玄関に飛び込んだ。

自室で刺子《さしこ》の稽古着に着替え、道場に一礼して入る。

身贔屓《みびいき》ではなく、立派な道場だ。剣の道に夢を懸けた兵の霊威《れいい》も染み込み、入っただけで心身が浄化され、背筋が伸びる気がする。

道場には稽古に汗を流す、二十人からの善男善女がいた。竹刀を振る中学生から、薙刀《なぎなた》の型をなぞる老婆までだ。正伝一刀流は古い分、百般の武芸に対応した。

左手の見所《けんぞ》に、稽古の者とは一線を画す異質な気があった。巌《いわお》のような気だ。気だけは——。

ジーンズに、呑み屋の女将《おかみ》からもらったという薄緑のかりゆしウェアが、よく陽に焼けた肌に似合うといえば、まあ似合う。どこも細く整った顔立ちには、真っ白な総髪を後ろに引っ張り束ねている関係で皺が少ない。

それが警視総監すら弟子に持つ、東堂典明という男だった。絆と目が合うとにっこり笑う。とても剣聖のイメージではないが、その昔は剣鬼、いや、鬼そのものだった。常在戦場を旨《むね》として自らを律し、厳格でもあった。

その反動といえばいいのか。二十歳のときに絆の剣を認め、二年後に祖母を失ってからは箍《たが》が外れた。近在の年配者は一様に、やんちゃな頃の典明が戻ったと喜ぶが、ただの派手好きで能天気で、女好き。それが現在の、東堂典明という爺さんだった。

「おっと。若先生のご入来《じゅらい》だ」

二十人からの稽古衆のうち、五人は見るからに悪人面《づら》だった。年齢はまちまちだが全員が大人の括りで間違いない。中でも今、濁声《だみごえ》を出した短軀《たんく》は凄みのある面魂《つらだましい》だ。

それもそのはずで、男は大利根組という独立系の親分で、名を綿貫蘇鉄《わたぬきそてつ》と言った。本人は成田の甚蔵《じんぞう》という、関八州の大侠客の流れを汲むというが、たしかなことは誰も知らない。ただ、成田山新勝寺《しんしょうじ》界隈の揉め事一切を引き受ける代わりに、大利根組は香具師《やし》の手配を任されている。歴史上最後の侠客といわれる、新門辰五郎《しんもんたつごろう》と同じバーターだ。表立っての話ではなかったが、これは代々の職ということで警察も黙認だった。持ちつ持たれつはすなわち、官憲と任侠の良き時代の名残といえる。シノギが明確な分、どこにも日和《ひよ》らない蘇鉄は広域指定暴力団とも堂々と五分《ごぶ》の話をする貫禄の男でもあった。

〈健全な暴力は健全な精神に宿る〉とかなんとか。

これが大利根組の、というか綿貫家の家訓だ。蘇鉄は見込んだ半グレや暴走族上がりの面倒をよく見る。見て、一端《いっぱし》になった者のほとんどを社会に還す。ヤクザではあるが、保護司のようなものでもある。

　うちのをどうにかと、頼ってくる親もある。が、見るかどうかはまず典明に一度、鼻っ柱をぼきりと折ってもらった後の本人の態度と典明の評価で決める。それが蘇鉄のやり方だった。残った者たち、約十人が今の子分だ。典明に叩かれる以上、代々大利根組は全員が正伝一刀流の門人となる。蘇鉄本人などは子供の頃からで、今でも典明には頭が上がらない。

　ただし今では、その蘇鉄たちに稽古をつけるのも、蘇鉄が盃を渡すか渡さないかの試しに叩くのも、どちらも絆の役目だった。

「足りないだろうが、蘇鉄らをやる。みっちり叩き込んで、がっぽり稼げ」

　これは祖父の言い分にして、温情でもある。典明は道場で人に教えなくとも、ときおり教練で招かれるあちこちからの謝礼と年金で十分食える。少年組や一般組の大多数からの束脩は余禄のようなものだった。

　束脩とは師への入門に際し、礼として束ねた干し肉を差し出すという中国の故事に由来し、道場主への謝金は昔から束脩という。昔は明日をも知れぬ者ばかりだった。だから一《いち》期一会《ごいちえ》に等しい稽古は、常に束脩となる。

　大きな声では言えないが、典明が得る束脩はすべて、駅前のキャバクラに消えることを絆は知っていた。

刑事は捜査費用に認められない経費も多い。中にはひと月で百万以上持ち出しだったり、街金で首が回らなくなった捜査員もいる。補うのは絆の場合、主にこの大利根組の連中だった。副業ではない。あくまで〈束脩〉だ。刑事がヤクザに武道を教えるなど、世間的にはあまり褒められたものではないが、健全な精神を鍛えれば暴力沙汰《ざた》が減ると信じて束脩を受け取っている。どうせ放っておけば、典明のキャバクラ代に消える金だった。

この日、大利根組の面々が道場にいるのは、帰り掛けに上野の駅から絆が大利根組の事務所に連絡をしたからだ。

「今日は、今から戻るから。手の空いてる者は集合で。それと、特に今日は聞きたいこともあってね」

大利根組の稽古は急、これが常だった。それできちんと来るヤクザもどうかと思うが、基本的には暇なのだろう。警察が暇なのは平和だからというが、ヤクザが暇なのも平和の証《あかし》に違いない。

一般の門弟たちに混じった型稽古の後、絆は道場の端に大利根組の面々を呼んだ。

正伝一刀流は典明が指導する一般向けの稽古には竹刀を使っての剣術しか教えない。教わるほうもそのつもりで来る。が、絆が師匠を務める大利根組との稽古は別だ。新勝寺界隈を守る俠には、今や剣は要らない。型稽古の後は外に出るか、一般の門人が帰るまで待つのが普通だった。

その待合の時間に、絆は大利根組を道場の隅《すみ》に集めた。

竹刀と掛け声の響く中、絆は掻い摘んで宮地と狂走連合の話をした。すべてではないが、話すべきは話す。独立系と言っても、大利根組は情報網までが他のヤクザから隔絶しているわけではない。

「狂走連合ね。へっへっ。懐かしいや」

言ったのは今年四十歳になる、野原《のはら》という男だ。大利根組では代貸《だいがし》格になるが、事務所に電話をすると必ずこの野原が出る。電話番という別称もある。

「知ってるのかい」

「俺も昔は、馬鹿やってましたから。へっへっ。輝いてたなぁ、俺。――ってその俺がなんで親分、今日は鶏小屋で卵集めてたんすかね」

その頭をいい音で殴ったのは蘇鉄だった。

「馬鹿野郎。馬鹿は馬鹿丸出しのまま、今も馬鹿じゃねえか」

「あ、酷《ひで》えや」

「酷かねえ。任俠ってのは弱きを助け強きを挫《くじ》くんだ。足の悪い婆さん家《ち》のよ、鶏小屋に潜ってよ、卵取ってやるのは、立派な任俠だぜ」

「まあまあ。親分」

絆は蘇鉄を制した。放っておくと長いのは知っていた。

「で、野原さん。なにか知ってる？」

「え。いや、特には……」

「やっぱり馬鹿じゃねえか。このっ」

野原がまた殴られたが、今度は放っておく。すると、あの、と手を上げた若い衆がいた。

三年前に子分になった、加藤《かとう》という若者だった。加藤を入門時に叩きのめしたのは絆だ。

大利根組を典明から引き継いだのは、それが最初だった。

「なんだい？」

「さっきから爆音爆音って言ってます？」

「ああ、言った。それがどうかしたかい？」

キーワードとしては宮地と狂走連合に、爆音ともたしかに付け加えた。ただ、絆は狂走連合からの連想で、バイクのエグゾーストノート（排気音）のことだとばかり思っていた。

「それって、イベントっすね」

「イベント？」

「たぶん。会員制のDJイベントで、今じゃ結構でかいみたいっすよ。へっへっ。いいナンパポイントで、俺ぁ入ったことないっすけど、仲間と外で張ってたことはあります。たしか〈爆音Vol.11〉と〈Vol.12〉だったかな」

「へえ。そんなのがあるんだ？　でも、それがどうして」

「爆音って、狂走連合のOBがやってるイベントなんっすよ」

「――へえ」

　絆の目が冴えた光を帯びる。どうやら、この話は当たりのようだった。

「たしか、エムズだったたなぁ」

「エムズ？　それは？」

「このイベントのプロデュースやってる会社っす。その会社の社長が、元狂走連合の人だって聞いたことがあります」

「なるほど。それにしても、よく覚えてるね」

「そりゃまあって。へへっ。若先生は知らないんすね」

　加藤は首をすくめて横にいるふたりの方を向いた。吉岡《よしおか》と永井《ながい》という、今年二十二歳になる二人組だ。吉岡が加藤の言葉を引き継いだ。

「エムズって、芸能事務所なんすよ。その、AVとかの」

「ああ。そっちの事務所」

「そうっす。その女優たちがたまにホールに出るってキャバもやってて。これがまた、けっこうな人気なんすよ。週末なんか入れねえくらいで」

「ふぅん。並んだのかい？」

「えっ？　へへへっ。何度か」

それで知っているらしい。若さの特権、とこの場合言ってもいいか、どうか。

「お、吉岡。いま、エムズって言ったかい」

蘇鉄の拳から頭をかばいながら野原が言った。

「ええ、言いましたけど。野原さん、誰かお気に入りがいるんすか」

「そうじゃねえ。痛ぇっ。ちょ、ちょちょっ。親分、ストップ」

「ああ？」

蘇鉄の振り上げた拳の動きが止まる。野原は首を伸ばした。

「若先生。エムズなら知ってますよ。たしか戸島《としま》って言ったっけな。五代目、いや、六代目だったかな。狂走連合の総長だった男っすよ」

どうしてどうして、野原の話も結局は役に立ってきた。

「なんなら、連絡しときましょうか」

「え。連絡先、知ってるのかい」

「へっへっ。輝いてた頃の俺ぁ、戸島なんざ顎で使ってましたから」

そろそろ終わりにするかい、と掛かり稽古の門弟たちに典明の腰のない声が掛かった。

バラバラと竹刀の打ち合う音が納めに入る。昔なら「止めっ！」と、腹に響く威声で皆が一斉に動きを止めた。そう思うとなんとなく締まらない気もするが、これが現在の正伝一刀流、東堂典明の道場だ。

「野原さん。今の件、お願いします」

「了解っす」

野原の肩を叩き、絆は道場の中央へと進み出た。

一般組が身支度を整え帰路につくまで、ゆっくりと身体をほぐす。

大利根組からの束脩はひとり一回五千円だ。少々高めだが特に根拠はなく、典明が通う駅前のキャバクラが一時間五千円だからそれに合わせた。キャバクラよりは内容はあるだろう。――いや、ないかもしれない。

（締めて二万五千円。その分は働かなきゃな。いらっしゃいませぇ、から始めようか。お久し振りぃ、でもいいかな）

道場の中央で、絆は天井を見上げてひとり笑った。

五

（冗談はさておき）

絆は目を閉じ、道場の中央で大きく息を吸った。開け放たれた道場に吹き込む川風の感触。ざわめく木々と、夜烏《よがらす》や虫たちの声。沼と木の香に混じって道場に揺蕩《たゆた》う、先人たちの血と汗の匂い。足裏から直に伝わる、床板に染み込んだ人の想い、夢。

それらを絆は、全身に抱き留める。やがて自分たちの分も先人に交じり、いずれここに立つ誰かが抱き留め、未来へと運んでくれるだろう。

絆はゆっくりと息を吐いた。

「ああ。いい感じだ」

開かれてゆく目に白い光が炸裂《さくれつ》する。

絆を取り囲むように、蘇鉄以下大利根組の面々が立っていた。

「親分。いつものように本気で」

「へっ。わかってますよ。中途半端、生兵法《なまびょうほう》は怪我の元でさぁね」

絆は右足をわずかに引いた。

「さて。始めようか」

途端、絆の周囲に戦う者の気が横溢《おういつ》した。全体には純粋な、いい闘志だった。欲を言えば左斜め後ろに針のような殺気が濃い。加藤だろう。それでも三年だということを思えば、筋は悪くない。

蘇鉄以下全員、喧嘩上等切った張ったで鳴らしたことがある者たちばかりだ。入門前から場馴れはしている。ただそれが、剝き出しの殺気だったというだけだ。

（健全な暴力は健全な精神に宿る、だっけ）

悪くない。手放しで褒められたものではないが、悪くない家訓だ。そもそも武道も、どれほど高尚な味付けをしようが根本は暴力だ。綿貫家の家訓は、武道の本質を見抜いている。

絆が思うに、殺気というものには遊びも余裕もない。言うならばそれ自体抜き身の白刃なのだ。それを鍛錬によって闘志・闘気に練る。闘志とは心の置き所、器のことであり、千変万化の自在を得る遊びであり、余裕だ。

やがて絆の周りに拡散していた闘志が、五人それぞれの内に収束した。練り上がったということだ。後は拍子の問題だ。全員がタイミングを計っていた。

——ぶあっくしょぃっ。

見所の典明が大げさなくしゃみをした。

（また勝手にきっかけ作って。時間短縮かよ）

絆は内心で嘆息した。見ていて飽きたとか、夜遊び、キャバクラのお姉ちゃんと同伴がある、とか。

とにかく、誘われるように左斜め後ろの闘志が爆発した。やはりまだ未熟だ。暴発だろう。加藤だ。床板を踏み鳴らし前に出る。わかりやすかった。

引き足を軸に右に反転し、突き出されてくる加藤の腕を取る。背中を見せる位置にいた吉岡の気が尖った。腕を取ったままの加藤の重心を動かし、見もせず放り出す。

「げっ」

吉岡は飛んでくる加藤と激突し、そのまま絡んで背中から板間に落ちた。

「りゃっ」

右から永井が飛び込んでくる。すべてにおいて浅いことを見て取る。フェイントだ。背後に野原が迫っていた。自分から永井に突っ込む。永井に戸惑《とまど》いが見えた。戸惑いは剣における虚《きょ》の状態だ。身体も心も固まる。掌底で額を打つだけで、永井は膝から崩れた。背後から飛び出してきた野原は、さすがに長年床板を舐めただけのことはあった。摺《す》り足も堂に入り重心にもブレがなかった。が――。

それでも絆に及ぶことはない。おそらく野原に絆の動きはとらえられなかったろう。瞬転の身熟《みごな》しはまさに電光だった。近くで隙を狙っていた蘇鉄の眼前に現れる形で身を置き、絆は蘇鉄を蹴倒して野原の右脇腹を拳で打った。

「うげっ」

野原が身体をくの字に折って板間を転がった。

「どうした！」

叱咤《しった》する。絡んだ加藤と吉岡が立ち上がって左右から回る。絆は意識の中で二人を俯瞰《ふかん》的に捉えた。同時に打ち出される拳の唸りを聞く。胸を張り、絆はそれよりなお早く、短い呼気とともに両手を送り出した。

　乾いた音が響き、加藤と吉岡の拳は絆の手のひらに握り込まれた。そのまま二歩退けば、二人はバランスを崩して絆の前でまた激突して沈んだ。寝転んだまま野原が絆の足を取りに来た。なんでもありはいい覚悟だ。恰好に囚われては自在は持ち得ない。見ていなくとも気配は、空気の流れは、ほのかな匂いは、かすかな音は、わずかな光は、ありとあらゆるものは絆に教える。

　飛んで野原の手をいなし、着して左脇腹を踵で蹴る。

「あがっ」

　野原は板間から起き上がれないままにまた転がった。

　蘇鉄と永井が正面から同時に襲い掛かってきた。腰を沈め、絆は瞬時に二人の呼吸を測った。永井のほうが浅かった。浅慮に動くことなく待てば、ふた呼吸で動きに差が生まれた。差は隙だ。絆は隙の間《ま》に間《ま》に自らを置いた。死角、というやつだった。

　永井は打てず、蘇鉄も動けず、死角で絆は自在だった。

「うおっ」

「だぇっ」

　倒れる二人の間に悠然と絆は立った。

　決して怪我をさせることはない。だが暴力を標榜《ひょうぼう》する以上、その痛みはとことんまで染み込ませる。これは綿貫家の家訓が望んだことでもあり、古く正伝一刀流が任侠を門人に加えた由縁でもあった。

「どうしたっ！」

師の声に門人は立つものだ。

どうしたと声を掛け、叩き、どうしたと声を掛け、叩きのめす。絆はこれを十回繰り返した。正味、二十分も掛からなかったが、稽古は長さではなく、濃さだろう。

「どうしたっ」

最後は大利根組の全員が、道場に大の字に寝転んだまま立てなかった。

「も、もう駄目だぁ。動けねえ」

仰向けの蘇鉄が呻《うめ》く。

「い、息が。親分、い、息が」

「す、吸え」

「へ、へい」

俯《うつぶ》せの野原がもがく。残りの三人は伸びたままだ。

中央に立って見回すとき、絆はいつも、どうしようもなく微笑《ほほえ》みが漏れた。

急に言いつけた稽古にも時間厳守でやってくる。苦しくとも最後まで一生懸命に稽古する。そして、ときには足の悪い老婆に代わって鶏小屋で卵を集める。

こんなヤクザたちもいる。ヤクザにも、こんな俠たちがいる。

警視庁の組対にいると凝り固まり勝ちだが、道場に出るといろいろなしがらみがリセットされる。これは大事なことだった。

「おう。優秀、優秀」

いつの間にか見所から進み出、典明が加藤の傍らにうずくまって指先で突いていた。

「三年でここまで保《も》てば、この先グンと伸びるだろうよ」

加藤がわずかに動いた。

「ほ、本当っすか」

「嘘は言わんよ。束脩一回七千五百円くらいで、なんとかなるぞ」

「は、払うっす」

こういうところが、やはり典明は曲者だ。

(それにしても)

道場くらいの広さなら、自分に向けられる負の意識ではなくとも気配が動けばたいがいわかる。支配域、剣域というやつだ。そんな絆をしても、典明が相手となるとまるで気配が摑《つか》めなかった。

(まだまだだな。他人どころじゃない。俺も、まだまだだ)

そこでふと、今日のことを思い出した。興味本位で口にする。

「そうだ。爺さん、そういえば今日、上野で片桐って人に会った。その昔、爺さんにムチャクチャにしごかれたとか、絞られたとか。覚えてるかい」

加藤を突く典明の動きが止まった。絆に顔を向ける。珍しいことに、気配にわずかだが乱れが見えた。

「なんだ。誰だって？」

「片桐亮介って人でね。探偵をやってる。知ってるかい」

げくっと蟇蛙《がまがえる》のような音がした。発したのは床にのびた蘇鉄の喉のようだった。

「ふぅむ。片桐。片桐なぁ」

いきなり典明が立ち上がった。

「いたような、いないような。覚えているような、いないような。まあ、しごいたのも絞ったのも大勢いるからな。わははっ」

まるで考えてもいないのは明らかだった。目の中で瞳が、まるでピンボールのように行方定めずに動いた。

「おっと。遅れる遅れる。セリナちゃんに怒られる」

やはり同伴だったようだ。いそいそと道場を出てゆく。

「なんだか、よくわかんないが」

一息つき、絆は頭を掻いた。

「親分。なんか知ってるのかい」

見下ろせば、

「俺は、なにも知りやせん」

動けなかったはずの蘇鉄がそれ以上の会話を拒否するかのように俯せになった。

第四章

一

遮光カーテンを閉めたさほど広くない部屋の中に、アンティーク調のスタンド照明がひとつ点《つ》いていた。

西崎次郎《にしざきじろう》は、目の前に置かれたシングルベッドに向かっていた。ベッドの上にはサラリーマン風の年配者が寝ている。白衣の西崎《にしざき》は、握っていた男の手をゆっくりと放した。

「では、今日はこのくらいにしましょうか」

深みのある、豊かな声だった。患者の治療に有効なこの声質は、西崎の密かな武器だった。

「私は、常にあなたに寄り添っています。オープン・ユア・ハート」

オープン以下の言葉は、西崎が治療に際し必ず唱える言葉だ。これは、日常と治療の境界を患者の内面に知らせる、いわば鍵、ゲートウェイ・ワードだった。患者にも必ず口にさせる。

「ありがとうございます。オープン・マイ・ハート」

満足げにうなずき、西崎は部屋の照明を点けた。ライトのオンオフは外でもわかるようになっている。カウンセリングが終わると、精神科外来のナースが治療室の扉を開けた。暗さ狭さからの解放も、治療終了を患者の〈心〉に知らせる重要なファクターだった。

「薬はいつも通りで出しましょう」

西崎はスタンド照明を消した。

「予約は二ケ月後で。よろしいですか」

患者が帰ると、治療室に師長が顔を出した。

「先生。予約の患者さんは終了です。あとは紹介状の方がお三人ですけど」

「悪いね。松井《まつい》さん。今日は駄目だ」

松井は急に思い出したように口に手を当てた。そんなわけはないということを西崎は知っている。これは松井のいつもの手だ。

「ああ。ご用事がおありなんでしたわね。では、ほかの先生になんとかお願いしてみますわ」

リノリュームに松井の足音が遠ざかってから、西崎は立ち上がった。

白衣と浅黒い肌のコントラストがまず目を引く。だが陽に焼けたわけではないし、誰もそんなことは聞いてこない。緩くウェーブの掛かった黒髪は別にして、長い睫《まつげ》毛や大きな目など造作の特徴はすべて、西崎が東南アジア系のハーフであることを如実に物語っていた。

白衣を脱ぎ、バーバリのジャケットの袖に腕を通す。着痩せするほうだといわれるが、N医科歯科大学在学中はアメフト部で鍛えに鍛えた。試合に興味はなく、身体を厚くするためにに入ったようなものだった。百七十九センチ・七十九キロの身体は、三十六歳になっても緩みはない。緩まないだけのトレーニングは今も積んでいた。

「お疲れ様」

医局の同僚らに挨拶し、西崎は診療室を後にした。時刻は十時になったばかりだった。外来はどこも混雑していた。患者ばかりの中を歩くことはあまりない。ハーフの西崎が歩くと、奇異の目が一身に集まる。気持ちのいいものではないが、月に一度、月末から月初にかけては仕方がないものと割り切っていた。精神科の医師ではあるが、それ以上に大事な仕事が西崎にはあった。

〈ティアドロップ〉。

厳密にはティアドロップさえ仕事の一部だが、西崎こそが少し前まではこの危険ドラッグの元締めだった。

好奇心丸出しの視線を避けるように足早に進み、西崎は救急外来脇の通用口から職員駐車場に出た。

西崎の車はすぐにわかる。レッドマイカクリスタルシャイン、輝くような赤だ。

西崎はレクサスの赤いクーペに乗り込み、エンジンをスタートさせた。タイムストレスなくAIが、ステアリングとシートをドライビングポジションにセットする。軽いエグゾーストと低振動も西崎の好みだった。日本車はこういうところに細やかな配慮が感じられる。それがベンツやBMWではなく、レクサスを選んだ理由だ。

窓の外に、救急車の音が重なるように聞こえた。西崎が勤務する品川のS大学付属病院は特定機能病院で、救急救命センターも併せ持ち第三救急に対応している。

「おっと。塞がれる前に」

救急車が二台以上連なると、このS大付属病院は職員車両の出庫に時間が掛かることがしばしばだった。

「特定機能も救命救急もいいが、その前にこの駐車場をなんとかして欲しいものだな」

シートベルトを締め、西崎はアクセルを踏み込んだ。

二

西崎が初めてティアドロップと出会ったのは、群馬《ぐんま》県にあるN医科歯科大附属病院で、精神科の研修医として働き始めた頃だった。当時は目薬型の容器でもなければ、三色分けもされておらず、ティアドロップという名前もなかった。言えばティアブルーの効能がある透明なリキッドタイプのドラッグ、それだけだ。

N医科歯科大附属病院はこの時期、積極的にアジアからのインターンを受け入れていた。幸か不幸か、東南アジア系ハーフの西崎は、戸籍から住民票からすべて日本だったが、周囲の目や扱いはやはり外国人インターンに近かった。島国日本の特性だろう。慣れていたから気にもならなかったが、必然として外国人インターンと親しくなった。フィリピン人である母の影響で英語が話せたのも大きかったろう。そのうちのひとり、中国からのインターンと特に親しくなった。インターンは名を陳芳《チエンファン》という、中国人の父と日本人の母の間に生まれたハーフだった。共産党系の裕福な家庭に育ったらしい。

「ヘイ。西崎」

面白い物があるよと、なにかの呑み会、たぶん地元の女子大生との合コンで渡されたのが、後のティアドロップだった。危険ドラッグでも脱法ハーブでもなく、まだ合法ハーブの時代だった。欧州では同種の物が、〈合法の大麻〉などと呼ばれ始めたばかりだった。アメリカではリーガル・ハイと呼ばれていた。リーガル、これも意味は、合法だ。中国でも新薬の研究をしていて、その過程でできた物だと陳は説明した。

「少し、垂らすだけね」

陳は悪戯気に笑った。

若さもあり早速その晩、西崎はしなだれかかってきた女子大生相手に、密かにそれを使った。効果は抜群だった。

ただ、そんな風に個人的に使うだけで西崎は終わらなかった。研修医は正式医ではないが、ごく軽度な患者とのカウンセリングは二人きりで行われた。個人情報保護が世論に膾《かい》炙《しゃ》するようになり始めたことに、大学側が敏感に反応した結果だった。

そもそも西崎が医者になったのは頭の出来がよかったからだが、精神科を選んだのは人の内面に興味があったからだ。

西崎はフィリピンパブに勤めていた母（当時二十二歳）と、関東の広域指定暴力団竜神会系沖田組組長、沖田剛毅（当時五十歳）の間に生まれた非嫡出の庶子だった。剛毅には最初の妻との間にもうけた十四歳の長子丈一と、後妻との間に生まれた五歳の次子美加絵《みかえ》がいた。

庶子である西崎は子供の頃から、特に剛毅になにかをしてもらった覚えはない。次郎の名をつけたのが剛毅だと母に聞いたことぐらいだ。

ハーフ、ヤクザの子、お妾さんの子。

普段は母と二人ごく普通に暮らしているだけだったが、周りから聞こえてくるのはそんな言葉だった。

暴力団新法で愛人どころではなくなった剛毅に放り出されてからは、母が昔の仲間を頼った関係で群馬の高崎に住んだ。ところ変わればと西崎は希望を持ったが、人はどこに行っても変わらなかった。ハーフとして奇異な目で見られ、ヤクザの子と噂が流れればそれ以上に疎《うと》んじられた。西崎は西崎次郎という日本人として生きようとして、生きることを許されなかった。

〈なぜそんなことで、みんな僕を嫌うんだろ〉

素朴な疑問は、やがて西崎の中で捩《ね》じれた。母に楽をさせたいという純粋な欲求から医者ないし弁護士を目指した。次郎の出来がいいと知った剛毅に強引に引き取られてからは、蒲田の家にいたくないという理由だけで馴染んだ群馬のN医科歯科大学を選んだ。そして、人の内面を覗きたい、コントロールできないものかという不純な欲望に駆られて精神科を選んだ。

大麻のことを、人はゲートウェイ・ドラッグと言ったりする。薬物依存への入り口という意味だ。陳によってもたらされた新型の合法ハーブはある意味、西崎にとってゲートウエイ・ドラッグだった。

　患者をコントロールすることはさすがにできなかったが、このリーガル・ハイと、オープンから始まるゲートウェイ・ワードの組み合わせで、人の内面を知ることは不可能ではなかった。西崎は陳を介したロシアからのルートを使い少量ずつを仕入れつつ、治療と称した患者の内面の暴露に腐心した。

　研修が終わる頃、西崎はこれを陳との共同研究とし、学会に論文を提出した。

〈リーガル・ハイとワード・キーの相関が示す精神疾患緩和についての考察〉。

　数年ずれていたら提出もできなかった論文だろう。このときはギリギリで間に合った。その危険性に異を唱える学者はいたが、考察自体はすでに中国に帰っていた陳が向こうで行った薬物試験データとして記した。学会は認めざるを得なかった。

　結果として西崎は、日本有数の特定機能病院であるS大付属病院に講師として招かれ、順調に准教授になり、薬事法の改正で使用薬物が引っ掛かり、おそらく永遠に准教授のままだった。

　ただ、西崎がティアドロップの元締めになったのは、そんな立場に嫌気が差したからではない。切っ掛けは二〇〇六年の、父剛毅の脳梗塞だった。暴力団新法からバブル崩壊を自力で乗り切ってきた剛毅が倒れた。七十六歳まで先頭に立っていたのは、長男の丈一がただイケイケの阿呆《あほう》だったからだ。枕元に呼ばれた西崎は、組を裏と表の両方でよ、なんとかよと舌の縺《もつ》れる剛毅に最後は涙まで流され、やむなく承諾した。剛毅がこういうときのために西崎を引き取り、大学まで出したとはとうの昔にわかっていた。逃れられないのだ。首を横に振れば、おそらく西崎は今この世にいない。

丈一は剛毅から、お前が無能だからと言われたに等しいことを理解もせず、組長になったことで単純に狂喜した。その程度の男だ。初めて出会った頃から踏ん反り返るだけでなにもしない、なにもできない男だった。

――お前、頭いいんだろ。考えてなんとかしろよ。

黒々としたものが西崎の中に芽生え始めたのはこのときからだ。だが、ただの精神科医だ。当然のようにまだ無力だった。

とりあえず二年の猶予と、フロントとして機能していないいくつかの休眠会社をもらい、手っ取り早く始めたのが、密かな楽しみに使うだけだったリーガル・ハイの売買だった。違法ドラッグの用語は制定されていたが、違法薬物の指定は鼬《いたち》ごっこの時代だ。α‐PVPはまだ規制されておらず、時代に間に合った形だった。

国に帰っていた陳に、すぐ連絡を取った。

――やあ。いいね。やっとたくさん売る気になったかい。

陳は大いに乗り気だった。そうして作り上げたのがティアドロップであり、その流通ルートであり、集金のシステムだ。α‐PVP系の比率を上げた二種類も追加し、色も付けた。容器にもパッケージにも気を遣った。中国に工場がある日本の医薬品メーカーの横流し品から慎重に選んだ。ロシアで製造した製品は一旦、フィリピンやマレーシア、インドに送り、中国からの容器やパッケージに詰め、また中国に返して船便で日本に入れる。どこから見ても目薬そのものだ。大量買いの中国人観光客に紛れ込ませれば簡単だった。

売り手は群馬時代からの知り合いにして慣れあいの、戸島という後輩に一元化した。群馬の少年時代からひとりだけ奇異な目を向けず、西崎に一目も二目も置いて付き合ってくれた二歳下の半グレだ。商才はあったようだが、このときは㈱エムズという芸能事務所を立ち上げたはいいが、鳴かず飛ばずという頃だった。一も二もなく戸島は乗った。狂走連合の元総長というルートから昔の仲間を幾重にも嚙ませ、静かに密かに、鮮やかにティアドロップを卸した。手軽でお洒落で、特に安価な設定にしたブルーは人気が高かったようだ。一時は生産と輸入が追い付かないほどだった。

この金で戸島はエムズを軌道に乗せ、西崎はＭＧ興商を設立した。ただし、これらはすべて下準備の内だった。

猶予の二年のうち、一年が過ぎていた。どれほど売ろうと、ティアドロップというリーガル・ハイを売るくらいではこれが限界だった。いずれα‐ＰＶＰが薬事法で麻薬指定されれば、ティアドロップはシャブやヘロイン同様の違法薬物の販売になる。そうなれば確実な裏の販売ルートを持っている密売系のヤクザには敵《かな》わないし、バッティングする。

しかし、西崎は慌てなかった。

どうするか。

ヒントは医療現場、西崎の職場にあった。

人の秘密の暴露は、金になる。

ティアドロップの売買だけで儲けるのではない。ティアドロップを使って人を誑《たぶらか》し、堕《お》とす。堕とされた人間が、別のところで金を生む。これが西崎の考えた手法だった。

案としては、すでに机上で練ってはいた。その背を現実に押したのが剛毅の涙だった。

その意味でもまさに、ティアドロップは西崎にとって、ゲートウェイだった。

三

西崎が向かったのは麴町《こうじまち》にある、MG興商という会社だった。新宿通りに面したテナントビルのワンフロア約八十坪を借り切っている。一等地だ。賃料は高いが、それ以上に儲かっていた。

地下駐車場に車を入れ、エレベータで五階に上がる。現在四十六人が働くオフィスはガラスのパーテーションで左右に仕切ってあった。右が重役室と店舗運営部で、左が店舗開発部と輸入事業部、空間デザイン部のスペースだ。それぞれガラスにライト、レフトの表記がある。

ライトスペースは狭く、レフトスペースは広くとってある。各部の人員は同じようなものだが、店舗運営部は大半が半グレ上がりだ。彼らは普段、MG興商が経営する飲食や水商売の店舗におり、そこを起点にして外の仲間に展開する非合法の商売に精を出している。だからライトスペースに広さは必要ない。それに、一般入社のレフトスペースには若い女性も多い。わざわざ猛獣のような連中を出勤させ、餌をくれてやることもない。

左側スペース内から頭を下げる社員たちに笑顔で応え、西崎は右側スペースに入った。

ペースとして月に一、二度しか来ない西崎を、MG興商のたいがいの社員は顧問か税理士だと思っている。

MG興商は西崎が作った会社だが、自身は表には出ない。代表権のある社長は設立時から迫水保《さこみずたもつ》という男に任せていた。

レフトスペースに入ると、社長の迫水が近寄ってきた。ほかに人はいない。迫水も毎日いるわけではないが、今日は西崎が来るとわかっていた日だった。

迫水は西崎が蒲田に引き取られた際、沖田組に出入りし始めていた二十歳の暴走族上がりだった。西崎よりは三歳年上ということになる。西崎とは割りに気が合った。

迫水は如才なく、頭の回転も速い男だった。N医科歯科大入学が決まり群馬に引っ越す際、ヤクザに未来はないと言った西崎の言を入れ、沖田組のフロント企業に盃無しで勤めていたところを引き上げた。

世の中で西崎がツレと呼べるのは、この迫水と戸島の二人だけだった。

「おはようございます」

迫水は挨拶しながら西崎の上着を受け取った。身長は西崎の視線が下がるくらいだが、細身で目鼻立ちがはっきりしている。マリンルックが似合いそうな、いい男だ。逆に言えば、今身につけているチェスター・バリーのダブルが安っぽい通販にも見える。社長らしい品格というか重厚さには欠けるが、迫水は執事としては十分以上の男だった。

西崎は腕のロレックスを見た。時刻は十一時を回っていた。

「特に早くはないけどね」

迫水は軽く肩をすくめ、西崎の上着をハンガーに運んだ。

「昨日、夕方から携帯の電源が入ってませんでしたね。それで、夜が遅かったのかと思ったのですが」

「はっはっ。小姑《こじゅうと》みたいだな」

西崎は窓際のデスクに向かった。

「いえ。ご自分の手をわずらわせなくとも、言って頂ければと思ったものですから」

ひとつの疑問に推測を展開できる。こういうところが、迫水の使えるところだ。そして、その推測がまた鋭い。

「ありがとう。いや、お前を信用しないわけじゃないが、ここぞというときは自分に限る。これは私の生き方だから、もう無理だろう。変えられないね」

迫水は無言でうなずき、自分のデスクから紙束を取って西崎に寄った。

「今月の分です」

紙の束はすべて迫水の自筆で書かれている。五、六十枚はあるだろう。一番上はまとめのリストだった。正確には五十七枚だ。

こうして月末か月初のとある日、西崎はＭＧ興商を訪れて請求書を書く。正しくは振り分ける。この振り分けが、実は西崎にとって大事な仕事だった。

四

何人かの議員は中毒や浅慮から馬鹿な結果となったが、西崎がティアドロップに与えた役割は、地方都市の選挙における当選議員の籠絡《ろうらく》だった。

まず選挙スケジュールを把握し、当落予測を調べる。そもそも地方都市は慣れ合い選挙のところが多い。どこの誰と決めるのは簡単だった。次に、その候補者事務所にボランティアとして地元、少なくとも同郷と呼べる範囲出身の人間を出入りさせる。当然、ティアドロップを持って。色はブルーだ。このボランティアは最初こそ迫水手配の半グレ、今は

ＭＧ興商の店舗責任者をしている者たちを使ったが、すぐに別の、もっと安全確実なルートを確立した。ボランティアたちの欲望欲求も西崎が釣り上げた感じだ。

送ったボランティアは第一段階として、本当にボランティアとして働く。信用させることが大事だが、自然な流れを第一義として無理はさせない。上手く近づけなければ、普通に選挙のボランティアとして働いて終わりだ。馬鹿な議員と地方選挙など吐いて捨てるほどある。

上手く取り入ったボランティアは第二段階として、隙を見て候補に飲み物を出す。目の前でティアドロップ・ブルーを一滴垂らし、こう言う。

「先生、どうぞ。疲れが取れますよ。これは――」

続く言葉はそのときの状況に合わせる。新製品でも、働く研究所の試作品でも、学校で今流行ってるでも、うちの農場で採れたでもなんでもいい。綺麗な色を付けたのはこういう時の猜疑心をなくすためだが、手を出さないようなら強いて無理には勧めない。流れは第一段階と同じだ。

ただし、飲みさえすれば相手は必ずこう言う。

「本当だ。あっという間に疲れが飛んだよ」

粘膜吸収のドラッグなのだから当たり前だし、ドラッグと知らなければ効能に驚くだろう。

これを繰り返すのが第三段階で、相手から欲しがるようになれば上々だ。

第四段階はティアドロップを売ることだが、これは当選が決まった後でなければ行動に移さない。現物を持たせるのは議員だけ。これは事が露見する危険から身を守るために、譲れない重要なファクターだった。

「あまり数がないし、高い物なので」

と渋ってやれば、当選議員は百パーセント買うと口にする。魔法のような薬なのだ。無償では渡さない。買うという行為が、この段階ではポイントだ。こういう手合いは貰《もら》い物には意識が低くなる。自分からのアクション、金を払うということが大事だ。

——一般にはあまり出回らないので。

——限定品なので。

——議員のために試作品を持ち出したので。

なんでもいい。とにかく場を作らせて密かに売り、次の日時と場所を確定させて二、三度同じように売る。三度目は、場合によってはイエローを売る。

これで、ボランティアの役目は終了だ。四度目の売買の場にボランティアは行かない。

もちろん、ボランティアたちにはボランティアたちの目的がある。ただし、自分たちの目的以外のことは知らない。ここから先は、迫水の役目だった。

「初めまして。私は、三木島《みきしま》建材の山田《やまだ》と申します」

三木島建材は西崎が父剛毅からもらった、山形県酒田市にある休眠会社のひとつだ。山田は迫水がよく使うどこにでもいる偽名で、そんな名刺が作ってあった。

三木島建材営業部長、山田太郎。

馬鹿にしているわけではない。どんな田舎《いなか》でも、議員をやるくらいならすぐに偽名とわかるだろう。それがいい。下らない偽名を使うような輩《やから》の名刺は、追っても霧の中に消える。

「ちょっとこちらをご覧頂けますか」

迫水が議員に示すのは売買時の写真や領収書、録音など、ティアドロップと議員の関係を表す品々だ。

「議員、まずいですねぇ。ご存じなかったかもしれませんが、これクスリですよ。もちろん、胃腸薬とか鎮痛剤とかじゃない。薬事法で規制されてる、使っちゃいけないクスリです」

これで決まりだ。昔はまだハッタリに近かったが、今では堂々と危険ドラッグ、違法薬物だ。そうして、ここからすることは脅しではない。取引だ。窮鼠《きゅうそ》が猫を噛むのは絶望するからであり、追い詰めてはこちらも傷を負う。

情けは人の為ならず。一蓮托生《いちれんたくしょう》のずぶずぶの関係に持ちこむ。狙うべきはそこだ。

西崎の狙いは、地方の公共事業だった。中でも随意契約に限った。随意契約の上限は市町村で百三十万円以内、県及び政令指定都市でも二百五十万円以内に規定されている。微々たる工事だが、逆にそれがよかった。そんな工事だからこそ、議員の口利きがあるだけで職員が動いた。加えて公共工事の随意契約のいいところは、実際にいくら掛かるか素人にはわからないことだ。工法によって金額など千変万化する。正規の契約書と入出金の記録、それに契約内容に伴う工事完了報告書があれば、オンブズマンがしゃしゃり出てきて調べてもなにもわからない。

工事自体はきちんと終わらせるから契約上の問題はない。業者にも正規の金額を支払う以上、そちらからも文句の出ようはない。ただ工事業者にはいつも、重機や建築機材が必要な場合、金松リースを指定している。

当然、脅しではなく取引だから、口利きの議員にも入金確認後に迫水が裏金をくれてやる。ついでに欲しがればティアドロップも回す。すると、美味い泥水を飲んだ議員はまた別の泥水、随意契約を勝手に探してくる。

休眠会社の名を使って工事と業者をつなげ、これらを上手く回すのがＭＧ興商の役割だった。すでに取り込んでいる議員は全国に五十人以上いた。積み上げてひとりの口利きでは年額五千万円の随意契約でも、七十人いれば三十五億だ。しかもその五十パーセント以上が抜けた。

同じ竜神会系の中でも沖田組が堅調なのは、先を読んだ剛毅によって整えられたフロント企業群が土台を支えているからだと言われるが冗談ではない。バブルの崩壊はまだしも、リーマンショックのときはその土台群すら大半が怪しくなった。持ち直したのは、西崎と戸島がティアドロップを使って暗躍したからに他ならない。

休眠会社や業者自体が随意契約の請負会社になり、入金確認後は、そこからさらに一枚か二枚、休眠会社や業者を嚙ませて沖田組傘下のフロント企業に金を回す。その過程で三十パーセント内外のコンサルタント料を抜いた。これはMG興商の純利だ。

決まり切った流れに見えるが、この作業がなかなかに複雑だった。同じ業者、同じ休眠会社を何度も同じルートに乗せないというのは、石橋を叩く意味で西崎が決めていることだった。過去の書類と突き合わせても容易には決まらない。感性と記憶力による相乗効果が必要だった。迫水には無理だ。西崎でなければできなかった。

一昨年の九月に馬鹿議員の三人目が首を吊ってからペースは落としたが、議員の数はまだ増えている。ただ、三人というのは西崎にとって看過できる数字ではなかった。あと二年は事情があって増やさざるを得ないが、身の危険とこれ以上のあぶく銭を秤《はかり》にかける気などさらさらない。

二年後から、ゆっくりと閉じる。

それが西崎の計画だった。沖田組の丈一が激怒するのは目に見えていたが、今は気にもしない。そのための準備を、少しずつ進める。

「次郎。あのクスリよぉ、よこせや。堅気の形で扱ってるのは、危ねえや。俺の組でよ、本家で扱うわ」

一昨年の暮れ、丈一がそう言ってきたのが契機だった。常々、丈一はティアドロップを扱いたがっていた。フロントに回してやっている金を、丈一は純粋にティアドロップの売り上げだと思っている。

「屑《くず》みてぇな金で売るんじゃ勿体ねえんじゃねえか。もっと、バーンと売ろうとは思わねえかい」

「参ったな。それだと俺のほうが干上がることになるじゃないか」

一応、形ばかりの不平は口にした。

「なに言ってんだ。医者の仕事も会社もあるじゃねえか。それに、お前ぇは頭がいいんだ。こっちは俺に任せてよ。また別の、美味ぇ仕事見っけてくれよ」

これはイコール、ティアドロップを渡せば沖田組のフロントに金を回さなくていいという言質だ。

だから逆らうこともせず、西崎は製品の大半を丈一に譲った。陳の名前は教えなかったが、供給はどこに連絡すればいいかも明かした。偽のルートではあったが。

剛毅の涙から十年、西崎はもう無力ではなかった。MG興商で地力をつけていた。丈一の目を掻い潜り、まったく関係のない休眠会社くらいいくらでも持てたし、密かに設立した新たな法人もある。

そのうちの七社を、捨てる気で嚙ませた。沖田組が辿ろうと思っても四社が限界だろう。その先の三社は台湾《たいわん》から福建《ふっけん》に潜ってシンガポールに回る。

惜しくはなかった。

もっとも、随意契約時のダミーにも使ったから元は取ったか。

二年後に向け、それも西崎の計画の一環だった。

五

昼食抜きで企業名と電卓と格闘し、西崎が作業を終えたのは夕方五時過ぎだった。

「お疲れ様です」

迫水がコーヒーを入れて持ってきた。口をつけると甘すぎるほどに甘いが、それがMG興商に顔を出すときの定番だった。脳が甘い物を求めた。

「まったく。ここへ来るときは、脳が煮えるほど働かされる。早く脱却したいものだ。こんな生活から」

「まあ、そう仰《おっしゃ》らず。頭のクールダウンのつもりで、ここからはいつも通りお聞きください」

西崎がコーヒーを飲む間、迫水はMG興商の月の収支を報告した。表の業務からだ。ステーキハウスや割烹《かっぽう》の飲食五軒とキャバクラやカラオケパブ八軒は堅調だった。店舗開発は、半年前から目をつけていた大阪ミナミの一等地が契約に漕《こ》ぎ付けそうだという。輸入事業部は店舗で使う食材や酒類が主だが、やはり円安で少し苦戦気味だ。それでも頑張っているようでマイナスは少ない。意外なのは空間デザイン部だ。自社店舗の新装や改装のために立ち上げた部署だったが、主任のセンスがいいようで他所《よそ》からの依頼が月ごとに増加していた。

「なるほど。いいね」

「そうですね。裏がなくてもやっていけるほどに堅調です」

「そうだね。だが、やっぱり飲食や水商売には沖田の名前が効いてる。敵対はしたくない。今はまだね」

「はい。で、裏のほうですが」

移動売春、振り込め詐欺、ぼったくりバー、不法就労など。店舗責任者、元半グレ連中はある程度自由にさせている。上がりは折半で、沖田も知らない裏金を作るのがこの連中の役目だった。西崎は直接関与しないが、管理だけは迫水にさせていた。

上がりはまずまずだった。MG興商に入るコンサルタント料、事業部の収益、それと裏金はどれも遜色なかった。

この三本は鼎《かなえ》だ。決して倒れない。

「それにしても」

ティアの動きはよくないですね、と迫水は言った。

「ヤクザは強引ですから。それに乗っかって八坂《やさか》もイケイケですからね」

「やっぱりね。そりゃそうだ」

八坂とは丈一にティアドロップを譲る際、売り子としてつなげた半グレ集団デーモンの元ヘッドだ。今はＪＥＴ企画㈱という芸能プロダクションをやっている。

八坂は、たまに呑めば必ずエムズの戸島の口から吐き捨てられる男だった。

迫水に指示して、八坂には二年も前から金松リースを近づけておいた。迫水はもともとフロントにいた男だ。つながりはいくらでもあった。

沖田組は剛毅に経済ヤクザの一面があってそれなりに昔はうまく回った分、ヤクや銃などの危うい橋は渡らなかった過去がある。結果として麻薬販売のルートなど持っていない。

丈一が一も二もなく了承することは目に見えていた。

丈一は商品保管用に、東品川の京浜運河沿いにコンテナ倉庫を用意した。コンテナの販売と管理を金松リースが預託された大手ロジスティック会社の貸しコンテナだ。百基も並ぶうちの四基。それもあえてランダムに借りたが、もちろん場所はすべて把握していた。

丈一は商品の仕入れも販売も沖田組の若頭補佐に任せ、譲った後はこの件に関して西崎と話すことは一切なくなった。が、西崎にとっては幼稚なかくれんぼだ。管理が金松リース、動かすのが沖田組の若頭補佐、売人の元締めが元デーモンの八坂とわかっていれば造作もない。

監視は戸島に任せた。その昔、デーモンの八坂と戸島が揉めたというのがよかった。未だにいい関係ではないというところがなおいい。

――西ヤン。面白え。任せてくれや。

戸島は嬉々《きき》として請け負った。

迫水の言うあまりよくないティアの流れは、だから戸島からの情報だった。

「新宿、渋谷、六本木、池袋、上野。このお決まりの場所にですね」

迫水は手元の資料を読み上げた。もちろん手書きで、タイトルもないはずだ。ただ地名が羅列《られつ》され、ときに増えるだけ。誰が見てもなんの資料かはわからない。

「今度、新橋《しんばし》、五反田《ごたんだ》、遠くは横浜《よこはま》、大宮《おおみや》、川口《かわぐち》が追加になったようですね」

「ふっふっ。笑えるね」

ティアドロップがリーガル・ハイだった頃は、警察や麻取、ヤクザまでおそらくは傍観していた。しかし、もうそうではない。れっきとした麻薬なのだ。警察や麻取は当然必死になって探る。麻薬として売るなら顧客の取り合いになるのは必至だろう。シノギをヤクザに頼るヤクザも当然動く。

さて、全部に沖田組の金看板だけで対抗できるものかどうか。

「上々だ」

沖田組を崩し、潰す。それが西崎の遠大な目的だった。急ぎはしないが、実際のアクションはもう一年以上前から少しずつ、密かに起こしていた。

戸島に監視させた東品川の倉庫番、その男が使えそうだった。

──西ヤン。倉庫番な、ありゃあ元デーモンの宮地って鼻摘みだ。どこに行ったか誰も気にも留めねえ奴だったが、とうとうヤクザんとこで倉庫番だってよ。

宮地のことは蛇足だったが、蛇足も上手く使えば流れを加速できる。

西崎は本人の少ない人脈を戸島に探らせて遠くから回し、手持ちのティアドロップを卸してやった。〈爆音〉という商売場所も込みでだ。

〈爆音〉はそもそも、地方選挙に送る選挙ボランティアを手懐《てなず》けるための場として設定した。ティアドロップを教え、興味を示した者には使わせ、売って儲けもさせた。宮地に使ったのは、彼らに使ったのと近い手法だった。今はもう中止したが、あと二年地方選挙から手を引けないのは、そこで作った予備軍が既にいるためだ。

少量ずつだが、宮地には卸し続けた。本人も羽振りがよくなったと感じる頃合いを見計らい、沖田組から取り込んでいたチンピラを通じて、自分が管理している倉庫がティアドロップの保管場所だとそれとなく教えた。

宝の山の発見だ。狙い通り、宮地は倉庫内の商品をくすねて売り始めた。

ここまでは順調だったが、上野の馬鹿なチャイニーズがわめきだしたのは予想外と言えば予想外だった。もともとそいつに売ったのはボランティア予備軍だ。そのときは少量だったからなにごともなかったようだが、宮地が大っぴらに売り出してチャイニーズの態度が変わったらしい。俺にも売らせろと、宮地にではなくボランティア予備軍に迫ったようだ。

禍《わざわい》を福に転じる一計を西崎は考えた。ボランティア予備軍を宮地に近づけ、〈爆音〉の主催者である戸島を出した。宮地はさすがに戸島を見て驚いたらしい。最後に、戸島に迫水を紹介させた。

――この〈爆音〉。どこのシマだか知ってんのかい。ずいぶん、遊んでくれてんじゃねえか。

沖田組と明言させ、青くなる宮地に迫水から悪魔のささやきを指示した。

――このままじゃお前ぇ、東京湾の汚い泥水ん中に沈められるぜ。それよりきれいな海を眺めて暮らすほうがなんぼかいいんじゃねえかい。後を俺に任せるなら、まあるく納まるようにしてやろうじゃねえか。その代わり、あの中国人の始末きっちりつけろや。なあに、ちょちょいのちょい、だ。

選ぶ道など与えなかった。

結果、宮地はうまくし遂げた。それが恵比寿の一件だった。

警察も見ていた。司直の手が、いずれ沖田組に及ぶのは、計画をしたのが西崎なのだからわかっている。すべて手の内だ。エムズにもMG興商にも西崎にも、沖田組と関わる証拠は一切ない。あっても辿られないよう、念入りに潰している最中だ。

「ここからしばらくは、静観といこう」

西崎は迫水に、もう一杯のコーヒーを頼んだ。

「そうですね。できることもないでしょうし」

「ふっふっ。それが、ないわけでもないんだが」

「えっ」

迫水が怪訝な顔をする。

「まあ、全部知ってもつまらないだろう。昨夜の件も同じことだ」

「なるほど……」

「まあ、とにかく今は静観だ。ずいぶん働いたからね」

「お疲れ様でした」

そう言いながら迫水が運んできたのは先ほどと違ってコーヒーではなかった。ブランデーのワンショットだ。

「ここまでにひとまず、祝杯といきましょうか」

「それはいいが。これで検問に引っ掛かったら不吉だけどね」

「代行で。今日は久し振りにとことん呑みますか」

たまには、それもいいだろう。

西崎は笑顔でうなずいた。

第五章

一

大利根組の野原から連絡があったのは稽古の翌日だった。

「若先生。戸島は、ＯＫっすよ。いてて。約束させましたから。あたた」

「有り難う。疑う訳じゃなかったけど、野原さん、本当に狂走連合で馬鹿やって、――おっと、輝いてたんだね」

「そうっすよ。写真、見ます？　あいて」

「そんなことより、朝っぱらからあたた、いてて煩いね。どうかしたの」

「筋肉痛と打ち身っす。昨日の稽古の」

「ああ。そう。じゃあ、今日もって言ったら、無理だね」

「えっ。い、いや。来いって言われるなら親分共々、這ってでも」

「ごめん。冗談。身体、ゆっくり休めて」

戸島との約束は次の日の、午後一時半だった。事件から三日後だ。渋谷署の下田と連絡は取っているが、特に進展はない。帳場が立ち、出張ってきた捜一主導で近隣の防犯カメラの確認中だというが、あの時間は帰宅ラッシュの始まる時間帯だ。恵比寿で発見できても乗り継ぎで渋谷辺りの駅を使われたらそれ以上の追跡は困難だ、とこれは若松からの情報だった。

絆は金田と二人、表参道の交差点近くにあるエムズに向かった。細長いビルの二階だ。南向きで陽当たりがいいのが特徴だった。

オフィス内には三人の男とひとりの女性がいた。男のうち二人はポロシャツを着て、ごく普通の若者に見えたが半グレ上がりだろう。目に隠し切れない険があった。女性は愛らしい顔立ちで整ったプロポーションをしていたが、全体には擦れた感じだ。絆たちが訪れても見向きもしないで髪をいじっていた。ＡＶに出る女性かも知れない。

残る一人の、青いジャケットを羽織った堅太りが奥の応接セットから手を上げた。

「東堂さんですかね」

青い開襟シャツの胸元からごつい金のネックレスを覗かせる、驚くほど陽に焼けた男だった。日サロで焼いたのだろう。四角い顔に、作った真っ白い歯がヤケに目立った。

絆がそうですと答えると、手で応接セットに招かれた。

「どうも。野原さんから話は聞いてます」

「警視庁の東堂です。それと、金田です」

二人で証票を見せれば、

「へぇ。組対の人とは野原さんに聞いてましたけど。どっちも警部補さんですか。警部補のコンビって珍しいですね。私は――」

戸島が名刺をテーブルに滑らせた。株式会社エムズ代表取締役社長戸島健雅《たけまさ》とあった。よそ行きだろうが、弾む感じでよく通る声だった。

「手広くやってらっしゃるようですな」

まず金田が口火を切った。たいがいの下調べはしているが、いきなり本題とはいかない。雑談も重要だ。口を動かしてやれば、滑りも良くなる。

「そんなでもないですよ。事務所も無理して借りてますからね。ギリギリですよ、ギリギリ」

エムズはイベントプロデュースも手掛ける芸能事務所だが、所属は専属のAV女優だけだ。人気が出ればTVにも出てタレント化、あるいは本格的な女優になる娘もいないでもないが、エムズには社歴上、そんなドル箱女優はいない。業界での立ち位置は複数事務所らしい。ピンでDVDが出せる女優を抱えるところを単体事務所と言い、企画物用に大勢を抱えるところを複数事務所と呼ぶと、特捜隊の中で、その道に詳しい先輩に事前に聞いた。

「複数事務所って言うんですよね」

絆は聞いた通りのことを言った。

「おっ。刑事さんも好きな口ですか。隅に置けねえな」

戸島はわずかに体を揺すった。口調も砕ける。

「ホントは、ピン女優何人か抱えてる方がいいんすけどね。こいつ行けそうかなって思っても勝手に辞めたり、ほかに抜かれたりするなんざ日常茶飯事でね。だから毎日、結構苦労してんすから」

「へえ。苦労？」

「遊びに一本だけって女も多くてね。メーカーに発注もらっても駒が足りねえなんてざらです。スカウトスカウトの毎日ですよ」

「なるほど。なんの商売も大変なんですね」

「まあね。でも最近は、うちで仕掛けてるイベントが好調でね。もともとはスカウトに引っ掛けるのに適当な場所作れねえかって思って始めたんですよ。ちょうど昔の仲間に、いい感じに売れてきたＤＪが何人かいてね。ネット告知しかしなかったのに、これが案外うまくいったんだな」

それが例の〈爆音〉なのだろう。ネットで調べは済んでいる。前回、二ケ月ほど前の開催でたしか〈Vol.19〉だった。フリーフード・フリードリンクで男性一万円、女性三千円。あからさまな金額設定だが、十代から二十代に人気のあるDJを集め、〈AV女優多数来場〉も売り文句にしている。来場といってもおそらく事務所で今、枝毛を弄《もてあそ》んでいるようなひと束なんぼ女優のことだろうが、釣りにはなる。

「似たようなイベントは昔からあったけどね。うちはもともと、女優が顔を出すキャバやクラブもやってるからね。生きのいいDJだけじゃなく、この辺の客商売のノウハウをイベントに持ち込んだのも受けた要因だろうね」

少々自慢げに戸島は言った。

「毎回、開催場所も変わるんですね」

「ああ、同じとこでやってても似たような女しか集まんなかったんでね。ただ、ここんとこは来場者が増え続けてるんで、ハコを選ばねえと間に合わなくて。一回続けたら入り切らなくてよ。まあ、上品な客筋ってわけじゃないから、しょっちゅう祭りみてぇに揉めてね」

不定期開催で毎回ハコを変えるのには、そんな理由があるようだ。ほかにもイベントごとに年齢限定やら婚活やら、毎回テーマは変えるという。

「揉めるって言えば、ヤッちゃんとかはどうですかね。こういう芸能絡みのイベントには寄ってくるでしょう。大陸系のマフィアみたいなのも」

金田が言葉尻を捉えて聞いた。戸島はふんと鼻を鳴らし、興味なさげに足を組んだ。

「ヤクザもマフィアも、そんなもんは札束で頬っぺた叩いて、顎で使ってやれば喜んで尻《しっ》尾《ぽ》振ってくるっしょ」

半グレらしい物言いだった。ヤクザもマフィアも物ともしない。

「なるほどねえ。だったらチャイニーズ・マフィアも客にいるわけだ」

金田が本題に触れる言葉を口にする。戸島は眉根を寄せた。

「チャイニーズ？　なんですね」

「一昨日《おととい》の夜からニュースにもなってますがね。いざこざがあって死んだ中国人がいたんですよ。そいつがティアドロップってドラッグを持ってましてね。結構出回ってるヤツみたいで。それでちょっと捜査範囲が広くなりまして。狂走連合と爆音とを、常々口にしてたようなんですけど」

「なんて奴です？」

魏洪盛と口にすれば、戸島はちょっと考え、おうぃとポロシャツの一人に指示を出した。もう一人がコーヒーを持ってくる。戸島は真っ先に口をつけた。

「ちょっと待ってくださいよ。管理ソフトで一発っすから」

管理ソフトねと言って金田がコーヒーに手を伸ばした。絆が後を引き継ぐ。

「ああ。名簿があるんですか」

「そりゃそうっしょ。ちゃんとしねえと、あとで税務署もうるせえし」

「たしか会員制でしたね」

「ああ。でも会員制も参加者登録も表向きだ。必要なのは最低開催人数との兼ね合いと、用意する飲食の数でね」

遠くでプリンタの音がした。

「実際は金になるから、いきなりどこの誰が来たって拒みはしない。だから、そんなのがいてもおかしくはないってのが、ホントのとこでね」

社長と声が掛かった。本当に五分も待たなかった。

「名簿を打ち出しましたけど。魏洪盛って男はいません」

「わかった。サンキュ」

ポロシャツが差し出す何枚かの用紙を戸島はテーブルに置いた。

「偽物の名前や住所を使われてたら、うちらじゃわかりませんよ。経費は掛けねえ主義だから、名簿作ったって案内状送るわけでもねえし」

絆がお預かりします、と名簿を手に取ろうとすると、やるよと戸島はそっけなく言った。

「で、ティアドロップだっけ？　それがうちに関係してるって言うのかい」

「いえ。そこのところはまだ」

「ティアドロップは知ってはいるけど、関係なんざねえよ。そんな物に触るなんて頭の悪い半グレか、食えないヤクザじゃねえの？　あ、ヤクザなんて大半が食えねえんだった。はっはっ。しかし、そんなもんを追うだなんて、刑事さんも大変だ。どんだけ人数がいるのか知らねえけど、こんなとこで油売ってる場合じゃないと思うけどね」

「ご忠告、有り難うございます」

なあに、と言って戸島は身を乗り出した。

シャツからネックレスがこぼれ、西陽に光った。

「ま、そいつが名前を口にしてたってことは、なんか係わりがあったのかもしんねえけど、会場でなにがあっても関知しないってのは常套でしょう。なんでも有りが売りでもあるし、イベントなんて借りた場所のまた貸しみてえなもんだ。ちゃんと、お客様同士の揉め事に関しては一切の責任は負いかねますって、会場貼りのポスターにも書いてますよ」

「へえ」

「それに、最近は広告代理店なんかも協賛に入ってるんでね。そっちにタダで作ってもらえるんですよ。ちっと上から目線で、注文つけると嫌な顔するから基本、お任せだけどね。けど、餅は餅屋だっけ？　プロのデザインはやっぱいいね。会場のあら隠しにも使えるし、こういう注意事項もちゃんと書いてくれる」

「それ、ポスターですか。まるで壁紙みたいですね」

「使える物はなんにでも使う。おれは、経費節減の鬼だからよ」

笑うと、作り物の歯の白が気になった。嘘を言っている様子はあまりない。だが、大げさなほどの余裕は引っ掛かると言えば引っ掛かる。ただし、半グレにして海千山千に生きてきた芸能事務所の社長など、そんなものかもしれない。

と、絆のポケットで携帯が振動した。液晶画面を見る。渋谷署の下田からだった。

「ちょっと失礼」

戸島に断って絆は電話に出た。

「おう。いいかい」

下田の声に切迫感があった。

「どうぞ」

「宮地の遺体が千葉の印旛沼で上がった」

「えっ」

「正午過ぎにバス釣りのボートが遺体を引っ掛けた。死因はナイフだ。死亡推定時間は解剖待ちだが、ほぼ一日は経ってるってよ。持ち物からジェットスターの、前夜八時半フライトの予約確認票が出てきた。行き先は――」

マニラだ、とここまでを下田は一気に捲し立てた。

「そうですか」

「県警に任せるか合同にするか。人選も含めて今はこっちはエアポケットみてえな状態だ。

そっちはどうだ。動いてる最中か」

「ええ。今まさに」

「おっと、悪い。また電話する」

電話は切れた。しばし携帯を見詰める。なにかあったか、と金田が聞いてきた。

「宮地が遺体で発見されました」

絆は顔を戸島に向けた。

「戸島さん。宮地琢って知ってますか」

「宮地？　ああ、知ってるよ」

「狂走連合で、ですか」

「違《ちげ》ぇよ。いや、近いってえか。中坊の頃に、連合の近くでちょろちょろしてた奴だが、それだけだ。そのあとどこだったかな。——おっ。そうそう。デーモンだ。中坊んときから使えなかったが、その後もいつまで経っても使えねえ奴だって、誰かがぼやいたり笑い話にしてたっけ。けどね、へえ、死んだって。なんてえか、下らねえ人生だったんだろうね」

「そのデーモンていうのは」

「走り屋だって息巻いてた気がするけどね、口だけの半グレ。まあ、俺も特によく知ってるわけじゃねえし。ちょうど、俺が狂走連合を引退した頃じゃなかったかな。チームができたのは」

　さてと手を叩いて戸島は腰を上げた。

「そろそろいいですかね。彼女を待たせたまんまだし、話題の〈爆音〉の〈Vol.20〉が一週間後に迫ってましてね。結構忙しいんですよ」

　これ以上は、もう聞いてもなにも出ないだろう。

　絆は金田に顔を向けた。金田もうなずいた。

「お時間取らせました」

　絆は金田と二人、エムズの事務所を退出した。表参道の駅へ向かう途中で、絆は金田に下田から聞いたことを話した。

「ふぅん。高飛びの途中で、殺されたと」

「そういうこと、ですかね――」

「なんだい？　歯切れが悪いね」

　地下鉄への階段を前にして絆は立ち止まった。

「ティアドロップだけでしょうか」

「だけ、とは？」

「それは――。すいません、上手く言えないです」

「ははっ。謝ることはない。直観、かな」

「──そうですね。そんなものです」

「いいね。それは刑事に必要なものだ。かといって教えられるものではない。磨くのは自分自身だよ」

「はい」

うなずき、絆は階段を降り始めた。金田が続く。

「東堂君、これから今日は？」

絆はG‐SHOCKを見た。二時を回ったばかりだった。

「印西《いんざい》警察署に、宮地の遺体の確認に行ってきます。ついでに聞ければ、また大利根組にデーモンのことを聞こうと思います」

「ああ。それがいいね。で、このあとはどうするかね」

金田も大利根組のことは知っていた。典明を知る者は対のようにこの任俠を知る。おそらく、警視総監も知っているというところは、どうしようもなく笑える。

「とりあえずポイントは一週間後の〈爆音〉がキーになりそうですね。そこに潜ってみようと思います」

「わかった。じゃ、俺はここから、渋谷署にでも顔を出してみるかね」

「お願いします」

表参道の改札を入り、絆と金田は別れた。

二

絆たちが帰った後、しばらくして戸島は携帯からひとつの登録番号を呼び出した。相手はすぐには出なかった。スピーカー・モードにし、冷めたコーヒーを飲みながら呼び出し音を聞き続ける。一分が過ぎたところで、ようやく電話はつながった。

「なんだよ。うるせえな」

スピーカーをオフにし、戸島はゆっくりと携帯を耳に当てた。

「八坂か」

電話の相手は、JET企画の八坂だった。

「偉そうに待たせんじゃねえよ。俺が掛けたらすぐ出ろや、コラァ」

戸島の声は、先ほど絆たちと話していたときとは打って変わって低く冷めていた。

「今よ、俺んとこに警察が来たぜ。組対だよ。しかも特捜だ」

煙草をつける。女が露骨に嫌な顔をした。窓を開けて煙を逃がした。風は入らなかったが、煙は出て行った。

「ああ？ 関係ねえってことはねえんだ。なんで来たかってよ。宮地だよ。昔、お前んとこにいただろ。あの馬鹿がどっかの中国人と揉めて、その中国人を殺したんだよ。それで自分までお陀仏《だぶつ》になってりゃあ世話ねえが――その中国人がマフィアでよ、最近流行りのクスリ持ってて、うちのイベントの客だったたってよ。――おい、八坂手前《てめ》ぇ」

戸島は煙草を揉み消した。

「あの馬鹿焚き付けて、なんか仕掛けるつもりだったんじゃねえだろうな。〈爆音〉潰そうとかよ。ええ、コラァ」

すると、受話口の向こうで八坂ががなり立てた。戸島は携帯を耳から離した。言いたいことを言おうとしているだけで、八坂の話など聞く気はなかった。冷めたコーヒーをもうひと口飲む。携帯が静かになった。

「なんでもいいけどよ。手前ぇ、本当になんかやってやがったら、そんときは落とし前はきっちりつけてもらうからな。上から下から、見届け人に連合の総長総出でだ。覚悟しとけよ、コラァッ」

戸島は一方的に電話を切り、窓際に立って一人ほくそ笑んだ。

警察の二人に嘘をついたわけではないが、すべてを話したわけでもない。デーモンのことをよく知らないのは本当だが、リーダーだった八坂のことはよく知っている。戸島が狂走連合の総長だった頃、ケツ持ちをしていた男だ。抜け目のない感じが最初から好きではなかったが、五代目に取り入って戸島の代で強引にケツ持ちになった。その分、いつも偉そうだった。二歳年下のくせに総長を見下す感じもあった。ことあるごとに揉め、最後は八坂が狂走連合を出て行った。その後一年くらいでやつが作ったのがデーモンだ。狂走連合で遺しにかかってもよかったが、実際、戸島が七代目に総長を譲る頃で、ごたごたするのも面倒だったので放っておいた。

それで舐められたかもしれない。八坂は戸島の後を追うように生きてきた。結果が今のJET企画だ。全体の収益は今のところエムズより下だが、戸島はいろいろやっている。八坂は芸能一本、単体事務所だ。プロダクションを立ち上げたときの彼女がそのまま第一号女優になった。馬鹿だったが胸のでかい、よくしゃべる女だった。それが受けたようで、一時期TVにも出ていた。それを狙って自分から売り込んだ女が続き、今では十人を超えるピン女優がいる。

「しかし、上手いことを考えてくれたもんだ。さすが西ヤンだ。俺なんかとは、頭の出来が違うぜ」

段取りは一年も前から何度も聞いている。

——お前はすぐ忘れるからな。

呑みに行けば西崎は紙に書いてもくれた。わかりやすいチャートというやつだ。

「今のうちにクスリ、売りたいだけ売っとけや。八坂、もうすぐ手前ぇは終わりだ」

途中で何度か変更になったが、魏洪盛というチャイニーズ・マフィアが絡んでからは変わっていない。あとはチャートに従って流れるだけだ。

「二十回目の爆音、盛大な花火にしてやろうじゃねえか」

初代から八坂が取り入って今なお頭が上がらない五代目まで、狂走連合歴代の総長に声を掛けてあった。手土産《てみやげ》も用意した。全員来るだろう。

そんな奴らで、それだけの奴らだ。

旨味《うまみ》があれば集まり結託し、後先考えず乗っかり、バラバラに散る。それが半グレの強さであり弱さだと西崎はよく戸島に忠告した。

「わかってるよ、西ヤン。上手くやるぜ。——おい、お前ぇら」

戸島は振り返ってポロシャツ二人に声を掛けた。

「お前ぇらもわかってんな。のたのたしてねえで、今のうちにしっかりＪＥＴの女らに声掛けとけよ。いずれうちの看板背負って、しっかり稼いでもらうんだからよ」

口の端に薄い笑みを見せながら二人はうなずいた。

ねえ。まだなの、もうつまんないから帰る、と枝毛探しに飽きたらしい女が不満を口にした。

三

印西署へ回った絆は遺体を確認した。腐乱はさほど進んでいなかった。衣服は変わっていたが、宮地に間違いなかった。所持品もリストで確認させてもらったが、クスリはなく、身の回りの物だけしか残されていなかった。財布に数万と信販会社のゴールドカードが二枚。照会の結果、どちらもこの一ケ月以内にシルバーから昇格させたものらしい。高飛びの準備か。銀行口座には一千万以上が確認できたという。

「クスリ、そんなに売ったんですかね」

「さあ、その辺はこれからですね。どう動くにしても、早く上に方針を決めてもらいたいもんです。いつでも動ける準備はしてますが」

それが印西署員の答えだった。

宮地の遺体に刺し傷はひとつ。手慣れた感じがするが、それよりも真正面から刺されたというほうが気になった。

そのほかには手掛かりもなく、絆は刑事課員の車で実家近くのＪＲ木下駅に送ってもらった。

押畑の自宅に戻ったのは七時前だった。金曜日は少年組も一般組も稽古は休みだ。昔はあったが、典明とキャバクラの稼ぎ時の関係でいつの間にか休みになった。道場にいるのは、また急に呼び出した大利根組の四人だ。典明は母屋《おもや》で柱時計を睨んでいた。

この夜の稽古は蘇鉄に吉岡と永井、三十過ぎで背の高い大徳《だいとく》という面々だ。野原は子供が熱を出したということで休みだった。意外に子煩悩な奴だ。

蘇鉄以外の三人はデーモンのことを知っていたが、この日は大した収穫はなかった。チームを作ったのが八坂という男だったような気がすると、そのくらいだ。

「週明けにでも、野原やほかの奴らに聞いておきやす」

常に成田山周辺に睨みを利かせなければならない関係上、大利根組は年中無休の二十四時間営業だが、見習い以外は基本週休二日制になっている。有給もある。大利根組は、労働基準法をきっちり守り、労基署から表彰されたこともあるヤクザだった。

「じゃあ、稽古に移ろうか」

それから一時間、四人で二万円分をみっちりと絆は働いた。

道場に大利根組全員が伸び、死ぬ、だのもう動けねえ、だの喚きながら息も絶え絶えなのはいつものことだが、この夜は絆もいくばくかの汗をかいた。道場は開け放っていたが、風がなかった。

絆は小橋川に向かう縁側に出た。

「そうか。もう八月だもんな」

風がなければ道場は茹《う》だるほどに蒸し暑い。草いきれも濃く、蜩《ひぐらし》の鳴き声が道場内の大利根組に負けないほど喧《やかま》しかった。

「あら。今日も帰ってたのね」

道場脇の木戸口から、風鈴のような涼やかな声がした。隣の渡邊家からの出入りには、そこが近道だった。

現れたのは、手にエプロンを持った千佳だった。この日はシャツブラウスにダークネイビーのタイトスカートという姿だった。

「ああ。こっちに事件の絡みがあったもんでね」

「それにしても、一昨日も帰ってたんでしょ。珍しいわね」

千佳はロングエプロンを頭からかぶり、セミロングの黒髪を後ろでまとめた。

少し、川風が出たようだった。仄《ほの》かに石鹸と若草の匂いがした。胸の鼓動を絆は意識した。

「そっちは、今帰りかい？」

「そう。ちょっと遅れちゃった。今日の典爺《てんじい》のご飯当番、私なのよね。絆も帰ってきたならちょっとメニュー変えないといけないわね。あっ、量もか」

ブラウスの袖をまくり、絆の前を通り過ぎようとして千佳が足を止め、突然顔を近づけてくる。

「な、なんだよ。おい」

絆は後退《あとじ》さった。昔から、どうにも彼女のペースには巻き込まれてしまう。千佳は仁王立ちで腰に手を当てた。

「臭いわよ。あんたまた、一昨日からその稽古着洗ってないでしょ」

「しようがないわね。さっさと脱いで出しといて。典爺のと一緒に洗っておくから」

千佳が言いながら母屋に入った。

その後ろ姿を見送り、

「ええと」

絆は頭を掻きながら大利根組の方を振り返った。

「みんな、なんで息止めてんの？」

だぁっ、と大げさに息を吐いたのは吉岡だった。死ぬかと思った、とは大徳だ。

「だってよ、若先生。邪魔しちゃいけねえ雰囲気出したのは、そっちだぜぇ」

気配を消そうと頑張って息を止めていたようで、二人の陰にいた蘇鉄の顔はもはや赤を通り越して青く、失神寸前だった。

「あ、ごめんごめん」

母屋の近く、森に近いほうからモーターの音がした。千佳が井戸水を汲み上げているのだろう。地域的に押畑周辺は水道と井戸が混在している。

「ええと。若先生、老婆心ながら」

蘇鉄が四つん這いまで起き上がって声を掛けた。

「なんだい？」

「早く脱いで、洗濯籠に放り込んだほうがいいんじゃねえかと」

「……ごもっとも」

絆は苦笑しながら、刺子の稽古着を脱いで丸めた。


同じ頃、金田は片桐と一緒に湯島のバーにいた。

絆と別れた後、金田は渋谷署の捜査本部に顔を出した。下田や若松と情報の交換をするためだ。

「デーモンは俺が当たってみますわ」

下田が請け負った。宮地の刺殺体に関しては、渋谷署を本部にして千葉県警との合同捜査になるらしい。ここがそのまま本部になりますと、これは若松が総指揮の管理官から夕方になって聞き出した。

じゃあ俺は帰るよ、と金田が渋谷署を出たのが六時過ぎのことだ。ちょうどそこに片桐から電話がかかってきた。

「カネさん。これから会えねえか」

片桐は湯島のバーを指定した。昔、何度か連れていかれたことはある。場所はわかっていた。

「カネさん。好きな物、頼んでいいぜ」

片桐は先に呑んでいた。

「なんだ。太っ腹だな」

「違ぇよ。こないだの中華の日に、ここに寄ったら部長がいてよ。部長から聞いてねぇかい」

「いや。会ったってことは聞いたよ」

「そんときによ、部長が払い過ぎてった分があるんだ。なぁ、マスター」

そうだったかなぁ、とマスターは惚けたが、ないとは言わなかった。金田はバーボンソーダを頼んだ。すぐにバーボンとソーダが出てきた。ああ、そういう店だったと、感傷も含んで思い出す。

「で、亮介。今日はどうした」

「そのよ。あいつの言ってたこと。当たりだったんでな」

「あいつ?」

「そう。その、なんだ。成田のあいつだよ」

「ああ、東堂君のことか。まるで腫れ物扱いだな」

「ちっ。面倒臭ぇ」

「まあ、お前の気持ちもわからんでもないがな――で、なんだって」

「ああ。今日の午後な」

魏老五に呼び出された、と片桐は言った。

「ほう。魏老五に」

金田の目が細められた。

「そう。あいつの言った通りだったよ」

片桐はウイスキーを舐めるようにして呑んだ。

――どうしようもない馬鹿だったが、洪盛は私の甥ね。仇は討つよ。徹底的に。馬鹿な甥のせいで、私が舐められることは我慢できない。それが漕幇《ソウバン》の、俠の覚悟ね。

そう言ったらしい。

漕幇とは清朝の幇会（団体）のひとつを指す。北京への水上漕運を担った江湖の船乗りたちが、官吏や軍の搾取に抵抗するために作った勇猛果敢な結社のことだ。ここから分派した幇には、後に清国全土のアヘン流通を一手に握ったとされる青幇《チンパン》などがある。

「で、お前がその先棒を担ぐと」

「そういうこった。俺は、溝鼠《どぶねずみ》だからな。もう前金で百、もらっちまった」

「百か。豪儀なことだ」

「ああ。しかも、後金で倍だってよ」

「ほう。それだけ本気ってことかね」

「本気も本気さ。前金で百なんざ、ポンと出すような男じゃねえ。だから、受けねえわけにはいかなかった」

「なるほどねえ」

金田はスツールに背を預けた。

「いいんじゃないかい。これで、お前も堂々と仕事になったってことで」

「そう言ってもらえると助かる」

「さて、ならここまでのこっちの情報だ」

「どのくらいある」

「折半」

金田はバーボンソーダを呑んだ。

少し間があって、いいだろうと片桐の声がした。なにかがテーブルを滑ってくる。封筒だった。片桐も五十と踏んでいたに違いない。いい勘だ。

「まずはな」

金田は封筒に手を載せた。

「宮地が昼過ぎ、死体で発見されたよ」

片桐の強い目が金田に向かった。

「カネさん。折半て言ったからには」

「まあ待て」

グラスにソーダを注ぎ足し、金田はひと息に呑んだ。

「見つかったのはな、沼に浮かんだ刺殺体だ」

「……刺殺」

「俺は、早くも魏老五辺りが手を下したんじゃないかと思ってた。それが違うとわかっただけでも先に進めるってものだ。これはこれで、魏老五に別売りできるんじゃないかね」

片桐が前を向き、グラスを眺めた。

「亮介。これはどう考えても、宮地だけで終わらないよ。その裏に誰かがいて、なにかをしている。言えば魏洪盛は、その犠牲じゃないかね」

「裏のなにか。——ティアドロップか」

「だとは思う。ただ、それだけかどうかはわからない。これは、東堂君も言っていたことだがね。勘だとさ」

「あいつが」

「いい勘だと思うよ。あいつにくっついていれば、お前の錆《さ》びついた勘も取り戻せるかもしれない」

「……勘、ね」

「これは部長にも言ってあるんだがね。俺はもう、あっちこっちにガタが来てる。今度東堂君は、とあるイベントに潜るそうだ。俺は無理だからね。亮介。俺に代わって息子と組め。それで取り戻せ。刑事の勘と、息子との歳月。まあ、歳月は俺の願望だがね」

「いや、カネさん。それぁ――」

「これはよ」

金田は遮り、手の下の封筒を片桐のほうに滑らせた。

「泥水だけ飲んで生きろとは言わないよ」

片桐は一瞬息を詰め、封筒と金田を交互に見た。

「ただし」

金田はグラスを置いた。

「お前は探偵だ。情報の売り買い、それはいいだろうよ。俺もあんまり人のことを言えた義理じゃない。泥水はまあ、飲んでるな。けどな、俺は最後のひと花に、お前の息子を仕上げたいと思ってる。これは本音だよ。お前も色々としがらみもあるだろうが、最後は息子のため、それでいいな」

特に片桐は答えなかった。ただ、金田も答えを欲したわけではない。伝えることが肝心だ。言葉が最後には楔《くさび》になる。

「じゃ、情報だがね」

宮地の死に様、エムズ、デーモン……。

金田は手持ちの情報をすべて片桐に話した。

四

八月の第一土曜日だった。〈爆音Vol.20〉の日だ。場所は芝浦埠頭《しばうらふとう》にある、三年前にオープンしたばかりのイベントスペースだった。古い倉庫を改修して防音処理を施し、最大収容人数二千五百人を誇るとホームページには謳われていた。JR田町《たまち》駅から埠頭を目指し、潮路橋を渡った辺り。レインボーブリッジを潜るクルーズ船の明かりが見える。体育館のような三角屋根の稜線にはダクト型のLEDが光り、なんとも洒落《しゃれ》た風情だった。〈爆音〉は最大二百人の会場に五百人をぶっ込もうとして揉めたところから始まったらしい。それが今や二千五百人スペースとは。

「立派なもんだな。半グレの成り上がりにしちゃ上出来だ」

片桐が続々と来場する者たちを眺めながら紫煙を吐いた。

「そうですね。でも、見る限り警備も誘導もいるんだかいないんだか……。運営が雑ですね。一切責任は負わないって言ってましたけど、それにしても雑だ」

「おいおい。警官の目になってるぜ。そんなんじゃ誰も寄ってこねえ。潜るって言ったのは自分なんだろ。それなら今の内から、そんな下拵えくらいしとけ」

「おっと。すいません。ははっ。さすがに元刑事ですね」

絆が立つのは会場から五十メートルほど離れた道の反対側だった。コンビニの灰皿の前だ。

「おまたせ」と飲み物を買い込んだ尚美たちが店から出てくる。

この日、絆たちは片桐と尚美、それに尚美の友だち四人の計七人だった。もともとは金田の辞退と指示によって片桐と潜るつもりだったが、いつの間にか大所帯になった。

「馬鹿言ってんじゃねえよ。お前はまだしも、俺ぁこんな齢のこんな見た目だ。それがお前と男二人じゃ、変な意味で目立っちまうじゃねえか。もう少し考えろ。考えてなんとかしろ。そうじゃなきゃ行かねえ」

片桐は当初、そういって強固に反対した。そんな話を何気ない会話の中で尚美に話すと、意外にもいきなりの大乗り気だった。

「うわぁ。行ってみたい。絆君とそんなイベント初めてじゃない？　なんかワクワクする」

誘ってはみたものの捜査の一環でもあり、危険もないではない。そう思って渋っていると二、三日して、ちょうどそのイベントに行こうとしていた大学時代の友だちがいると尚美が言ってきた。

「軽音楽部の娘でね。その娘も何人かで行こうとしてたんだって。一緒でもいいでしょ」

尚美ひとりでは連れて行く気はなかったから、渡りに船だった。乗った。だが乗ったと思ったら、おまけもついてきた。

「なあ、樫宮《かしみや》。なんでお前がいるんだ？」

絆はコンビニの袋をぶら下げた、自分より背も身幅もひと回り大きい男に率直な疑問をぶつけた。

樫宮智弘《ともひろ》。絆にとってはW大ラグビー部の後輩で、選手権制覇時のレギュラーだった男だ。膝を壊して社会人ラグビーには進まなかった。今は都内の大手商社に勤めている。

「なんでって、尚ちゃんが面白そうなとこに行くってツイッターで呟いてたんで相乗りしただけです。細かいことは気にしないでください」

「気にするなって言って」

樫宮は男気があって真っ直ぐで、いい奴だ。そんなことはわかっている。だからこそ複雑だ。樫宮は大学の四年間、尚美に告白し続け、玉砕し続けた男でもある。

「わかってますよ、もう。きっぱり諦めてます。相手が東堂先輩じゃ、勝ち目は万に一つもありませんから」

樫宮は大きな身体を丸め、小声で言った。

「ほかに三人連れてくるって聞いて、興味がわいたのはそっちです。特にあの片岡三貴《かたおかみき》ちゃん、いいなあ」

「ん？　ああ、片岡さんね」

ショートヘアで目が大きく、目立つ娘ではあった。駅で待ち合わせ、会った瞬間、

「わぁ。東堂先輩だ。久し振りに本物見た。ねぇ、先輩。昔、尚美のこと振ったでしょ。ホントにもう、そのあと大変だったんですからね」

いきなりそんなことを言ってきて角が立たないのは、彼女の如才なさだろう。だから、尚美のこと、よろしくお願いしますね、と頭を下げられては、こちらも同様に下げるしかなかった。たしかにいい娘だ。樫宮にはもったいない気もする。

「まあ、お前みたいなのがくっ付いててくれれば彼女らに心配はいらないと思うけど」

「はっはっ。心配はしてくださいよ。今夜の目標は、目指せ送り狼ですから」

「勝手にしろ」

樫宮は絆越しに、楽し気に話す女性たちに目をやった。やっぱりいいなぁと絆の耳元で囁くのを振り払う。

「さて、その辺でいいかな」

片桐が吸い終わった煙草を揉み消した。

「行こうか」

時刻は午後七時、開場の時間だった。

会場内は左右にバーカウンターが整えられ、合間合間に趣向を凝らしたレトロな屋台に火が入り、何人もの料理人がスタンバイしていた。本番のおそらく半分の音量で軽いトランスが流れ、照明は今のところ全部点灯している。

混み出す前に広い会場を一周した後、ひとまず女性陣を樫宮に預けて絆たちは離脱した。入り口の内側に片桐が待機し、絆はいったん場内からロビーに回った。入場は流れに押されるように入った。周囲を把握するにはこの時間くらいしかなかった。慌ただしい受付で再入場のスタンプを強引にもらい、会場全体を確認する。

（さて。なにか動くか、なにが動くか）

渋谷署の合同捜査本部には特に大きな動きはなく、地取り鑑取りなど地道な捜査に終始していた。預金額が一千万以上という宮地の銀行口座の確認も済んでいたが、百万単位で三度、入金に来た宮地本人が防犯カメラに映っていたという。

デーモンについては、月曜に大利根組の加藤から連絡があった。ＪＥＴ企画という情報で渋谷署の下田が動いたが、社長の八坂はけんもほろろで、大した話は聞き出せなかったようだ。特捜隊本体に頼んだ新宿の金松リースにも目立った動きはない。

すべてが静かすぎるほどに静かなことが、かえって不気味ではあった。

イベントスペースは裏に関係者用の駐車場があり、前面は小さな噴水のある広場になっていた。どちらも照明は防犯上問題のない程度でしかない。駐車場は関係者以外、搬入がトラックなら五台も駐めれば一杯だったが、前面の広場は面積としてみれば裏の倍はあるだろうか。噴水のほかに樹木も植えられ、ベンチもある。両サイドは背の高いフェンスで仕切られ、表と裏を行き来することは容易ではなさそうだった。

周囲を丹念に確認して帰る頃には、長い列だった入場者は一段落していた。改めて絆はロビーを見回した。ガラスというガラス、壁のいたるところに〈爆音Vol.20〉のポスターが貼られていた。サイケデリックな色彩の中に文字が綺麗に浮かび上がる、なかなか凝ったデザインだった。

絆はふと立ち止まり、ポスターの一枚を眺めて暫時動かなかった。

やがて、スタート十分前のアナウンスが流れ、絆は思い出したように場内に戻った。壁に寄り掛かった片桐とアイコンタクトを取れば、片桐は堂々と肩をすくめて口をへの字に曲げた。おもむろに携帯を取り出すのを見て、絆はごった返す人の中に紛れた。片桐とは事前にＬＩＮＥを組んであった。すぐに絆の携帯が振動した。

〈突っ張ったのや胡散《うさん》臭いのが多すぎる。こいつはなかなか厄介だな〉

もっともにして妥当なメッセージだった。呼吸を整え、人混みの中に集中する。わずかな人の隙間を擦り抜けて絆は進んだ。視界を俯瞰のイメージに保ち高く捉えれば、無人の野を行くがごとくだった。絆に触れた人間はあっても意識されることはほぼ無かったろう。

キャパ二千五百人のホールの中で、樫宮たちを十分かからずに視界に納めることなど、絆には造作もないことだった。身の安全の確認さえできれば良かった。そう思った瞬間、ホールが暗転し、トランスが途絶えた。人のざわつきがホールを埋める。

十秒、二十秒、三十秒。

光と音が炸裂する。

〈爆音Vol.20〉の開幕だった。

約一時間、ホールは人が生み出す強いエネルギーで満ち溢れた。右方前方のブースに陣取るＤＪが、そこに波の指向を加えてうねりに変える。これができるかできないかが案外、ＤＪの力量差なのかも知れない。だとすれば間違いなく、〈爆音〉に出演するＤＪは一流だった。

〈なにかありましたか〉

〈ない〉

片桐とはそんなＬＩＮＥを繰り返した。隣に立ったところで声など聞こえるわけもなかった。

一時間が過ぎると小休止に入るようで、光と音が静まり人が左右のフリーフード、フリードリンクコーナーに動き出した。その場にへたり込むようにして腰を下ろす者たちもいた。場内アナウンスに拠れば、DJの交代も込みで二十分のクールダウンということだった。これをあと二セット繰り返す。

「冷たい物でも飲むか」

片桐に肩を押され、絆は左サイドに向かった。

「まるでなにかのインターバルトレーニングだな」

片桐が耳を穿《ほじ》りながら言った。

「演歌がいいとは言いたくねえが、ここまでになると光も音もまるで凶器だ。ノガミのフィリピンパブの比じゃねえや」

冗談とも本気ともつかない軽口は、ここまでなにも発見できていないことの裏返しだ。

クールダウン時には左サイドに集まるとだけ決めておいた樫宮たちが寄ってくる。

「アハハ。絆君。楽しんでる?」

尚美は友だちと樫宮と、明らかに楽しんでいた。カクテルのカップを手に、少し酔ってもいるようだ。片岡三貴をはじめとする女性たちもみな頬を上気させていた。

「初めてだけど、私、すっごい楽しい。面白い人も変な人もたくさんいるし。ねえ聞いて。さっきなんかあっちでね。よっぽど喉が渇いたのか知らないけど、目薬飲もうとしてる人もいたのよ。こっちきてなんか飲めばいいのに」

絆は片桐に顔を向けた。片桐もすぐにわかったようで口元を引き締め、目に爛々《らんらん》とした光を湛《たた》えた。いい顔だった。

「尚美。それってどの辺だい」

「え？ うんとね。真ん中のほう」

場内アナウンスが、クールダウン終了まで残り五分と告げた。急がなければならない。

「そこ、教えてもらってもいいかい」

「うん」

尚美はふらふらと歩き出した。

「ちょっと尚美。どこ行くのよ」

尚美を挟むように絆と片桐が進み、後ろを樫宮たちがついてくる。

「あ、あそこ。まだいた。座ってる人たち」

あと三分というアナウンスと、尚美が密集し始めた人の中心部を指差すのはほぼ同時だった。若い三人の男と女が二人、計五人を絆は確認した。

「有り難う」

樫宮にまた尚美たちを預ける。時間がなかった。

「もう外にいてもいいですよ。後で連絡します」

絆は片桐に早口で告げた。片桐はうなずくと、内圧に押されるようにして外に向かった。

あと一分となって、男たちは立ち上がった。絆は背後に居場所を定めた。ゆっくり照明と音楽が消える。だが、男たちの気配は〈匂い〉として把握した。

これからどう動こうとも、もう絆が男たちを見失うことは有り得なかった。

五

光と音の洪水の中、五人の男女は居場所を変え、相手を替えながら踊り狂った。ときに抱き合い、キスも有りだ。絆は木像と化し、いや、うねりに同化してただ背後にいた。

一時間の後、場内が明るくなる前に絆はいったん五人と距離を取った。左右に向かう流れに乗ることなく、五人は談笑しながら動き出した。ホールから出るようだった。帰ろうとする人の流れもたしかにあった。

ＬＩＮＥを操作し、まず片桐に送る。

〈今どこですか。対象、出るかもしれません〉

次いで尚美に、

〈ゴメン。仕事だ。埋め合わせはまた今度〉

と打った。これを送信する頃には片桐から返信があった。

〈場外喫煙所。出てくるのを待つ〉

正しい判断だろう。絆は読み捨てにして五人を追った。

やはり五人は、そのまま会場を後にした。それとなく片桐が寄ってきて絆と合流する。

――もう、クッタクタだわ。

――おっ。じゃあもう、このままし け込んじゃう？　乱パだ乱パ。

――きゃあ。まだダァメ。

それだけでもう想像はついた。二人の女はこの場でナンパされたようだ。

「どうする」

片桐が聞いてきた。

「お前の判断が最優先だ。てか、それしかねえ。俺は、手伝いだからな」

「もう少しつけましょう。ここからなにでどう動くか。判断は自動的にできます」

タイミングは百メートルも行かないうちに訪れた。コインパーキングに停められた、一台のワンボックスカーに五人は近づいた。

「片桐さん。取り逃がしがあったらよろしく」

絆は答えも待たずに走った。

「ちょっと悪いね」

頼りない街灯の中、車のドアを開けようとしていた男が振り向いた。みんな若いが、中では一番年嵩《としかさ》に見える男だ。それでも絆より少し若いか。背は百七十くらいだろうが、半袖シャツから伸びる腕は丸太のように太かった。

「なんだ？　手前ぇ」

女の子らに話し掛けていたときとは打って変わってドスの利いた声だった。あからさまな敵意が絆にぶつかる。残りの男二人も睨みつけてくる。女二人はなにごとかと後退りした。

「君たち。ティアドロップって知ってる？」

とりあえず鎌をかけてみる。

「えっ。なんだい、それ」

効果は覿面《てきめん》だった。年嵩の男がニヤつき、頭を掻きながら近寄ってくるが、動揺と、さらに濃く硬くなる敵意は明らかだった。残りの二人もそれなりには慣れているようで、ゆっくりと絆の両側に分かれる。

「なにって、ティアドロップだよ。ほら、君たちも持ってる危険ドラッグ」

途端、三者三様の敵意が爆発した。

「ヤロウ！」

左に展開した男がいきなり踏み込んで蹴りを放つ。絆にはヌルいものだったが半歩前に出て避けた。右の男がわずかに遅れて背後に動き出したのが見えたからだ。かすかな金属音を左耳で聞く。音の正体は後ろから突き出されたバタフライナイフだった。延びてくる腕を取り、肩に載せて捻る。鈍い音と情けない悲鳴が上がり、ナイフが男の手を離れた。掴んだ腕を放り出し、左に走る。空振った足を軸にして、蹴りの男が後ろ回しの体勢から踵を上げてきた。上から踏みつけてやれば、崩れた体勢で向こうから顔が寄ってきた。顎先をストレートで打ち抜く。と同時に絆は、勢いのままに反転しながら左手を開いて突き出した。手のひらに衝撃があった。そのまま握り込む。

年嵩の男の拳だった。腕と腕のアーチの下を、さっき蹴りをかましてきた男が白目を剝いて膝から落ちてゆく。

「こ、このっ」

年嵩の男は目を剝き、拳を引こうとするが微動だにできなかった。絆がそれを許さないのだ。筋肉の量ではなく、質で遥かに上回るということだ。

上にフェイントを掛けて下に振り落とす。崩しだ。男は泳ぐように前に出るしかなかったろう。腰を入れたボディブロー一発で、男は悶絶《もんぜつ》して前のめりに倒れた。肘を外された男だけが悶《もだ》えるように転がり、ほかの二人は地面で動かない。三人を一瞥し、絆は顔を上げた。片桐がすぐ近くまで来ていた。

「ちょっとくらい、手助けしようって気はないんですか」

「逃したらよろしくって言ったのは、お前だろうに」

「まあ、言いましたけど」

「それによ。こんだけ差がありすぎると、たとえそんな気があったとしても失せるってもんだ」

絆は青い顔で震える女性二人を、とりあえず住所と電話番号だけ控えて解放した。

「あんまり軽々しい行動はしないように。こういうのに捉まると後が大変だよ」

二人は声を失ったまま逃げるように去った。その間に片桐がもがく男から順番に身体検査をしていた。

「ブツは所持してねえが。ほらよ」

放って寄越したのは車のキーだった。絆はワンボックスカーを調べた。

「ありました」

ダッシュボードの中から発見したのは、使いかけのブルーと未使用のイエロー、それぞれひとつずつだった。絆はすぐに金田に連絡を取った。所轄に連絡を取ってもらうためだ。

管轄は第一方面の三田《みた》署、呼んでもらうのは刑事組織犯罪対策課になる。

「よろしくお願いします」

芝浦四丁目の三田署から直線距離で一キロもない。すぐに来るだろう。

絆は俯せに倒れた年嵩に活を入れた。喚きながら立ち上がろうとする男の盆《ぼん》の窪《くぼ》に足を乗せる。動きはそれだけで封じた。

「あの車。お前のか」

男は暴れたが、絆が足に体重を掛けると苦しげにそうだと言った。

「じゃあ、ダッシュボードのティアもだな」

観念したか動きを止め、小さくうなずく。

「調子に乗り過ぎだな。人前でティアを垂らすなんてのは迂闊の極みだ」

男はひとつ舌打ちを漏らし、

「やるわけねえだろ。そこまで馬鹿じゃねえや」

と呟いた。

「じゃあ、あいつらか」

「知らねえよ。俺ぁやってねえ」

遠くからサイレンが聞こえてきた。

「おい。東堂」

片桐は一服付けた。一瞬の炎に、うらぶれた男の顔が浮かぶ。なぜか胸が苦しい感じがした。

「俺が警官の前に出ちゃあ、カネさんにも迷惑が掛かる。俺はこれで消える。明日のことはメールでいい。今聞いたところで呑んじまったら忘れちまうからな」

片桐は、紫煙を残して絆の前から消えた。

六

絆は二分と経ず到着したパトカーで三田署に向かった。

「へぇ。君が東堂か」

大部屋で待っていたのは大川《おおかわ》という係長だった。絆にとっては初めて見る顔だ。自分より十歳くらい年上か。丁寧に頭を下げると、堅苦しくするなと笑って絆の肩を叩いた。ガタつく応接セットに二人で座る。

「同じ警部補なんだってな。その若さで、大したもんだ」

連行した三人は、現着した刑事らがそのまま取調室に連行していった。三田署に預けることは金田を通じて連絡済みだった。

「連中のことは任せてくれ。カネさんの顔に泥塗るようなことはしないよ。なにか出たら、特捜にも回す」

「いえ。結構ですよ。情報だけもらえれば」

「ふぅん。情報だけね」

「管轄があるわけじゃないですからね。事件の情報をつなげていくのが、特捜の仕事だと思ってますから」

半年ごとに異動を繰り返してきたため、本庁が所轄がという垣根はそもそも絆にはなかった。大川は物珍しげに絆を眺め、やがて目を細めた。

「そういうとこも異例特例ってか。綺麗ごと過ぎる気もするが、そう映るのはこっちが汚れ過ぎてるからかね」

絆は特に答えなかった。刑事になってからよくあることだった。みな、絆に自分の姿を照らし合わせるのかもしれない。

「係長」

大部屋の外から駆け込んできた刑事が大川の耳元でなにかを囁いた。

「そうか。ご苦労さん」

大川は身を乗り出し、椅子を軋ませた。

「三人のうち、ティア所持の男に傷害の前があった。西村哲夫《にしむらてつお》。半グレだな。デーモンってとこらしい」

「デーモンですか」

意外ではないが、少し斜めの答えだ。やはり、どうにもストレートに辿り着かない気がする。

「知ってるのか」

「いえ。知ってるって程じゃありませんが」

「動くんだろ」

「——そうなりますか」

「拠点も、はっきりしたチームもない。言っちゃ悪いが、こういう半グレは特捜向きだ。けどな」

大川はまた椅子を軋ませた。ったく、うるせえ椅子だとぼやく。

「やって欲しいが、とはいえ頑張り過ぎるなよ。今のヤクザは、よっぽど突《つつ》かない限り怖くもないが、半グレはヤバい。頭もあるし、場合によったらチャイニーズの愚連隊より始末に負えない。命がいくつあっても足りないぞ。藪《やぶ》を突いてドラゴンなんてのは、まあ、俺のギャグだがな」

「有り難うございます。覚えておきます」

忠告には素直に頭を下げ、絆はよく軋《きし》む椅子から腰を上げた。

「明日の朝には、連中叩いた結果は知らせるよ」

もう一度頭を下げ、三田署を辞す。

田町までの道すがら、金田に連絡を入れた。

——そうか。所持は一人だけで、しかもデーモンね。家探しの札も、どこにどこが取っていいかわからないな。

「そうですね。だから明日、藪を突いてみようかと思います。藪を突いてドラゴン、だぞうですから」

——なんだい。それは。

「三田署の大川係長のギャグだそうです」

——ふぅん。……それ、面白いのかね。

「ギャグのレベルはこの際置くとして、突いてドラゴンが出れば儲けものだと思ってます」

——なるほどね。わかったようでわからんが、一人では動くなよ。

「わかってます。後で片桐さんにも連絡します」

キャッチホンの音がした。尚美からだった。

——絆君。どうだった？　なにかあった？　大丈夫？

矢継ぎ早の質問は、だいぶ呂律《ろれつ》が怪しかった。

——イベント、なんか途中で中止になっちゃいましたぁ。だから今、タクシーでぇす。尚美を、送ってまぁす。

と、片岡三貴の声が奥から聞こえた。こちらもいい気分のようだ。

——で、どうだった。絆君。

「ああ。尚美のお手柄だよ。助かった」

——ふふっ。よかった。ねぇ、絆君。私と付き合ってよかったでしょ。ねぇ。

「ああ。そうだね。ドライバーさんに迷惑かけないようにな」

はぁいと答え、尚美は電話を切った。

かすかな潮風を感じ、絆は夜空を見上げた。月に動きの速い叢雲《むらくも》が掛かるところだった。明日は雨かもしれない。

田町の駅前に出ると、けたたましく腹が鳴った。そういえば昼からなにも食べていなかった。

風に揺れる立ち食いソバの提灯《ちょうちん》と暖簾《のれん》が、どうしようもなく絆を誘った。

第六章

一

翌朝、約束通り三田署の大川から連絡があった。

前夜、絆は池袋の特捜本部に戻って仮眠室に泊まった。そういう日は朝、駅前まで出て行きつけの喫茶店でモーニングを食べるのが決まりだった。マスターは絆を組対の刑事だと知っている。それじゃ栄養つけなきゃと、ハムエッグもトーストも倍増しで出してくれるのが有り難かった。新聞各紙に目を通し、定時前に戻ると金田が出ていた。

「おはようさん。で、昨日はご苦労様」

絆は金田に報告した。大川から携帯に電話があったのは、九時半を回った頃だった。金田にも同時に聞こえるように、携帯を置いてスピーカーにした。

「東堂です。おはようございます」

――おはようさん。で、早速なんだが。

大川は淡々と伝えるべきことを伝え始めた。

やはり三人とも半グレ、デーモンに属する連中だったようだ。若いほうの二人はともに未成年だという。ティアドロップとの関わりは、今のところ判明していないらしい。

「そうですか」

――本人たちは全否定だな。周辺への本格的な聞き込みは今日からだが、まあ連中はどう考えても木っ端だな。

ただし、ティアドロップを所持していた西村は別だった。

――任意でヤサに手を入れた。出てきたよ。ブルーとイエロー両方とも五十個の大箱でな。単体は何度かあっても、大箱が出てきたのは初めてのはずだ。西村も自分が売人だって認めたよ、売人だってな。あの会場にも最初は客を捜すつもりで行ったらしい。車にはサンプルとして常時積んでたようだ。女が引っかかったんで止めにしたってよ。けどな――。

「どうしました。歯切れが悪いですね」

――レッドがなかったんだ。

と大川は続けた。本人は、だから販売元は知らないと言っているらしい。レッドを売って一人前だが、億ションがなんん部屋か買えるほど売らないとレッドは扱えないとも言ったようだ。

「へえ。ネズミ講みたいですね」

――一回ふた箱。これが今のところ西村の限界なんだそうだ。毎日買い取るって手もあるだろうが、先出しの原資に一億以上ないと無理だってよ。

品物の受け渡しには指定のアパートの一室があり、扉の郵便受けに金を入れておけば、翌日には開けっ放しの部屋の中に置かれているという。最初は、新宿のゴールデン街で見知らぬ男に声を掛けられたそうだ。その男とは、売買用のアパートを紹介されてそれきりらしい。販売方法と売人ランクのことは、一回目の箱の上に簡単なワープロ打ちにした紙が貼られていたようだ。

――全部これから裏は取る。情報には二、三日の時間が欲しいとのことだ。おっと、こっちを忘れちゃいけない。女が引っかかったんで止めにしたって言ったが、引っかけるのに使うこともあったようだ。こっちは――。

JET企画、と大川は続けた。

「へえ。JET企画ですか」

――そう。西村は八坂のデーモン時代からの舎弟みたいなもんで、もともとJET企画のスカウトマンだったらしい。一人いくらの契約でな。あのイベントはその関係で、昔から馴染みがあったようだ。ずいぶん入り込んでは目ぼしいのを狙ってたって言ってた。

「なるほど。で、JET企画とは今もつながりが？」

——そこの歯切れは悪い。

「了解しました」

——ただ、カネさんは連れ歩くなよ。これもゆうべみたいな忠告になっちまうが、もう相当ガタが来てるはずだ。腰痛も持ってたっけな。犯人追っ掛けた挙句に自分が救急車、は洒落にもギャグにもならない。

絆は半笑いで金田を見た。金田は絆の携帯に仏頂面を、寄せた。

「誰が心配してくれって頼んだかね」

——あ？　なんだ、おい。東堂。なんでカネさんが。

「すいません。大川係長。スピーカーです」

——うわっ。言っといてくれよ。

また連絡する、いえ、しますと言って、大川の電話は慌ただしく切れた。

「まあ、昔から情の濃い男ではあるんだが。こういうところが少し抜けてる」

「いいじゃないですか。落としどころはともかく、身体のことを考えてくれてるんですから」

まあねと言って、金田も笑みを見せた。

「じゃ東堂君。君にも私のことを深慮してもらって、亮介とよろしくお願いするよ」

「わかってます。けど、俺があんまり指示することもないですけどね。あの人、芯はやっぱり刑事ですよ」

「君が言うのならそうなんだろう。嬉しいことだ。そうじゃなきゃ、ちょっと亮介も私も悲しいんでね」

絆はただうなずき、なにも問わなかった。

LINEのアプリを起動し、片桐にメールを入れる。JET企画の事務所は秋葉原だ。片桐のところからは歩こうと思えば歩ける距離だ。

〈JETにアポなしで触《さわ》ります。JR秋葉原駅、中央改札の外にAM十一時〉

送信に触れようとして少し考え、集合時間を修正する。

〈中央改札の外にPM二時〉

こんなものかと呟き、送信する。

この文章が既読になったのは、十二時を回った頃だった。


「まあまあな感じで時間厳守ですね。近いからですか」

「ふん。これで目一杯だよ」

片桐は二時を少し回って、中央改札口に現れた。目がまだしょぼついていた。最初に事務所を訪れたのがこんな時間だったから午後に変えてみたが、たしかに二時でギリギリのようだ。

「じゃ、行きましょうか」

　絆は駅の外に出た。目的のJET企画は、昭和《しょうわ》通りを蔵前《くらまえ》橋通りに向かって二百メートルほど行った反対側だ。十階建てテナントビルの七階だという。首都高速上野線を眼下に見下ろせる高さだ。広さも敷地面積から言えば、優にエムズの三倍はある。ただし、坪単価は表参道のほうが遥かに高い。

「ずいぶん立派なビルだな」

　入り口に立ち、片桐は西陽が反射する白い壁面を眩しそうに見上げた。

「AVのプロダクションってのは、そんなに儲かるのか」

「まあ、データバンク上はそこそこですよ。それに、片桐さんの事務所と比べたらたいがいのとこは立派でしょう」

「そりゃまあ、な」

　エレベータで七階に上がる。ノックしようとしたドアの内側で、なにかが砕ける音がした。

――タコがぁ。女にグダグダ言いてぇこと言わせてんじゃねえや。カマすもんカマしてでも、首を縦に振らせろやっ。

　なかなか気合の入った恫喝だった。少し高めの声だ。絆は片桐を見た。案の定、顔をしかめていた。

「ああいう音はやっぱり、二日酔いに響きますよね」

「ふん。毎日のことだ。気にしてたら呑めねえよ」

「じゃあ、俺も気にしないで行きます。ここはちょっと、挑発めいた感じで行こうと思ってますんで」

絆は笑いながら拳を握った。

「おい。ちょ、ちょっと——」

待てとまでは言わせなかった。絆は拳でドアを三回、激しく叩いた。ぐわっと片桐が頭を押さえる。

中からの反応も待たず、絆はドアを開けた。絆は、一斉に集まる視線を一瞬で七人と判断した。

「なんでえ、取り込み中だぞ」

直前に聞いた恫喝の、余韻が残る声が響いた。右手の一番奥に扉の開いた個室があった。社長室だろう。顔の四角い長身の男が一人、近くに立っていた。声の主はそいつだろう。八坂に違いない。

絆はポケットから証票を取り出した。

「警視庁」

多くは言わない。それだけ言うと絆は奥に進んだ。片桐が漏れなくついてくる。

足元に散らばる、おそらく花瓶の破片を蹴散らしながら八坂の前に立った。

「話を聞きに来た。ここが社長室かな。入らせてもらうよ」

「ちょっと待て」

八坂の手が延びる。わかってはいたが、そのままにしておいた。腕を摑まれた。絆はゆっくり首を回した。

わずかに見上げる。

「あ、いや」

八坂は慌てて手を離した。絆は社長室に足を踏み入れ、勝手に革のソファに座った。

「話は手短にな。奴の声、どストライクで頭を直撃してきやがる」

片桐が隣に座り、小声で言った。かすかにうなずき、絆は前を向いた。

拍子の隙を突いた恰好だ。なにも言わず、しばし背中だけを見せておく。少しして八坂もしぶしぶ、目の前に座った。派手な音を立てて座るのは、せめてもの虚勢だろう。歯牙に掛ける気もしない。名刺を取り出し、テーブルの上を滑らせた。当然、堅気の参考人になら、そんなことはしない。

八坂は正面から絆に視線を当ててきた。見返せば、やがてその頰が引き攣るように動いた。釣り上がって最後は、固めたような笑みの位置に収まる。

「警視庁の、東堂さん?」

「はい。あの、大丈夫ですか。お取り込み中みたいでしたけど。急に押し掛けたのはこちらですから、お待ちしますよ。いくらでも」

少し八坂を撫でてみる。

「えっ」

一瞬、八坂の目の奥に火花が見えた感じがした。まずまずだった。八坂は半グレの成り上がりに多い手合いだろう。揺すれば切れ、撫でれば大人しくなる。ある意味、半グレとしては素直だ。

「ああ、お恥ずかしい。いえ、ちょっとうちの女優に移籍トラブルが出ましてね。思わず熱くなってしまいまして。問題はないです」

目がちらちらと片桐に動いた。眉根を寄せて座る片桐の顔は、なるほど金田とおっつかっつだ。組対の、下手をしたら課長くらいには見えた。先ほどの恫喝といい、こちらへの対応、特に片桐を気にする風情といい、八坂という男の性根は見えた。一番簡単な手合いだ。

「で、今日はまた、刑事さんがなんでいらしたんですかね」

「なんでって、わかりませんか?」

片桐に言われなくとも長居するつもりはなかった。必要もない。ただ藪を、手当たり次第に突く。この場はそれでいい。

「と、言われてもねぇ。わからないから聞いてるんですが」

　優位を取り繕おうとするがそうはさせない。

「宮地琢、知ってますよね。どのくらいの関係です」

「いや、どれくらいって――」

「人を殺して、その後自分も殺されましたよね。心当たりはありませんか」

「いや、急に言われても」

「ティアドロップの売人だったんですが。ティアドロップは知ってますよね」

「え、なんだって？」

　そこから絆は矢継ぎ早に質問を投げかけた。魏洪盛のこと、魏老五のこと、〈爆音〉のこと、狂走連合のこと、デーモンのこと、金松リースのこと、沖田組のこと、西村哲夫のこと、そしてもう一度、宮地のこと、ティアドロップのこと。

　質問を変えるたびに八坂の声が熱を帯び、高くなってゆく。絆が聞いても癇《かん》に障る声だった。隣で片桐が低く呻いた。

「で、八坂さん。ティアドロップ、扱ってませんか？」

「知らないって言ってるだろう。そもそもこれはなんの――」

「ああ。さっき部下の人にカマすもんカマしてでも首を縦にとか言ってましたけど、カマすのってティアドロップじゃないんですか。レッドとか」

「なんなんだ。ふざけないでくれ。人の話聞く気あるのかよ、あんた」

八坂の顔が赤黒くなってゆく。

「こっちは真面目に答えようとして――」

「お邪魔しました」

絆は唐突に立ち上がった。もっとも、わずかに早く片桐のほうが動いていた。これ以上は耐えられないということだろう。絆としてももう十分だった。

「えっ。あっ」

八坂は思考が追いつかないようだったが、どうでもよかった。これ以上は構ってやる必要もない。

足早に進む片桐に先導されるようにして、絆はＪＥＴ企画を出た。片桐はすぐにエレベータを呼んだ。扉が開くとすぐ奥に入った。

「おい。早く閉めろ」

「はいはい」

絆は一階と閉のボタンを押した。扉が閉まるのと、ＪＥＴ企画のドアがけたたましい音を立てるのはほぼ同時だった。なにかが投げつけられたようだ。

片桐はエレベータが一階に着くまで、顔を覆うようにしてこめかみを押さえながら唸っていた。

二

一階に降り、片桐はようやくこめかみから指を離した。昭和通りに出れば車や雑踏の騒音はあるが、半グレが喚き散らす声とは比べものにならない。

陽差しを浴びて一息つく。絆が見ていた。

「少し酒、控えたらどうです？」

現状においては正論だ。特に異論はなかった。だが、

「昨夜呑み過ぎただけだ。気にするな。普段ならあの程度でおたつきはしねえ」

これも、正論ではないが事実だった。

芝浦埠頭で絆と別れた片桐は、その後いつものバーに向かった。さほど遅い時間ではなかったが、客もおらずマスターが既に潰れていた。勝手に未開封のボトルを出し、呑んだ。

初めてのことではなかったが、この日はいけなかった。歯止めが掛からなかった。

深酒の原因は絆だった。絆の武技だった。初めて目の当《ま》たりにしたが、目を奪われた。

一時期、剣に生きた頃の心が呼び覚まされた。いいものを見せてもらったと、息子ながら感謝の気持ちが沸き上がったほどだ。

初めて会った日、絆は二十歳で典明に放り出されたと言った。免許皆伝ということかと耳を疑ったが、のちにそこが絆の限界だったのかと勝手に納得した。今剣聖と謳われる東堂典明が満足する武人が、この平成の世に生まれ得るなど考えられなかった。だが、少なくとも自分より遥かに上の力量であるとは推察できた。だが――。

絆の身のこなし、足の運び、剣域の配り、まとめて流水の闘技。まるで典明を見るようだった。それでいて二十七歳なのだ。免許皆伝どころではないのだろう。だから典明もそれを宣言しなかったに違いない。片桐も書物でしか知らないが、〈自得〉の域というものがある。勝手に自分で仕上げてゆく領域、一流を立ち上げる者たちだけの領域だ。

いずれ典明さえ超える可能性を秘めた若者、それが絆、息子だった。

安い酒でも美味かった。だから呑み過ぎた。バーに顔を出した大河原は、俺たちで綺麗に汚してやらなきゃと言ったが冗談ではない。一事が万事だ。絆は放っておいても、〈自得〉してゆくだろう。大河原の訳知り顔も、いい酒のツマミだった。混ぜて呑み過ぎた。

呑み過ぎたが、昨日はいい夜だった。そのせいで今日が、辛《つら》いのだ。

片桐は自販機で五百ミリの水を二本買った。その間に、絆は近くで電話を掛けていた。

相手は金田のようだった。

「揺さぶってはみたものの、どうでしょう。――いえ、ティアに触ってる気はします。けど、どうも本筋というか大枠というか、全体を見ると小者の域を出ない気がしますね。パズルのピースであることは間違いないでしょうけど」

絆は空を見上げた。

「感覚として、すごく嫌ですね。たとえるなら、今まで海の底で存在すらわからなかった潜水艦が、向こうの都合で勝手に浮上してきたような。余裕というか、いつでもまた潜れると。――ええ。まさに。――えっ。上手いですか。ははっ。どうも」

片桐は聞きながら水を飲んだ。半分近くがすぐになくなった。

「それはそうと、カネさん。やっぱりどうしても気になることがありまして。もしかしたら隊、本庁のほうも動かしてもらうことになるかもしれません。――はい。そうですね。それはいずれ」

絆はようやく通話を終えた。

「ほら」

片桐はもう一本の水を放った。

「長いから温《ぬる》くなっちまったぞ」

「すいません」

絆は無造作に受けた。片桐は自販機そばのゴミ箱にペットボトルを捨て、ついでにもう一本、今度は緑茶の三百五十ミリを買った。すぐにキャップを開ける。

「顔色が少し良くなりましたね。抜けてきましたか」

「まあな」

少し飲む。苦さがわかった。上々だ。

「八坂への挑発。悪くなかった」

「そうですか。有り難うございます」

「だが、気を付けたほうがいい。最後はなんにでも嚙み付く狂犬の目をしてた。いや、こりゃ釈迦《しゃか》に説法かな。わかってただろ」

「そうですね。それと、片桐さんが組対の雰囲気を戻しつつあることも」

「ふん。現役と一緒にいりゃ、そんな風にもなるだろう。もっとも、戻したくもねえが」

緑茶を飲んだ。三百五十ミリはすぐになくなったが、さすがに三本目を飲むのはやめにした。

「さっき、何の話をしてたんだ?」

「えっ」

「カネさんにしてたやつだ。気になるんだが」

「ああ。特には」

「それが気になるって言ってんだ」

「ははっ。そう言われても」

絆は頭を搔いた。

「話せることと話せないこと。それくらい俺にもありますよ」

「俺に信用がねえってことか」

「そうじゃありません。理屈は詰将棋とおんなじですよ。一手先二手先なら話します。変化も捉え切れる。けど四手先五手先になると、考えてはいてもそれは後でいくらでも変わってしまう。千変万化の一局面は、人にわかってもらおうとしても無理でしょう。かえって人の自由度を阻害する。事件を追うのは、一人じゃできないんで。支流を集めて大河となす。ええと、これは誰が言ったんだったかな」

「ほう。小難しいことを言うじゃねえか」

「間違ってますか」

「俺に聞くなよ。どうせ正しいと思ってんだろ」

絆はうなずいた。

片桐は二本目のペットボトルを捨てた。

「明日はどうすんだ？」

「俺は非番ですから。いろいろ整理しときたいことを、勝手にやっておきます」

「じゃあ、俺も非番ってことだな」

「そういうことになりますが、あれからノガミのチャイニーズはどうですか」

「どうもねえよ。こっちがまだ模索中じゃねえか。ああいう連中は、当てがあるならその下だろう」

日に動いてる。俺らが顔出した日があんな様子じゃあ、なにかしようにもこっちと同じか、

片桐は大きく伸びをした。

「なんかあったら、またメールくれ」

片桐は絆に背を向けた。

「あれ。駅は反対ですよ」

「天気もいいし、まだ酒には早ぇ。だから歩くんだよ」

「ああ。いい心掛けって言いたいけど、結局は酒のためってのがなんだかなあ」

絆の声に、片桐は少し笑った。

（なるほどなぁ。大河原さんの言っていたことが、わかる気がする）

捜査の勘、人との関わり方、思考の順路。東堂絆はたしかに逸材だ。逸材にして真っ直ぐだ。

（大河原さん。逸材だけどよ、あんたが言うようにはきっとならねえ。あれは、自分で自分がなりたいようになっていく男だよ。曲げようったって曲がりゃしねえ。その代わり、どれほどの風が吹こうと折れねえくらい、しなやかだ。なんてったって）

〈自得〉の男だからよ、と片桐は呟いた。

「さて。だから俺も、あいつを揺する程度の邪《よこしま》な風にはなるか」

おもむろに携帯を取り出し、どこかに掛ける。

「爺叔《イエシュウ》。なにかあったか」

通話の相手は魏老五だった。

「ああ。ゆうべから大有りさ。酒の一杯、いや、ボトルの一本は頼もうか」

きっと今日も昨日と同じ、呑み過ぎる酒になるだろうと片桐は思った。


一方、絆たちがエレベータで下がったことを確認した八坂は、社用のプッシュホンをオンフックにした。携帯から読み出した番号をプッシュする。三コールですぐにつながった。

――はい。金松リースでございます。

女性の明るい声が聞こえた。

八坂は受話器を取り上げた。

「JET企画の八坂です。葉山社長をお願いします」

少々お待ちくださいと、受話器から聞こえる音がカノンのメロディに変わった。一分経ってもそのままだった。八坂はまたオンフックにした。さらにたっぷり待たされた。八坂のこめかみに青筋がうねった。結果、三分以上は待たされただろう。

――はい。

まっ平らな声が聞こえた。八坂という人間にまったく興味のない、あるいは話すべき価値を認めない声だった。しかも待たされた挙句、電話に出たのは葉山ではなく、専務の山上だ。

八坂は頭を掻《か》き毟《むし》った。どうしようもなく頭が痛かったが、無理に無理を押して受話器を取り上げた。少々の我慢は、社会人になって八坂が覚えたことだった。

「ああ、どうも。八坂です」

自分でわかるほど、相手以上に無感情な声だった。

「八坂です。どうも」

トーンを整える意味でもう一度言った。

――わかってるよ。馬鹿じゃねえのか。

その通りだった。間抜けなことだ。頭がさらに痛くなった。

――なんだよ。言いてぇことがあるなら早くしろよ。

「……あの。葉山社長は」

――いねえよ。

つまらなそうな声で即答してきたが、そんなわけはない。最初に出た女性は躊躇《ためら》いもなくお待ちくださいと言った。

「今日はどちらに」

――関係ねえだろ。手前ぇ、俺じゃあ役不足ってか。お偉くなったもんだな。

「いえ、そんなことは」

――じゃあ、なんだよ。グズグズすんなコラ。早くしろよ。

「あ、えっとですね。今、この間お聞きしてた通りの奴が来たもんで」

――だから。

「えっ」

――行くかもしれねえから気を付けろって忠告はしてやった。それだけだろ。行ったからなんだっていうんだよ。教えといた通りじゃねえか。

おかしい。こんな流れにするつもりで電話を掛けたわけではない。主導権が取れない。頭が痛い。

山上に待たされたせいだけではないだろう。あの組対の、東堂絆とかいうやつに翻弄されたせいだ。

「そ、そりゃそうですけど」

――ちゃんとあしらったんだろ。のらりくらりとよ。これも教えたよな。

「え。ええ」

――じゃあ、それでいいじゃねえか。終わりだろ。いちいち電話掛けてくんじゃねえよ。

おかしいおかしいおかしい。主客が逆転している。

〈ああ、言ってたのが来ましたよ。いや、そんなにおたつかなくても、ちゃんとやっときましたよ。問題ないです。はっはっ。大丈夫です。お任せくださいよ。俺を誰だと思ってんです〉

デーモンの八坂ですよと、そんな流れを予定していたのだが。

──面倒臭ぇな。切るぞ。

「い、いや。それがですね」

──ああ？

「電話したのは、聞いてた奴が宮地のことで来たってことだけじゃなくて、その、昨日ですね。本式にひとり、俺んとこに関わりのある売人が下手打ったようで。その件も含めて」

──な！　だから言っといただろうが。この馬鹿野郎っ。

いきなり山上が切れた。

──手前ぇ、殺されてぇのかよ！

「ああ、いや、その。特にうちとのつながりがバレたってわけじゃ」

──当ったり前ぇだろ。バレてたらこんな電話できるわけねぇだろがっ。頭悪過ぎだ、この馬鹿がっ。

奥で、ガミうるせえぞと言う葉山の声が聞こえた。

途端、八坂の頭痛が消えた。冷えた。

「冗談じゃねえぞ、おい。言いてえこと言ってくれちまってよぉ」

——ああ？

「だいたい、最初に下手打ったのはそっちじゃねえか！」

——なんだと。

「うちでも相手にされなかったクソボケ使ってよぉ。間抜けだよなあ、おい」

——お前、誰に物言ってんのかわかってんのか。

「ったり前ぇだ。金松リースってクソヤクザのフロントだろうが」

——ほう、わかってその口かよ。

「そっちこそ偉そうだなあ、おい。ヤクザが上から物言えたなんてのは大昔の話だぜ。ティアだってよ。俺らは売らせてもらってんじゃねえ。売ってやってんだ。文句あるなら手前えらで売れよ。できはしねえだろうがっ」

——上等だ、こらぁ！

奥でまた、「ガミッ」とさっきより強い声が聞こえた。受話器に雑な音が入る。

——おう、八坂社長かい。葉山だ。

やけに猫撫で声の社長が出た。だがもう、止まらなかった。

「遅《おせ》えよ。出るなら最初から出ろよ」

れ。

――まあまあ。ガミが申し訳ないこと言ったようだけど。ここは俺の顔に免じて許してく
「どの面に免じろってんだ。知らねえ。もう知らねぇぞ。手前ぇのケツは、手前ぇで拭け
よ。話は、それからだっ」

八坂は電話を叩きつけた。

「だからヤクザは大っ嫌《きれ》ぇだ」

荒い息をつき、椅子の背もたれに寄り掛かる。

「ちっ。売り言葉に、買い言葉だったがよ」

ティアドロップの売り上げは馬鹿にできない。売って羽振りよくしている売人もいる。

そいつらはどう考えても八坂に文句を言ってくる。加えて、

――やってくれたなぁ。ええ、八坂ぁ。

エムズの戸島だ。電話が掛かってきたのは前夜、西村がパトカーで連行された直後だっ
た。狂走連合の初代から六代までが揃《そろ》い踏みで見送ったらしい。西村が八坂の舎弟だとい
うことは、全員が知っている。

――手前ぇんとこの所属よ、全部よこせや。

このときははぐらかしたが、昼過ぎにも電話があった。

――今度一席設けるぜぇ。昨夜の全員参加の席だ。また電話する。逃げんじゃねえぞ。

どうするかの考えなど浮かばない。ヤクザより怖いのはこっちだ。

「くそ。どいつもこいつもよぉ」

別の怒りが湧いた。すべての元凶に対する怒りだ。俺を舐めやがって、西村をとっ捕まえやがって、金松リースを掻き回しやがって、宮地を追っ掛けやがって。

「おい」

事務所の中から一人に声を掛ける。益子《ましこ》という社員だ。スカウトとしてもそれなりだが、なにより腕っぷしが強く、八坂のボディガードも兼ねている。

「組対だろうがよ、ガキひとりに舐められたままじゃぁよ」

そのくらい潰してやって、まずは金松に恩を売る。今の啖呵《たんか》をなかったことにする。狂走連合には、JET企画・沖田組連合で当たる。イケイケのヤクザは、こういうとき使い勝手がいい。

「しばらく専従でいい。わかってんな」

へいと答え、益子はそのままどこかに消えた。

三

翌日のことだった。

「いいですね。川崎《かわさき》さん、この調子で行きましょう。──では、気持ちを穏やかに。オープン・ユア・ハート」

「ええ、ええ。ありがとうございます。オープン・マイ・ハート」

西崎は診察室の照明を点けた。川崎という七十代の患者だ。糟糠《そうこう》の妻を亡くし、軽い鬱《うつ》を発症して体調を崩した。高齢化が進んで、こういう患者は増える一方だった。

西崎の風貌とゲートウェイ・ワードは、そういう老人、頑《かたく》なな人間にこそよく効く。東南アジアの顔立ちは彼らにとって非日常であり、それだけでゲートウェイだったろう。

西崎の治療を求める患者は多かった。普通に生きられれば医者としての栄光をほしいままにできたかもしれない。ただ、西崎にそんな生き方は選べない。選べないことと引き換えに選んだ職業が医者だった。西崎の人生は欺瞞《ぎまん》と矛盾だらけだった。

次の予定を決めて川崎が帰ると、担当の看護師が寄ってきた。

「先生。お兄様からお電話がありました」

「あ、そう」

西崎は壁の時計を見た。午前十時半を少し回ったところだった。

「次の予約は?」

「三十分後です」

「じゃあ、ちょっと外に」

医局から外に向かう。治療中の電話は厳禁だというのは父剛毅の頃から変わらない。どんなに緊急だとしても出ることはない。丈一や迫水から掛かってきても同じことで、剛毅が死んだと聞いた電話もそうだった。

救急外来脇から職員駐車場に出る。仕事中はPHSと医局のPCでたいがいの用事は済んだ。院内では大して使い道のない携帯は、だからレクサスの車内に電源オフで置きっ放しだった。

携帯を起動させる。着信の振動があった。八時半過ぎから四回目だった。

「ふっふっ。ヤクザにしては早起きなことだ。それともただの、爺さんの早起きかな」

着信からコールする。すぐにつながった。

――遅えよ。こんなに待たせやがってよ。偉い先生様は違うな、おい。

のっけから丈一は苛立っていた。

「なんですか、いきなり。治療中は出られないって、父さんの頃から決めていることですよ」

――それにしたってよ。二時間も三時間も待たすってのは、俺を舐めてねえかい。

「そういう患者もいるんですよ。で、どうしました。次の予約まで、あまり余裕はありませんから」

用件はわかっている。丈一の愚痴を聞くだけなら、コーヒーの一杯も飲んだほうがいい。

――それだよ。おい、次郎。

丈一がおそらく机を叩いた。

――JETの八坂だっけ。うちのフロントからつなげてきた半グレよ。

「ああ。あんまり覚えてませんけど、そんな名前でしたか」

――すぐにどうってこたぁねえがよ。下手打ちやがってよ。

「え。そうなんですか」

――イエローまで売る売人が組対にパクられた。八坂の舎弟だってよ。

「そりゃあ、大変じゃないですか」

――大変じゃないですかって、なぁお前、涼しい声で言ってんじゃねえよ。手前ぇが言って寄越した男だろうが。

「大して知らないって言ったじゃないですか。ルートがないっていうから準備しただけで。使えるかどうかはそっちで判断してくださいって言いましたよ」

――言ったっけかなあ。そんなこと。俺は、お前と違って学がねえからよ。

「関係ないでしょ。そんなことは」

――とにかくよぉ。

手前ぇの責任だ、新しいルート作れやと丈一は凄んだ。

「なんでそうなるんですか」

――なんでかなんざ、どうでもいいんだ。俺は学がねえからよ。お偉い先生様におすがりするってわけだ。

「そんなこと言ったって、はいわかりましたって、すぐに用意できるものじゃないでしょう」

――ごたくは聞かねえよ。次郎、なんとかしろよ。

「なんとかって。警察に睨まれたらこっちだって危ないんだ。上手くやってくださいって、だから最初にお願いしてつなげたはずですよ。警察になに掻き回されてるんです」

それなりの切迫感を醸し、それなりのことを言う。

――言うじゃねえか。

丈一の声が、思った通りに冷えた。

――おい、次郎。手前ぇ、誰に向かって口利いてんだ。

「あ、いえ」

――探せって俺が言ったらよ。お前ぇは探しゃあいいんだ。わかってんのか？　俺が怒ったら、警察より怖いんだぜ。

「わ、わかりました。しかし、今日の明日のじゃあ」

――それくれえわかってるよ。焦ってどうしようもねえ屑つかまされたら、今度こそこっちにだって火の粉が掛かるかもしれねえ。けど、そんなに長くは待てねえ。しっかりやれよ。

じゃあな、お偉い先生よ、と言って丈一は電話を切った。無表情に携帯の画面を見つめ、西崎は別のところに電話を掛けた。

――はい。

丈一と違って落ち着いた声だった。MG興商の迫水だ。

「仕事中に悪いね」

――いえ。でも珍しいですね、こんな時間に電話なんて。なにかありましたか。

「そう。まあ、あったというか。休憩の終わりのゴングがけたたましく鳴ったというか」

――ああ。なるほど。

それだけで話が通じるというのは心地が良かった。

――それでどうします。しばらく放置しますか？

「そうだね」

西崎は少し考えた。

「迫水、JET企画に動きは」

――ありそうですよ。さすが西崎さん。読みますね。

即答だった。

――潜り込ませてる奴が言うには、昨日、益子ってのが出ました。仲間に声を掛けて歩いてるようです。力貸してくれねえかとね。ターゲット、誰だかわかりますか？

「組対の彼だろう」

――ふっふっ。正解です。

「じゃあ、今度は反対側に触ってみよう。管轄外の千葉だっていうのも、家族が爺さんひとりだっていうのもちょうどいい。迫水、駒はまだいくつか残ってたね」

――はい。

「ＪＥＴと一緒に。ＪＥＴの同時多発で」

――了解しました。

「おそらくそんなに時間はないと思う」

――お任せください。

「よろしく」

西崎は通話を終え、携帯の電源を落としてレクサスを出た。

時間はいい感じだった。白衣の皺を整え、医局に戻る。担当の看護師が小走りに寄ってきた。

「先生。ご予約の田代《たしろ》さん。お待ちです」

笑顔で頷き、診察室に入る。すぐに田代が入ってきた。

「やあ、田代さん。お加減はいかがですか」

話しながら診察台に寝てもらうのがいつもの手順だ。田代は今回で四回目のカウンセリングになる。本人も慣れたものだ。

西崎は診察室の照明を落とした。

「ではいつも通り、心を開いていきましょう。オープン・ユア・ハート。私はいつでも田代さんのそばにいます」

「先生、よろしくお願いします。オープン・マイ・ハート」

なにごともなかったように、西崎の診療はこの後、午後一時過ぎまで続いた。

四

次の明け番は、朝から快晴だった。気温は午前中から三十五度に迫り、暑い一日となった。風もなく、蟬《せみ》の鳴き声が蒸し暑さを助長した。

この日、絆は尚美と久し振りのデートだった。金曜日だったが、世間的にはお盆休みというやつだ。最初から尚美にスケジュールは押さえられていた。

「ふふっ。こういうのもいいわね」

袖《そで》ケ浦《がうら》のアクアライン連絡道に入った辺りで、尚美は上機嫌にそう言った。

時刻は午後七時半を回った頃だった。昼間は暑かったが、陽が落ちるといくぶんの涼が取れた。特に海岸線は海風が出て気持ち良かった。

尚美は、トヨタマークXの助手席側の窓を開けた。

「うーん。気持ちいい」

スケジュールは尚美に押さえられたが、コースを海ほたると木更津《きさらづ》のアウトレットに選定したのは絆だ。遠出を最初尚美は渋ったが、レンタカーの車種を軽からグレードアップして納得させた。

今は、アウトレットからの帰り道だった。行きにも寄ったが、帰りも海ほたるに寄ることにしていた。夜景はやはり、海ほたるの醍醐味《だいごみ》でもある。近場で映画を観るのが好きな尚美をわざわざ連れ出した形になるが、これはこれで正解だと絆は思っていた。

ＪＥＴ企画で八坂を挑発してから、常に誰かに見張られている感じがあった。捜査的にはいい調子だったが、明け番の日はお盆直近だった。尚美はデートを主張して譲らなかった。翌日絆は非番だったが、尚美の方が出雲へ帰省するからその前に、ということだった。

「お手柄を立てさせてあげたのは誰？　あたしでしょ。今度は絆君が返す番よ。十二日は、絶対、デート、だ、か、ら、ね」

わかったようなわからないような理屈だが、とにかくドライブを納得させた。苦肉の策だった。人混みの中では、絆と一緒にいるだけで尚美にも危険があった。だからせめてドライブにした。渋滞もあるドライブなら、尾行する車やバイクはほぼ特定できる自信があった。ある程度の人相風体もだ。

管轄を超えることは金田には報告済みだった。万が一のときのことも相談はした。

——木更津には昔、合同捜査で一緒だったのが少し偉くなってるから、声を掛けるくらいはしておこう。ただし女性のことは、まあ君が一緒だから大丈夫だとは思うが、万全にも万全で。なにかあるかもしれないと思う場所にね、連れて行くだけでも少々不遜《ふそん》かね。なにかあったとき、君の罪は重いよ。

その言葉を肝に銘じ、絆は尚美を助手席に乗せた。

お盆休みだけあって、オープン当初ほどではないがアクアラインは特に家族連れで混雑していた。尚美は軽く文句を言ったが、絆にしてみれば狙い通りだ。不審車の発見はおかげで容易だった。

行きの海ほたるまでに乗用車とバンが合わせて三台、海ほたるからアウトレットまでが二台、アウトレットからの帰りにバイクが一台、気になった。

駐車場になんとか車を入れ、まず展望デッキに上がった。

「わあ、絆君。綺麗ね」

尚美は手摺《てすり》に小走りで寄った。絆はゆっくり進み、少し離れて全体を一瞥した。人また人のアウトレットではずいぶん気を遣ったが、海ほたるにはそこまでの混雑も広さもない。確認はそれで十分だった。カップルとファミリーばかりなのもなおいい。今のところ不穏な気配はなにもなかった。

「ほら。絆君」

「どれ。――うん。そうだね」

京浜工業地帯や船舶、遠くスカイツリーのライトアップは美しかった。かすかに消え残る残照がまたよかった。

尚美が腕を絡めてきた。柔らかさと温かさは、潮風に馴染んだ。

「たまにはドライブもいいわね」

「そうだね」

だが、絆にとってのデート気分はこの夜景だけで終わった。フードコートに入るといきなり、刺すような視線がいくつも感じられた。とても乗用車の一台で収まる数ではなかった。

簡単な食事を済ませ、駐車場に降りた。気配は次々に降りてきた。レンタカーの近くに、帰り道で気になったバイクが停まっていた。フルフェイスに黒いライダースーツが、腕を組んでまたがっていた。滲《にじ》む気配は剣呑以外のなにものでもなかった。

エンジンを掛け、携帯をブルートゥースでヘッドセットにつなぎ、絆はゆっくりと駐車場を出た。

バイクが続き、その後ろから凶暴さを集めて立ち上らせるようなバンが二台、つかず離れずついてきた。

同じ頃、押畑の東堂家では夕食を済ませた典明が、いそいそと外出の支度を始めていた。言わずと知れたキャバクラ通いの支度だが、この夜は蘇鉄も付き合うということで、来るのを待っていた。

「いつもすまんね」

「なに？　どうしたの、典爺。いつもはそんなこと言わないでしょ」

この日は千佳が食事当番だった。熊のエプロンが愛らしい。

「ん？　いや。まあな」

後片づけを任せて勝手に支度を始め、蘇鉄が迎えに来るというのは本当だが、向かう先がキャバクラでは少々後ろめたかった。たしかにそんな気持ちが言わせただけの言葉に、他意はないが心もあるわけもない。

「挽肉《ひきにく》と生姜《しょうが》の巾着はずいぶん美味かった。久し振りにヒットだな」

「でしょう」

千佳は後片付けの手を止め、朗らかに笑った。

「午前中のテレビで見たの。なんか美味しそうだったし簡単そうだった――。ねぇ、ちょっと典爺。久し振りのヒットってなによ」

「わははっ」

休みということだったので一緒に食った。千佳は朗らかで如才ない、いい娘だと改めて思う。男女のことに口出しはできないが、別れたと聞いたときは絆の阿呆めがと、これは心底から思ったものだ。絆が勝手に新しい彼女を作った後も、仕事が忙しくてとは言うが、千佳はひとりだ。

「なあ、千佳ちゃん。もしかして」

「え？　なに」

柱の時計が八時半を知らせた。約束の時間だ。外に車の音もした。

「いや。なんでもない」

典明は立ち上がった。すぐに小さなクラクションが聞こえた。

「じゃ、頼むな」

「はいはい」

鍵は千佳も持っている。後片付けから戸締りまですべてを任せ、典明は外に出た。天に上《のぼ》るような蜩の合唱の先で、月が綺麗だった。

「いい娘だな」

月に囁く。だが言った瞬間、娘という言葉の響きで月に浮かぶのはキャバクラに昨日入ったばかりの娘、マキちゃんだった。

「俺も阿呆か」

「えっ。大先生。なんか言いやしたか」

「いや。なんでもないわい」

出てこようとする蘇鉄を押し込め、助手席に乗ってベンツを発進させた。

押畑の家から県道十八号に出るまでは五百メートルくらいだが、曲がりくねった下り坂で両側に樹木が多いせいもあって街灯が極端に少ない。危ない道だ。

「はっはっ。キャバクラなんて久し振りなんで、腕が鳴りやすよ。大先生」

「鳴らしたところでなにもないから、取り敢えず前を見ろ。それと大先生はやめろ。爺臭い」

「前をったってこんな時間にぃぃっ。とっとぉっ！」

言っている傍《そば》から対向車があってギリギリだった。急ブレーキで左のタイヤを山肌に乗り上げさせる。

「なんでぇ、あの車。挨拶もなしかい。ねぇ、大先生」

典明は答えなかった。

「あれ。大先生。どうしましたね」

「気になる」

「えっ」

「蘇鉄。戻せっ」

「えっ。も、戻せったってここじゃあ」

Uターンなどできる幅はない。

「ちぃぃっ」

典明は飛び出した。

「あっと。大先生っ」

答えている暇はなかった。擦れ違ったさっきの車、嫌な感じがした。暴力の気というか、匂い。そんな連中が押畑の奥に入ってもなにもない。胸騒ぎがした。気のせいであってくれればいいが、剣聖の勘は不思議とよく当たる。

坂道を三百メートルほど懸命に走った。柔《やわ》な鍛え方はしていないが、年齢のことはある。

「保《も》てよっ。身体っ！」

家の明かりが見えた。果たして、それまでなかった車が一台停まっていた。引き戸が蹴倒されたように中に倒れていた。

――きゃぁぁっ。

千佳の悲鳴が聞こえた。足は怒りを力に変えた。引き戸と散乱する割れ硝子を踏み越え、典明は居間に飛び込んだ。

土足の若い男が三人いた。千佳は部屋の隅にうずくまり、唇の端から血を流していた。

「うぬらぁっ！」

鍛えた一声を浴び、三人は雷撃に打たれたように身を震わせた。

典明は男どもの間を進み、千佳に寄った。涙目に強く頷き、頰に手を当てる。熱かった。

「すまなかったな。怖い思いをさせたな」

千佳は精一杯に、笑おうとしてくれた。

（いい娘だ）

典明は頭を撫でてやった。

「おい、爺い。わざわざ戻ったってこったぜ」

「へっへっ。馬鹿な爺いだな」

「そうじゃねえよ。運が悪ぃ爺いってこったぜ」

我に返った男たちが、それぞれに典明の背に下卑《げび》た声を浴びせた。

典明は立ち上がった。呼吸は整わないままだったが、問題はない。

「さぁてな」

振り返ってわずかに腰を落とす。男たちは爺いと侮ってか、無手《むて》だった。メリケンサックひとつしていない。

「運が悪いのは、どっちだろうな」

典明は三人のど真ん中に飛び込んだ。虚を衝いた形だ。

一瞬でも身を固めれば、流れる水は捉えられない。

千佳の目にはもしかしたら、典明が舞いを舞っているように見えたかもしれない。

歴然の差があれば、武技は美しい舞いに等しいのだ。

典明は三人の間を流れ、踊った。わずか数瞬の舞いだった。

「ってぇ。お、大先生。お待たせしやしたぁっ」

蘇鉄が駆け込んできたとき、典明はもう千佳の前に片膝をついていた。

「大丈夫か」

「平気よ。これくらい。平、気だ、もの」

気丈に言うが、目からは大粒の涙が止まらないようだった。

典明は胸の中に掻き抱いた。極度の緊張が解《ほぐ》れたものか、千佳は声を上げて、泣いた。

（絆ぁ）

典明は天井を睨んだ。

（馬鹿野郎が）

千佳の涙は、このあともう少し止まらなかった。

五

絆の携帯に一本の電話が掛かってきたのは、川崎浮嶋《うきしま》ＪＣＴから湾岸線に入った辺りだった。ナンバーは典明のものだった。ヘッドセットを操作する。

「はいよ」

すぐには典明からの返答はなかった。ブルートゥースの不調かと思ったくらいだ。

「もしもし」

――絆よぉ。

普段聞かない声音だった。

「えっ」

――この、未熟者がぁっ！

デジタルに変換されても感情は乗る。一瞬ヘッドセットを絆は離した。

「なに。爺ちゃん、どうしたってんだい」

――お前の仕事なら、意識は万里に張り巡らせてなお足りることはなかろう。油断はなかったか。なかったと言い切れるか。

「なんだい、それ。――って、まさか」

言葉は雷撃となって頭の中で閃《ひらめ》いた。

「爺ちゃんっ。まさか」

――俺は問題ない。賊も撃退した。今、蘇鉄が警察に電話した。だがな、いや、お前だけではない。俺も未熟だ。

細くなる語尾の中で、千佳が怪我をしたと典明は言った。

「えっ。千佳がっ」

――たいしたことはない、ないが――。

そのあとの言葉はわからなかった。

「ちょっと、絆君」

ヘッドセットは尚美の手の中だった。

「千佳ってなによ。まだあんな女とつながってるの？」

暗い車内で、光るような目だった。

「つながるもなにも、隣だし。それに今は俺の爺さんから」

「やだ。やめてよね」

尚美は両腕を抱えた。まったく絆の話を聞いていないようだった。

「でも、ううん。優しい絆君のことだから、絶対にあっちがいけないんだ」

「そうじゃない」

「いつまで邪魔するんだか。あの女狐《めぎつね》」

言う尚美にではなく、そんな醜い言い方をさせてしまう自分に腹が立った。

「止めろっ。そんな言い方するな！」

尚美は目を見開き、ヘッドセットを捨てて窓の外を向いた。とにかく、絆はヘッドセットを装着した。

「爺ちゃん」

声は、小さくしか出せなかった。

——絆。

典明は溜息を一つ、大きくついた。

——お前には、まだまだ悲しみが足りない。

通話はそれで切れた。絆にできるのは、ハンドルを握り締めることだけだった。

静寂が、重かった。

ラジオをつけた。民放はヤクルト・巨人戦の中継だった。八回を終わった乱打戦は八対九で、最終回の攻防が始まるところだった。賑やかな声援に少し救われた。痴話喧嘩をしている場合ではなかった。せめて、尚美の身の安全は確保しなければならない。

背後からは、変わらず二台と一台がついてきているようだった。

湾岸線からレインボーブリッジを渡ったところで中継の試合が終わった。一本足りず、主催のヤクルトの負けだった。

　絆は橋を渡るとそのまま無言で四号線に入った。

「どうしたの？　怒ったの？」

　尚美には泊まると言ってあったが、四号線は桜上水への道ではない。

「そうじゃない」

「じゃあ、どうして？」

「仕事なんだ。どうしても行かなきゃいけない」

　ヒーローインタビューが終わる頃、絆は外苑で高速を降りた。赤信号で停まる。何台か間に入ったようだが、バイクのヘッドライトが後方に見えた。

「降りる準備をして。もう少し走ったらコインパーキングがある。停めたらすぐに降りるんだ」

「えっ」

「素知らぬ顔ですぐに人波に紛れる、で、そのまま真っ直ぐ帰るんだ。いいね」

「う、うん」

　不安げではあったが絆の口調になにかを感じたのだろう。尚美は反論しなかった。

　神宮球場の周辺道路は、予想通り帰り客でごった返していた。絆は人の波を分断するように、コインパーキングにレンタカーの鼻先を入れた。

「降りて」

人の通行で、車道からの視界が途切れた一瞬に絆はタイミングを合わせた。尚美は指示を守ってすぐに降り、パーキングのバーが上がる前には、歩道を往来する一般人となった。

絆が車を停める頃、一台のバンがパーキングに入ってきた。出る車はあっても、今更入ってくる車など普通ならない。尾行してきた一台だろう。レンタカーの前を通って奥へ向かうが、黒いスモークガラスの中から粘るような視線が絆の車に注がれた。

しばらく待ったが、誰かが下りてくる気配はまったくなかった。残る一台とバイクは入っても来ない。どこかで待機しているのだろう。身支度をし、レンタカーを降りて歩道に出る。

飲食店はどこも混雑しているようだった。特に勝者のオレンジ色が目立った。帰り客の賑わいはまだまだ続くに違いなかった。人混みを縫って少し歩くと、従うように移動する気配が五つあった。

百メートルほど行ったところで、絆は一軒のオープンカフェに席を見つけた。目立つテラス席だというのもちょうどよかった。アイスコーヒーとホットサンドを注文し、LINEで金田と片桐に成田の家が敵襲を受けたことだけ送った。千佳の怪我のことは、どうしても報告するのが躊躇われた。

――なにかあったとき、君の罪は重いよ。

いまさら、金田に言われた言葉が意味を持って重くのしかかる。
すぐにひとりは既読になった。
〈気の毒に〉
三十分ほどでふたり目も既読になり、片桐からコメントが入った。間を開けず、
〈成田の爺さんがじゃねえよ。相手がだ〉
少しだけ笑えた。ほんの少しだけ、救われる気がした。

絆はカフェで、十一時の閉店まで粘った。絆に向けられる視線は五人から、おそらく倍に増えていた。カフェを出て漫《そぞ》ろ歩《ある》く。人通りは潮が引いたようになくなっていた。どこも閉店のようで、追い出された酔客がふらふらと家路につくばかりだ。ライトを点けたジョギングの男が二人通ったが、それもすぐに絶えるだろう。

さらに三十分ほどぶらついた。夏の夜であり、ひと汗掻いた感じだった。身体はいい具合に温まった。軟式グラウンド脇の自販機でスポーツドリンクを買う。火照《ほて》った身体に染み透る。

「さて」

空いたペットボトルをくずかごに捨て、百メートルほど今度は本当にぶらついた。絵画

館広場に出、真正面に立つ。月の光にシルエットが綺麗に浮かんでいた。

絆にまつわり付く視線は、倍からさらに増えていた。

「ここでいいだろう」

絆は目を閉じ、静かにたたずんだ。気負いも衒《てら》いもない。ただ心胆の底に、慚愧《ざんき》と怒りがあった。それだけでいい。それだけを純粋な力に練る。

深呼吸、ひとつ。手足から余計な、強張りのような力はそれで霧散した。

左右と背後から、殺意さえ滲ませた気が囲むように寄り始めた。

ゆっくりと振り返り、目を開く。広くとらえた視界の中で、十五本のナイフが月影に白々とした光を返した。左右に六人ずつ、正面に三人。右の中に、フルフェイスのバイザーを少し上げたライダースーツがいた。バイクの男だ。

「一人足りない。見張りかい」

十五人は答えず、ゆっくりと絆に迫った。悪気、邪気、怒気、殺気、合わせて狂気。それぞれが約五間（九メートル）の内側に入ると空気、その匂いまでが変わる。剣域というもの、戦いの場の形成だ。

「得物を持つなら手加減は抜きだ。もっとも、今日はするつもりもないけどね」

絆は、東の空に沈みゆく月を見上げた。風が渡る。ひと叢《むら》の雲が上天にあるばかり。

「ああ。いい感じだ」

絆は呟いた。滾《たぎ》りを鎮め心気を研ぎ澄ます。戦いの場に立てば剣士の本能は覚醒する。

木々の、月星の、風の、声が聞こえる気がした。

おもむろに絆はジャケットの背腰に右手を回した。そのまま下に振り出す。金音とともに、ホルスターから抜き放たれた特殊警棒が伸びた。

左足を引き、わずかに腰を沈める。百般に通じる正伝一刀流には小太刀の型もあった。

「万物、照覧」

夜烏が鳴いた。

それが合図となった。

濃密な狂気が一点に向けて爆発した。

絆は中心で動かず、ただ翼のように両手を広げた。

「おうっ！」

寄せ来る狂気は正しき剣気ですべて撥ね除《の》ける。

「うらぁっ」

「死ねやっ」

十五人が一斉に動けば、大気の流れに風が起こった。夏に不似合いな、冷たい風だった。

絆は瞳に炎を宿した。なにものにも負けず消えない、闘志の炎だ。

慌てることなく三方を広い視野で睨み、絆は靴底を鳴らして左に飛んだ。

そちらが塊として一番緩いと見切ったからだ。数を頼むと、往々にしてこういうことが起こる。役割としての気構えがひとりひとりに薄い。

いきなり前面に現れた絆に目を丸くし、先頭の男は構えもなくバタフライナイフを突き出した。

最初から最後まで、見えていた。避ける必要もなかった。絆の始動の方がはるかに早かった。

唸りを上げる特殊警棒が男の手首を砕く。

「ぐあっ」

ナイフを取り落とし、男は身体をくの字に折った。その肩に足を掛け、絆は宙に飛んだ。

残る左方の五人が、一瞬怯《ひる》んだのは気の乱れでわかった。たたみ掛ける隙、と絆は〈観〉た。

体勢十分で着地して即、近場の男の顔面に特殊警棒のグリップエンドを叩き込む。隣に棒立ちの男にも同様だ。

声もなく、ほぼ同時にふたりの男は白目を剝いて仰《の》け反《ぞ》った。

最後まで見ず、絆は動いた。左右に月の光を撥ねるナイフが近かったからだ。特に右からはもう五十センチもなかった。

だが、絆が慌てることはない。半歩出て右転するだけで、男のナイフはそれまで絆がいた場所をむなしく素通りした。

「遅いっ」

首筋に特殊警棒を打ち込む。

「うげっ」

突如として脱力した男は左から迫る男に勝手に突っ込んだ。絡んで倒れる左の男の顔面に爪先を入れれば、ふたりは絡んだままもう動かなかった。

絆はそのまま、ただ感覚に従って真後ろに警棒を振るった。確かな手応えがあった。

左側六人の最後のひとりがアスファルトに沈んだ。

「この野郎！」

「やりやがったなっ」

この間に、残りの者たちが迫っていた。九人は数を合わせてひとつになり、膨れ上がった大きな殺気の塊だった。

「さて」

絆は鼻から大きく息を吸った。腹腔に溜めて気を巡らし、ゆっくりと歩を進めた。塊まではもう十メートルもなかった。

やがて八メートル、六メートル、すぐに五メートル。

三間（約五・五メートル）は正伝一刀流にいう剣界、絆の絶対領域だった。

「おうさっ！」

全身に戦うための力が漲《みなぎ》った。瞳の炎も、今や白く輝く光だった。三間の内は光で満ちた。

絶対領域を自ら移すように、絆は塊に向けて動いた。流水の足捌きにして雷光の瞬動だ。月影を留める残像すら捉えられた者がいたかどうか。
塊に割って入り、絆は右側の男に警棒を振るった。肋骨を叩いた。

「て、手前ぇっ」

苦悶の表情を見せて倒れ込むが、絆の確認は刹那だ。流水も雷光も、その場に澱《よど》むことはない。

舞うような左転で繰り出す警棒に、もうひとりの鳩尾を捉える。

絆の思考はすでに、自身の動きに追いつかない。思考を超えた無さえ掌《たなごころ》に乗せ、〈観《かん》〉じるままに動くのが自得、一流を立ち上げる剣士の境地だ。

「おらっ」

「どこ見てやがるっ」

群がる半グレたちはわからず喚く。だが絆は、どこも見ず、すべてを〈観〉る。

左から差し込まれるナイフを五センチの見切りで避け、カウンターで警棒をぶち込めば男は胃の中身をぶちまけながら崩れ落ちた。

「こっちだ、オラッ」

挑発にも絆は眉ひとつ動かすことはない。反対側から同じように突き出されるナイフは腕ごと抱え込み、なんの躊躇もなく肘関節を思い切り逆方向に折る。

「いぎぃっ」

右耳で聞く悲鳴を左耳に移し、絆は真後ろを真正面にとらえて特殊警棒を袈裟懸《けさが》けに送った。

そのまま感覚に従って沈み込み、右踵を芯に低く回る。

大気を割く警棒の唸りは長かった。何度かの唸りが数を集めたものだと、聞き分けた者は果たしているか。

立ち上がる絆と入れ替わるように、脛を抱えて三人が地べたに転がった。

「おぉお！」

東の月を背にし、絆は大きく飛び上がった。眼下に最後のひとり、ライダースーツの男がいた。こちらを見上げている。開いたバイザーの中に、驚愕に見開かれて血走った目がかいま見えた。

バイザーをど真ん中から割り、絆の特殊警棒がフルフェイスのメットを打った。

手応えは、十分だった。

それで終わりだ。

一陣の風が、絵画館前の広場を吹き抜けた。

やがて、雲が渡って月に掛かった。

絆はひとり、男たちの間にうっそりと立った。襲撃者は全員が地べたで呻いていた。起き上がってくる者などいるわけもなかった。戦意は全員から消え果てていた。

すべては、あっという間の出来事だった。襲ってきた者たちにすれば真夏の夜の悪夢、に等しいだろう。大きく息を吐き、逆手に持った警棒をアスファルトに突き入れて縮め、ホルスターに戻す。突如、夜の静寂を破る警笛が聞こえた。自転車のライトが絵画館広場に向いた。深夜警邏の警官に違いなかった。

「なにをして——。な、なんだこれは」

事態を把握した警官は十メートルほど離れたところで自転車を降りた。声からするに、年配のようだ。

「ライトをこっちへ。組対特捜の東堂です」

絆は証票を高く掲げた。

「えっ」

ハンドライトを絆に向けながら制服警官が寄ってくる。証票を確認すると、

「あ、警部補。失礼しました。えっと、これは」

「全員、公務執行妨害と傷害未遂の暴行については取り敢えず現行犯です。署に連絡、お

願いできますか」

「りょ、了解です」

警官は署活系無線に手をやった。

この間に、夜空には月が戻っていた。制服警官と違い、それだけあれば絆にライトは必要なかった。ライダースーツの前に立つ。ほかの十四人の顔は戦いながら認知した。どれも若く、初めて見る顔ばかりだった。強引にヘルメットを取れば、やはり現れたのは見知った顔だった。JET企画で、八坂の次に強い目を絆と片桐に向けていた男だ。

すぐに来ますという制服警官に応え、絆はLINEを起動した。

〈十五人現行犯。JET企画から一人〉

また、すぐにひとりが既読になった。コメントはなかった。

絆は外苑グラウンド側の暗がりを見詰めた。見張りかどうかは知らず、そちらに一人いたはずの気配はいつの間にか消えていた。

約五分後、パトカーの赤色灯が絵画館前の車道に列をなす頃、携帯が振動した。金田からだった。

――四谷の組対に話、通しといたよ。

必要なときに必要なことだけ。この測ったような呼吸が嬉しい。

「ありがとうございます。それと、すいません。カネさん、今日からお盆休みでしたね」

——なぁに、それが刑事だよ。かみさんも子供らもとっくに諦めてる。今は生まれたばっかりだからわからないだろうが、孫がそうなるのも時間の問題だろうね。

「ははっ。せめて俺のせいでそうならないよう頑張ります」

そうしてくれると助かると笑い、金田は、さてと話を切り替えた。

——四谷もびっくりしてたよ。十五人は、さすがだね。

「正確にはもう一人いましたが。——クスリが効き過ぎたかもしれません。成田にも手を出してくるとは、すいません。考えませんでした。——先ほどはＬＩＮＥに書き込みませんでしたが、隣に住んでる俺の幼馴染みが軽傷を」

——ほう。渡邊さんだったかい？

「はい」

——……俺も片桐のコメントに同感だったが。やはりというか、囮《おとり》は鬼門ということかな。

軽い溜息が金田から聞こえた。

——東堂君。いい機会と言ってはなんだが、覚えておきなさい。自分を囮にするということはね、身体だけを危険に晒《さら》すということじゃない。心も囮にする覚悟がいるんだ。不測はいくらでもある。十五人もの暴漢を撃退した君でも、もし成田が最悪の事態であったなら心が傷つく。いや、凍り付くかもしれない。囮捜査はね、そういうことだ。そういうことをわきまえてなお、運用すべきときには運用すべき手法なんだ。もっとも、尻込みすることはない。することはないが、軽々しく用いてもいけない。わかるね、今の君なら。

「――はい」

ひと言ひと言、すべてが染みた。

――わかればいい。わかれば、君は本物の刑事にまた一歩近づく。

金田は電話を切った。しばし考え、思い切って絆はＬＩＮＥを起動した。選んだメンバーは、千佳だった。別れる前、数度しか使ったことのない登録だ。

〈起きてるかい〉

駄目元の送信だった。意外なことに、メッセージはすぐに既読になり、コメントが返った。

〈なに〉

〈ゴメン〉

既読にはなったが、コメントは来なかった。光量を落としてゆく画面を見つめ、ポケットに落とそうとしたとき振動があった。

〈それが、絆が選んだ仕事でしょ。くよくよしない。反省するな。Ｆｉｇｈｔ〉

ファイトファイトと、愛らしく動くスタンプに慰められた。

「ありがとう。――お前、強いな」

呟き、絆は画面を何度もスクロールし、ファイトファイトを繰り返した。

第七章

一

——会社に来たときの態度が、あんまりにも気に入らなかったからよ。

四谷署でのＪＥＴ企画の社員、益子の供述は以上に終始した。自分の独断を強調し、八坂からの指示はなかったと繰り返すばかりだった。四谷の組対も言葉通りに受け取るわけはない。半グレの会社であり、社員なのだ。

絆は事情聴取に立ち会い、明け方近くなってから本部の仮眠室に潜り込んだ。当直から考えるとやけに長い一日、いやほぼ丸二日だった。それでも起き出したのは十時だ。眠気はあったが、疲れはたいがい抜けていた。若さだろう。

「あれ」

大部屋に入ると、金田が定席の窓際で老眼鏡を掛け、居眠りの姿勢で新聞に目を通していた。

「おはようございます」

「はい。おはようさん」

「どうしたんです？　今日はまだ」

「所轄に頼み事しといて自分は休みなんて、そんなに俺は偉くないよ」

「じゃあ、俺のせいですね」

「事件のせいさ。悪い奴らのせいだよ。気にするな」

ブラックコーヒーの一杯で頭と体を起こしながら詳細を報告する。この間、金田が口を挟むことは一切なかった。最後に千佳のＬＩＮＥコメントを見せると、いい娘だねとだけ金田は言った。

「ああ、それで思い出した。朝イチで成田には電話を入れて聞いといた。典明翁を襲った三人は浦安辺りの元デーモンだそうだ。知らない男に頼まれて襲った。その一点張りらしい。前で十万だとさ。上手くいけば同額を振り込むとも言われたらしいがね。わかったのはそれくらいだ」

「そうですか」

席を立ち、二杯目のコーヒーと金田のお茶を煎れて戻る。金田は一口啜《すす》り、アチチと顔を顰《しか》めた。

「成田を襲われたのは手落ちだったが、とにかく、ＪＥＴのひとりが挙がったのは朗報だね」

「やりますか」

「いいんじゃないかな。せっかく手に入れた手掛かりだ。有効活用しないとね」

やるとはガサ入れのことだ。金田の肯定は絆にとって大きな後押しだった。

「ありがとうございます」

絆はコーヒーを飲み干した。

「東堂君は、なにか出ると思うかい」

金田は老眼鏡を外した。

「どうでしょう」

「なんだい。反応が薄いね」

「いえ、出る出ないに拘るつもりはないもので」

「ほう」

「一般人をこれ以上巻き込まないように。それに――」

「なんだね」

「出てくるのはデーモンばかり。本丸がなかなか見えてこない」

「金松とか、沖田組本体とかかね？」

「かもしれない、くらいですが。なんにしても、障害物を排除して道を作るくらいしないと先に行けない気がします」

「いい判断だと思う。それで正解じゃないかね」

金田は頷いた。

「ということで東堂君、腹が減ってはなんとやらだ。朝飯、食ってきていいよ」

「えっ」

金田はさも面白そうに笑った。

「そう言うと思ってね。成田とは別に今朝方、四谷の組対には令状の請求を頼んどいた。午後には行けるだろうよ」

「えっと。はあ」

そうとしか言いようはなかった。今でも時折り金田には意表を突かれる。だから頼もしくもあり、侮れない。自身に慢心することなく、未熟さを再認識もできる。

「じゃあ、お言葉に甘える感じで」

「はいよ。しっかり食ってきな。昼飯の分もね」

隊を出ていつもの喫茶店に向かう。まだギリギリ、モーニングに間に合うだろう。

店が見えてくるころ、携帯が振動した。ＬＩＮＥだった。

〈亮介、起きろ。水飲め。顔洗え。飯食え。午後から仕事だ〉

金田のコメントだった。笑えた。笑いながら喫茶店のカウベルを鳴らす。

「いらっしゃい」

モーニングは止めにした。

「大盛りのナポリタンにチーズトースト」

珍しい時間に来ると珍しいこともあるもんだと、喫茶店のマスターが肩を竦めた。

二

ガサ入れはこの日の三時過ぎだった。

金田のLINEで起こされたわけではないが動かされた片桐は、水を飲んで顔を洗い、飯を食って秋葉原に向かった。

「じゃあ、これ」

先に絆がいて、片桐に腕章を差し出した。

「なんだよ。俺は、別に警官に戻ったわけじゃねえぞ」

「俺はいいですけど、つけないと他の人は片桐さんがだれだかわからないじゃないですか。所轄の方たちに迷惑です」

断言されるとさすがに少し腹も立つ。

「別に入らなくてもいいんだぜ。好きでやってんじゃねえ」

「それはそうでしょうけど。それは駄目です」

「なんだそれ」

「カネさんに働く分は働かせろって言われてますから」

絆が腕章を片桐の胸に押し付けるようにして前に出た。

「ってことは、きっともらってんですよね。いくらかは知りませんけど」

「ふん」

笑いを含んだ囁きには答える気もせず、片桐はふんだくるようにして腕章を手に取った。

――東堂。行くぞ。

離れたところからおそらく所轄の責任者が絆を呼んだ。

「じゃあ、適当に入ってください。八坂を見ててくれると助かります」

そう言って絆は片桐の傍を離れた。続けて何人もがエレベータホールに向かう。

すぐに追うのも癪だった。片桐は勝手知ったる自販機に寄った。飲み物の一本をゆっくり、それも三百五十ではなく五百ミリと煙草の二、三本。それくらいの抵抗を示さなければ、ＪＥＴ企画に足は向かなかった。

およそ十分後、片桐はようやく捜査員の腕章を腕につけた。三本目の煙草を揉み消し、エレベータに乗る。

「なんだ、おらっ」

「ふざけんなっ」

「マッポがなにしてもいいってもんじゃねえぞっコラ」

七階に到着し扉が開くと同時に飛び込んできたのは、怒号と罵声だった。

「いつまで経っても、変わりゃしねえなあ」

呟けば言葉はそうなるが、どこか懐かしく感じる自分がいることを意識しながら、片桐はJET企画に足を踏み入れた。

社内は社員たちと、ほぼ同数の捜査員で大賑わいだった。

入ると同時に、片桐に向けられる刺すような視線があった。八坂だった。

「おっとっと。ちょっとごめんよ。おらっ」

捜査員も社員も一緒くたに掻き分け、片桐は八坂に寄った。

「遅れてかよ。偉そうだな」

絞り出すような、本性剝き出しの八坂の声だった。

「若いのにも言ったがよ。いいかい。なにも出やしねえよ」

「知るかよ。俺ぁ関係ねえ」

八坂は目を見張った。

「なんだよ、それ」

「聞こえなかったか。関係ねぇって言ったんだ。俺ぁ助っ人《すけっと》だ。お偉いさんはな、お前ぇが見下してたあっちだよ」

一瞬、八坂は片桐の言った言葉が理解できないようだった。

「――なんだよ。なんだよ、それよぉっ。手前ぇ、ふざけんなよっ」

喚き始める。近くの捜査員が振り向いたほどだ。

「うるせえな。おいっ」

片桐は襟首を摑まえて捩じ上げた。

「お前ぇはな。見誤ったんだ。俺を狙っとけばよ、お前ぇの目論見通りになったかも知んねえが。あいつも成田の爺さんもよ、お前ぇは見誤ったんだ。お前ぇの力量なんざ、その程度なんだよ」

八坂から力が抜けた。片桐が手を離すと壁に寄り掛かったまま尻から落ちた。落ちてそのまま、ガサ入れが終了するまで顔を上げることはなく、なにも出ねえとだけ機械人形のように繰り返した。

三十分後、片桐は煙草を吸いに一階に下りた。絆もついてきた。

「いいのかよ。おい」

「四谷署にお願いした一件です。ずっといるってのも、見張ってるようでなんか悪いでしょう」

「まあ、面白くねえと思う奴がいても不思議じゃねえな」

片桐は煙草に火をつけた。

「なにか出ると思うか」

「出ないでしょうね」

絆はあっさりと言った。

「でも、警官とその関係先を襲っといておとがめ無しじゃ、舐められますから」

「潰すのか」

「その方向でしょう。ただ、潰すのがどこになるかは、さて」

「沖田組か」

「さてと言ったら、さてですよ」

意味深だ。絆の目は、片桐の奥底を覗こうとしているかのようだった。

「お前、もう立派な、警官だよ。組対のな」

「それ、褒めてますか？」

「褒めても貶《けな》しても一緒だよ。組対の刑事なんてのはな」

この約一時間後、ガサ入れは終了した。案の定ティアドロップは出なかった。宮地や魏洪盛、〈爆音〉で確保した西村につながる一切もだ。が、銃刀法違反に問える何点かの刃物は押収した。取り敢えずガサ入れの体面を取り繕うには十分だったろう。

「それじゃあ、東堂。カネさんによろしく」

「はい。お疲れ様でした」

引き上げる四谷署の面々を絆は最後まで見送った。片桐は所定の、自販機の傍で待機した。

「ほらよ」

寄ってくる絆に缶コーヒーを放る。

「どうも」

プルタブを開け、絆は口をつけてから西陽に顔を向けた。その横顔に、片桐は溜息をついた。

(よく、似てやがる)

東堂礼子のそれが、絆の横顔に重なった。

「ん？　どうかしましたか」

「なんでもねえ」

片桐は慌ててそっぽを向いた。腕章を外し、絆の胸に押しつける。絆は微動だにしなかった。

「なんだよ」

片桐は絆を見た。片桐越しに、蔵前橋通りのほうを見ていた。半眼に落とした目が、艶やかに自ら光るようだった。視線の先を追ってみたが、片桐にはなにもわからなかった。

「へえ。なかなか鮮やかだ。絵画館前もあいつかな」

絆はひとり感嘆を漏らした。

「公安、ヤクザ。いや、マフィアか。それが一番しっくりくるかな」

呟きで片桐は理解した。誰かに見られ、見られていることを絆は察知したのだ。マフィアという言葉に、片桐は一瞬間違いなく動揺した。絆は腕章を受け取った。

「片桐さん。ノガミ、動くかもしれませんね。覚悟はしておきます」

じゃあと軽く手を上げ、絆は秋葉原駅のほうに歩き出した。

片桐は横断歩道を渡る絆を見送り、煙草を揉み消した。反対方向に歩きながら携帯を取り出す。

――よく働くね、爺叔。日本人の鑑《かがみ》。

相手は魏老五だった。片桐はガサ入れの結果を話した。

「それにしても、ボスにしちゃずいぶんのんびりしてるな。ＪＥＴのことはこの前話したはずだ」

――ああ。聞いたね。

「結果はこうだが、先に手を出してもよかったんじゃねえか。だからこの前の若い警官と、その家族が襲われたってよ」

――ははっ。天と地ほど出来は違っても、やっぱり爺叔も人の親ね。息子が心配ね。

片桐は足を止めた。

「なんで知ってやがる」

――私にもルートはあるね。警視庁の中にも腐った奴、多いよ。ＪＥＴのこと、私を使おうとしてるって、だから見え見えだったね。

片桐は唸った。図星だったからだ。

――爺叔の手には乗らないよ。それに、彼に私、興味もあったしね。ひとり、つけといたよ。神宮の十五人、凄かったらしいね。私も生で見たかったよ。爺叔、私が今一番欲しい情報は、彼が次いつ戦うかを早めに知りたいということよ。

いちいち癇に障る物言いだった。高めの声も耳障りだ。

「やっぱりボスか。あいつがさっき言ってたよ」

――ん。なに？

「こっちにも誰かいたらしいな。神宮もここも、あいつはわかってたぜ。しかも、ボスのとこだと当たりもつけてたな」

――ほう。

魏老五の声が底まで落ちた。滅多に聞かないが、本性の声だ。
――やはり、侮れないか。あの若さで大したものだ。
口調まで変わる。それがチャイニーズ・マフィアの曲者、魏老五という男だった。
――それこそいい情報だ。やるならそろそろだろう。爺叔、任せていいかな。
「ああ。報酬の分は働くよ」
――ふっふっ。報酬の分か。いい心掛けだ。
片桐は自分から電話を切った。
なにかが大きく動く。動かす。
「腹が減ったな」
酒ではなく飯、とは最近にない感覚だった。
片桐は近場に食い物屋を探し、ラーメン屋を見つけて蔵前橋通りを越えた。

三

この日の夕暮れ刻《ゆうぐどき》だった。
ガサ入れのあったJET企画は三時以降は当然、仕事どころではなかった。さらに、四谷の組対が荒らせるだけ荒らした事務所の後片付けに、社員総出で二時間掛かった。

その間、八坂は社長室のデスクに足を振り上げ、血走った眼を天井に向け続けた。

どこかで、なにかが狂った。

薄ら馬鹿のくせに偉そうな戸島が嫌でデーモンを立ち上げた。いつか蹴落としてやろうとＪＥＴ企画を設立した。同じ業界にしたのは勝敗がわかりやすいからだ。運は間違いなく、八坂にあった。屑女優しか拾えないエムズと違い、ＪＥＴ企画はＴＶにも進出できた。ひょんなことで知り合った金松リースを通じて沖田組ともつながりを持った。芸能で飯を食う以上、ヤクザは必要だった。竜神会系沖田組は後ろ盾として願ったりだった。沖田組はドラッグの売り手を探していた。互いの利益が一致した形だった。

ティアドロップを扱い始めてから、裏帳簿のゼロは二つ増えた。戸島を追い抜き、上から奈落の底に蹴落としてやるのはもうすぐだった。戸島は別として、狂走連合の初代から五代はみな、金に汚い連中だった。だからこそ、ティアドロップで裏の金を稼ぎ、ばら撒けば全員が味方になるはずだった。

それが今、何故か八方塞りになり始めていた。

五時過ぎになって、どこでどう聞きつけたものか、各女優に決まっていたこれからの仕事にキャンセルが相次いだ。たかがＡＶだろうと吐き捨てれば、どのメーカー担当者も逆切れした。中にはガサ入れをネタに一本撮ろうかと言ってくる頭の弱いメーカーもあったが、それはこっちから願い下げだった。

天国から、地獄。冷ややかな笑いを浮かべる、戸島の四角い顔が目に浮かんだ。設けると言った一席の連絡はまだないが、狂走連合の初代から戸島まで動いて、女優の移籍だけで済むはずもない。寄ってたかって、八坂から毟り取ってゆくつもりだろう。下手をすればティアドロップも、沖田組とのつながりごと取り上げられる。

ちっ、と吐き捨て、

「背に腹は替えられねえ。いくらふんだくられるか知らねえが、先手必勝だ」

八坂はデスクの電話を手に取った。掛けたのは沖田組の若頭補佐、竹中《たけなか》の組事務所だ。すぐにつながった。

——はい。

野太く若い声が聞こえた。名乗らない。ヤクザの事務所は、常に相手方の録音を警戒していた。

「JET企画の八坂です」

少し間があった。

——えっ。なんですって。JET企画さん？　若い衆の声がいきなり高く、よそ行きに変わっていた。

八坂は眉をひそめた。なにかおかしい。

「そうですが」

——どちら様でしたかね。お掛け間違えじゃないですか。

「えっ。あの、八坂ですが」

——八坂？　いや、存じ上げませんが。

「な、なに言ってんだ。ふざけてんのか。いいから竹中さん出せよ」

——そのような人間は、私どもには在籍しておりませんので。それでは。

電話は一方的に切られた。八坂は暫時、受話口を呆然《ぼうぜん》と見詰めた。なにが起こっているのか理解できなかった。一度受話器を置く。考えもまとまらないまま、もう一度手に取った。ダイアルをプッシュする。

——はい。金松リースでございます。

「あ、ジェ、JET企画の八坂と申します。あの、葉山社長は」

少々お待ちくださいと、カノンが流れてきた。前回と違い、長くは聞かなかった。

——お待たせしました。葉山でございますが。

嫌な予感しかしなかった。葉山の声は、トーンが組事務所の若い衆と変わらなかった。

次第に、八坂の中に沸々と沸き上がるものがあった。

「事務所に掛けたらよ。竹中さん、いねえって。どういうことだい？　そんなわけねえよなって。なあ、葉山さんよ、あんたも承知のことかい。俺は、あんたたんとこの紹介であっちと仕事してたんだぜ。きっちり説明してくれねえかな」

――ええと。ＪＥＴ企画の、八坂様、でしたね？

「だったらどうしたってんだよっ。コラッ！」

八坂の語気が荒くなる。が、

――弊社は数多くのお客様とお取引させていただいておりますので、いきなりＪＥＴ企画の八坂様と仰られてもすぐにはわかりかねますが――。

葉山の口調は徹頭徹尾、変わらなかった。

「なんだよ」

――まあ、私の知る限りの常識から言わせていただければ、そのようなクレームをつけられるのはお門違いかと。ただそれでもと仰られるなら、身に覚えはございませんが、弊社といたしましては全社一丸で、命を懸けて当たらせていただきますよ。

「――そっちが脅しかよ」

――いえいえ。私が知る限りの常識、と申しました。ですから、ものはよく考えてから口にしたほうがよろしいかと。寝言は寝てから言え、とまで申しては、これは当方の暴言でしょうか、はっはっ。

「手前ぇっ」

――では、失礼いたします。

けんもほろろ、としか言いようはなかった。一連の出来事で、八坂は沖田組から見放されたのだ。

「野郎っ！」

八坂はデスクを蹴り飛ばした。

「そっちがその気なら、こっちにも考えがある。金松リース、後で吠《ほ》え面《づら》掻くなよな」

八坂の剣幕に何人かが社長室を覗く。

「おい。金松の倉庫、わかってたよな」

ひとりが頷いた。保険のつもりだったが、調べはついていた。

八坂が商品の補充を受ける際、決まって動くのは沖田組若頭補佐、竹中自身の組の若衆だった。情報漏洩《ろうえい》を防ぐには知る人間は少ないほどいいが、それも時と場合による。社員にそいつを張らせてから補充の依頼を出せば、ティアドロップの保管場所は簡単にわかった。東品川の京浜運河沿いにある貸しコンテナだ。管理は金松リースだった。

「こっちはしばらくサツが張ってるかもしれねえ。ほとぼりが冷めたら——いいや。そんなもん待っちゃいられねえ。仕込むぜ。仕掛けるぜ。簡単に切れる尻尾じゃねえってこと、思い知らせてやるぜ」

八坂は吠えた。

だが、そのとき——。

「ふん。威勢だけはいいが。結局お前も、頭の悪い半グレのひとりでしかねえな」

ＪＥＴ企画の外、所定の自動販売機に寄り掛かって呟く男がいた。片桐だ。

「半グレのまま会社なんて根っこ持つと、こういうことになんだ。それがわからねえのが、半グレの証拠だ」

煙草を取り出し、火を点ける。

その左耳に装着された盗聴器のレシーバーが、薄く滲むように青白いダイオードの光を放った。

四

一週間後の夜だった。夕方から湧き出した雲で空に光はない。早晩、雨が降るだろう。昼間の猛暑と相まって、やけに蒸し暑い夜だった。

この夜、〈ＪＥＴ感謝祭　ダンス・イン・ザ・ナイト〉と銘打たれたＪＥＴ企画のイベントが芝浦埠頭で開催されることになっていた。エムズの〈爆音Vol.20〉が開かれたのと同じイベントスペースだ。

敵愾心《てきがいしん》剝き出しか、あるいはあまりものを考えていないか。八坂を知る者に聞けばおそ

らく、

――どっちもじゃね？

　そう答えることは明らかだった。

　イベントスペースの運営会社に聞いても、使用予約はずいぶん強引だったようだ。もともと夜は空いていたが、夏フェスもどきのイベントで日中は埋まっていたという。その撤収があり、夜七時までは使用する予定だったものを、フェスの主催者に札束を撒いてまで繰り上げさせたらしい。もちろん、そんな勝手なことをされては困ると運営会社はクレームを入れたらしいが、

「すいません。どうしても真夏の雰囲気があるうちにやっときたくてね」

　八坂は頭を下げ、使用料は違約金も含めた金額からさらに倍程度を約束し、すでに全額払い込み済みだという。

　当日、夕方四時過ぎ。ガルウィングのトラック五台と、設営会社と思《おぼ》しき名前の入った車が八台、駐車場側の道路に並んだ。フェスの撤収車両が出ると、まず作業員の車が慌ただしく駐車場に入った。

〈ＪＥＴ感謝祭　ダンス・イン・ザ・ナイト〉は開場七時半、開演八時ということだった。

　その二時間後、黒塗りの車体にＪＥＴのロゴを入れたバンが三台とベンツが二台、搬入を済ませたトラックと入れ替わるように駐車場に入った。

──ベンツに八坂、確認。

会場、駐車場側の清掃員に扮した三田署の捜査員から絆のPモードに連絡が入った。了解ですと返す。

「カネさん。あいつら、なにを考えてるんでしょうね」

「さあて。最後にひと花火、それは間違いないんだろうけどね」

「花火ですか。──上げて散るか、上げて残すか」

「そう。そこが難しいところだね」

金田はアイスコーヒーのストローを口に運んだ。

絆は金田と二人、JR田町駅前の喫茶店に待機していた。

この日はJET企画から会場までの行確に特捜隊の一班が張り付き、そのまま周辺に展開した。ほかには三田警察署の組対から六人、渋谷署からも手詰まりのまま本部が解散になった下田や若松ら七人の応援を得て固める手筈になっていた。先行の捜査員以外にも、すでに全員が離れた場所で待機している。

この夜のイベントは、火曜日の夜になってからJET企画のホームページにアップされたものだ。

「八坂んとこのホームページ見てみろ。面白いことになってるぜ」

教えてくれたのは片桐だった。

〝〈JET感謝祭 ダンス・イン・ザ・ナイト〉開催決定。真夏の一夜、あの娘と踊ろうぜ。〟

開いていきなり、絆は溜息をついた。

「なんか、面倒臭いことしてくれちゃって。こりゃあ、どう考えてもゴチャゴチャになるだろうに」

DJは後で調べても無名だったが、入場料はその知名度に合わせるかのように男女均一で安かった。二部構成の入れ替え制ということだが、それでも金額は安い。会場側に聞いても、おそらく赤字でしょうということだった。ただし、当日場内での飲食は禁止だが、入口前面のスペースに飲食の屋台を何台も並べるという。それでギリギリ、上手く手配すれば採算は取れるでしょうかと、これも会場側に聞いた話だった。

文字通り、祭りではある。だが、絆の溜息はそこではない。溜息の理由はホームページ上に謳われた、〈あの娘と踊ろうぜ〉の、〈あの娘〉たちだ。加えて、画面をスクロールした一番下に書かれた小さな文字だ。

〈当日は混雑が予想されます。チケットをお買い求め頂いても入場できない場合もございますが、当日は屋台広場で都度、場内予定以外の女優のミニイベントも予定してございます。未使用チケットは、そちらにて優先的に扱わせて頂きますので、お捨てにならないようお願い致します〉

〈JET感謝祭　ダンス・イン・ザ・ナイト〉はエムズの〈爆音〉同様、所属の女優を絡めたイベントのようだった。女優がフロアにも出れば、屋台広場と称した外にも出るらしい。しかも二部を通して、全員が、だ。

ピンでDVDが販売される女優ばかりで、TVでも人気になり始めている娘もいる。ファン垂涎《すいぜん》のイベントに違いない。例えば女優が十人いて、それぞれのファンが五百人としても五千人になる。対して、イベントスペースの最大収容人数は二千五百人だ。さすがにどうなるかは、蓋を開けてみなければわからない状態だった。

絆たちが待機する喫茶店のカウベルが鳴った。入ってきたのは片桐だった。寄って来ようとするのを絆は手で制した。自分たちが立つ。金田はレジに向かった。

絆は片桐を押し出すようにして外に出た。

「おいおい。少しくらい涼ませろよ」

冷房の店内から出れば、たしかに外には息苦しくなるほどの熱気が澱んでいた。

「文句を言わない。遅くなったのはあなたのせいですから」

「仕方ねえだろう。こんな時間になると、あっちこっちで酒が俺を呼ぶんでな。出てくんのにも力がいるんだ」

領収書を財布に入れながら金田が出てきた。なにごともなかったように、よぉ亮介、と片手を上げる。片桐が胡散臭そうに片眉を下げた。

「まあ。カネさんを見る限り、これで定時だろ」

「あれ。バレましたか」

絆は笑った。ふんと鼻を鳴らす片桐の背を叩く。

「じゃ、行きましょうか」

歩きながらPモードを取り出す。警視庁が独自に考案した、携帯のメールによる事件情報の共有システムだ。

「動きます。よろしくお願いします」

各所から一斉に了解と、歯切れのいい答えがPモードに返った。


「うわっ」

会場を視認して思わず絆は声を漏らした。ほぼ同時に金田は唸り、片桐は軽い含み笑いだった。

開場二時間前にして、イベントスペースの近くはすでに大混雑だった。〈爆音〉のときの開場時間と比べても、間違いなくそれ以上だ。これからさらに増えることを考えれば、一万人を超えることも予想できた。

「なんだかよ、凄ぇな。AV女優ってのも、こんなに人気あんだな」

どこかで待機していた下田が寄ってきて感想を口にした。若松はまず、ご無沙汰していますと金田に挨拶だ。絆は片桐を二人に紹介した。片桐は仏頂面でなにも言わなかった。探偵と聞いて下田と若松も最初は胡散臭げだった。

「俺の絡みでな。元同業の組対だよ」

金田がそう言えば、

「え。組対の片桐って、大学で」

下田は聞き返しながら若松と顔を見合わせた。

「そう。その、大学選手権を取った片桐だよ」

聞いて下田は思わず敬礼をしそうになったようだ。手が泳いだ。年齢から言えばたしか、下田も若松も片桐の一歳後輩になる。

「俺は、剣道の目標があなたでした」

「悪ぃな。目標が勝手に消えちまってよ」

「いえ」

そんな遣り取りをしている間にも続々と人は押し寄せた。一時間前になって、人は路上にも溢れた。開場三十分前になると、絆のPモードが鳴った。三田署の主任からだったが、悲鳴に近かった。

――人数が多過ぎます。対象外ですが、交通課と地域課に連絡します。このままでは事故が起こるかもしれません。

たしかに辺りは、絆にとやかく言える状態ではなくなっていた。

すでに歩道の果てまで長蛇の列ができていた。それだけではない。屋台には早くも火が入り、最初から入場するつもりのない連中で広場はまるで宴会場だった。夜に入って地域的に車通りの少なくなった路上はガラの悪い連中、半グレと思われる奴らに蹂躙《じゅうりん》された。特にイベントスペース前の車道は、車道自体がパーティ会場となんら変わらなかった。

「なんか、予想以上になっちゃってます。すいません」

絆は頭を下げた。肩を叩かれる。金田だった。

「読みが甘かったとか思わないように。現象ってヤツはね、多くも少なくも厳密に読もうとすればするほど、往々にして外れるときは桁違いになるもんだ。なあ、シモ」

「カネさんに言われて違うもなにもないでしょう。まあ、ここまで凄ぇとかえって潔く、細かいことは諦めようって気にはなりますかね」

若松もそうだなと続いた。

「東堂。減らず口のシモもこう言うくらいだ。頭を下げる必要もない。なんにしても、始まったばかりだ。いや、始まってすらいないんだ」

「わかってます。大丈夫ですよ」

絆は力強く頷いた。

「ふん。あの爺さん仕込みだからな」

片桐が呟いた。その通りだ。絆はPモードを手に取った。

「始めます。各自打ち合わせ通りに。どうしても所定の位置に入れない場合はお任せします」

了解と、下田も若松もそれぞれの部下を従えて散った。

「じゃ、俺もブラつくよ。煙草が吸いたくなったら、戻ってくらぁ」

片桐が片手を振りながら横断歩道に向かった。金田はこのコンビニの前が所定の位置だ。

「俺も反対から回ります」

「おう。東堂君。くれぐれも気を付けてな」

金田は用意よく鞄から折り畳みの椅子を取り出し、灰皿の脇に広げて座った。

やがて開場、となったはずだが、その時間を過ぎても、屋台広場から外を埋め尽くす人の数が減ったようには感じられなかった。それだけの数がイベントスペースの周りに集まっていたということだ。開演時間には外でも時を合わせるように歓声が上がった。後半部の女優が顔見せに姿を現したからだ。それからも順次、入れ代わり立ち代わりに女優が顔を見せ、歓声は途切れることがなかった。

第一部が終わる頃には、熱気も騒ぎも最高潮に達した。数が数だ。ボルテージの上がりようは〈爆音〉の比ではなかった。予想されたことだが、あちこちで小競り合いや揉め事が起こった。ただし、数は予想を遥かに超えた。三田署の主任が手配した交通課や地域課だけでは収拾がつかないのは明白だった。コンビニの前に戻り、うーんと唸っていた絆のPモードが鳴った。三田署の主任だった。

――喧嘩ばっかりです。目的を考えれば手は出したくないし、出すべきではないとは承知ですが。

歯切れは悪かった。課本来の職務で考えればそうなるが、交通課や地域課の手前、なにもしないではあとがやりづらいのは間違いない。〈JET感謝祭〉がただのイベントだという可能性もまだあるのだ。そんな作業は放っといて鎮静化に回れという指示が署の上層部から出てもおかしくはない。

「気にしないでください。渋谷とうちの一班で後を継ぎますから」

通話を終え、絆は天を見上げた。

「どうしたね」

金田が低いところ、簡易チェアに座って言った。

「これってどうですかね。どうにも意図的な気がします。全部が全部ではないでしょうが」

「いや。全部だろうね」

「全部、ですか」

「発端が意図的なら全部そうだと言っていいだろう。誘発されて歯止めが利かなくなった。そんなところじゃないかね」

「ああ。――そうですね」

「なにがあっても受け止める覚悟は決めたほうがいい。そんな気がする。いや、これは俺の私見、予見だけどね」

絆は頷き、爆発的な喧騒を睨んだ。

私見、予見と金田は言うが、経験則から出る言葉は重い。絆の中で騒ぐものもあった。

もう一度絆は天を見上げた。顔に当たるものがあった。

私見、予見の前に、この夜の天気予報は大当たりのようだった。

五

雨が次第に強くなり始めた。時間予報に拠ればピークは午前一時頃だ。まだまだ強くなるだろう。
〈JET感謝祭　ダンス・イン・ザ・ナイト〉はほぼ予定通り、十一時過ぎに終了した。天候のこともあり、場内から吐き出された観客は広場前の群衆と塊になり、全員が帰路についた。たわめられたバネが一気に解放された感じだ。

——すいません。同じ場所に立っていられませんっ。

——東堂っ。路地にも人が来た。無理だっ。

——波に押されちまった。戻れねえ。

絆のPモードは、捜査員のそんな悲痛に終始した。たしかに、往路の比ではなかった。

一万人以上の波だ。

「無理はしないで下さい。歩道も車道もあったものではない。

——対象の車両に動きはなし。目的は会場。JETの連中と八坂です。裏はどうですか」

「下田さん。聞こえてますか。渋谷の全員は裏へ。ただ、撤収作業で人の出入りは増えている。

場合によっては検問の体裁で」

——了解だが、いつ辿り着けるかはわかんねえっ。


できることはそれですべてだった。

十二時を過ぎると、怒濤の帰り客が目に見えて減り始めた。絆は寄ってきた片桐と金田を従え、イベントスペースに足を踏み入れた。ゴミが散乱して雨に濡《ぬ》れ、屋台をたたむテキ屋だけがいた。兵《つわもの》どもが夢の跡だ。

入場口には受付の人間すらいなかった。絆はロビーに入った。

「この後、どうなると思います？」

歩きながら絆は片桐に声を掛けるが、

「さぁな」

答えは素っ気ないものだった。

会場内は撤収作業で大わらわだったが、みな揃いの腕章をつけた設営会社の社員かアルバイトだった。挙動不審な者は誰もいない。警察だと断り、絆たちはさらに奥、バックヤードに進んだ。搬入口からの下田や若松と合流する。だが――。

奥のいくつかの部屋にはそれぞれ、イベントスペースの社員と、化粧の濃い女優たちと、DJを名乗る男数人がいるだけだった。誰に聞いても話のベクトルは同じだった。

――このあと、どうすればいいかがわからない。JET企画の社員が、いつの間にか誰もいなくなった。携帯もつながらないから困っている。

瞬時に全員が、間違いなく理解した。逃げられたのだ。集められるだけ人を集め、その中に紛れたに違いない。この一大イベントは周到にして金の掛かった、八坂たちの逃走手段だった。

「たぁ。畜生めっ」

下田は自分の腿を叩いて吐き捨てた。

「おい。お前ぇら、ホントに八坂がどこ行ったか知らねぇのかよ」

「し、知らないっすよ。知ってたら教えますって」

下田がDJを睨み、若松が女優たちに似たようなことを聞き始めた。片桐が頭を掻いて動き出した。

「裏に喫煙所があった。煙草吸ってくらぁ」

「あ。ちょっとその前に」

絆が呼び止めた。片桐が訝《いぶか》しげに振り返る。

「なんだ？」

「ＪＥＴの人間、どこに行ったんでしょうね」

「さぁな。なんだ。それが呼び止めた理由か」

「そうですよ。今のところほかに聞きたいことはないですから」

絆は真っ直ぐに片桐を見た。見続けて動かなかった。次第に、その目に白むような光が宿る。

「ＪＥＴの人間、どこに行ったんでしょうね」

同じ質問だが、響きが違った。人の心胆をつかみ、揺するような声だった。部屋の空気が、絆を中心に渦を巻くようだ。

下田も若松も、なにかを感じたようで、質問を止め絆を見る。片桐は低く唸った。唸って目を動かした。金田の立つほうだった。

金田の気配が揺れた。

「いけない、いけない。齢を取るとどうもね。亮介、さっき俺に、気になることがあるって言ってたな。忘れてた。なんだったかな」

片桐は咳払いひとつ、それで絆の圧力から逃れた。それはそれで、さすがに大学選手権覇者、元組対の猛者《もさ》だと認めざるを得ない。

「ああ、あれね。なんだったかな。――ああ、思い出した」

片桐は大きく息をついた。

「東品川にでかい貸し倉庫がある。京浜運河沿いの」

片桐が住所と、大手ロジスティック会社の名を口にした。

「俺は前から、そこがどうにも気になってんだ。なんせ管理してんのが、金松リースだと聞いたんでな」

部屋に渦巻くような絆の気迫が消えた。

「片桐さんも、齢ですか」

「ああ。齢だな」

片桐は肩を竦めた。絆は下田に視線を移した。なにをしなければいけないかははっきりしていた。

「シモさん」

「おう。車は、百メートルくらいのとこだ」

「カネさん、片桐さん。俺たちも乗せてもらいましょう」

「おうよ。こっちだ。少し狭いのは我慢な」

下田に続いて急ぎながら、絆はPモードを取った。

「全員、移動。場所は東品川の――」

絆は住所を伝えた。

――車、足りなくありませんか。

聞こえてきたのは三田署の主任の声だった。イベントの散会で人手に余裕ができたのだろう。

――そのくらいはさせてください。

「助かります」

――新宿さんのPカーの場所に、こっちも回ります。

絆はPモードを切った。

「なあ、おい」

イベントスペースの敷地を出ると、背後から片桐が寄ってきた。

「俺がなんか知ってるって、どうしてわかった」

「簡単ですよ」

「簡単？」

「JETのガサ入れのとき、なにか仕込んでましたよね」

片桐は黙った。

「隙を狙ったつもりでしょうが、そういうのは見逃しませんから」

「──大したもんだ。気をつけたつもりだが、お前ぇには簡単、かよ」

「いえ。簡単って言ったのはそこじゃないですよ」

片桐が首をかしげた。

「──わからねえな」

「最初から、連れて行けばなにかするかもねって勧めてくれる人があったんで」

「ああ?」

絆はかすかに笑いながら後方を指し示した。

みんな足が速いねえと、ちゃっかりどこかから拝借してきたビニール傘をさしているのは、金田だった。

六

途中までサイレンを鳴らし、絆たちは東品川のコンテナ倉庫に急行した。雨はピークに入っているようで、周りからは瀑布の滝壺《たきつぼ》のような音しか聞こえなかった。車内が終始、無言であったということもあったかもしれない。

サイレンを消してから、約十分でPカーの車列は目的のコンテナ倉庫に到着した。コンテナ倉庫のゲートは、深夜にも拘らず開いていた。Pカーはゲート前に、ほかの車両の出入りを阻害するように展開した。

「着いたぞ」

絆と片桐、それに金田を乗せた下田の車両もエンジンを切った。絆は助手席から降り、辺りに目を配った。

敷地内には照明柱が設置されていたが、点灯しているものは一灯もなかった。防犯装置と一緒に、電源が死んでいるのだろう。コンテナ倉庫は、全体として雨と闇に沈むようだった。

「ちっ。これじゃあ、なんにもわからねえな」

下田はぼやいたが、答えず絆は敷地に足を踏み入れた。

「いえ。そうでもないですよ」

絆にはわかっていた。頑丈なフェンスに仕切られた敷地はかなり広かったが、目指すべき場所は明白だった。

消え入りそうな気配の群れと、それを捉えて目を凝らせば、夜目も鍛えられた絆には土砂降りの雨を通してかすかな光が見えた。

「こっちです」

ゆっくりと進む。十数人は疑念のひとつも口にすることなく、全員が絆の後に続いた。

コンテナ倉庫は背中合わせにコンテナが並び、向き合わせの通りは車が楽に行き来できる幅になっていた。隣り合うコンテナの間にも人が通行できる隙間がある。

絆は隙間から通りを渡って進んだ。目に見えて雨が減じ始めていた。そのせいか、絆の耳にはエンジン音が聞こえた。ディーゼル車が、おそらく三台だった。

「エンジン音もします。近いですよ。気を引き締めていきましょう」

隙間から次の通りに出れば、エンジン音まではさらに近かった。絆はコンテナの角から顔を出し、いきなり走り出た。

「お、おい」

続く下田がさすがに慌てた。だが、

「全員、至急っ」

闇を割く絆の語気に全員が動いた。わらわらと通りに飛び出す。

「なんだ。どうした、ってえ、ん――」

下田の言葉は最後まで続かなかった。

前面に広がる光景は、無残を通り越したものだった。

エンジンを掛けたままの幌《ほろ》付きの二トントラックが三台止まっていた。つけっ放しのライトは一方向を向き、とあるコンテナを照らしていた。扉が開けっ放しのコンテナだ。

そぼ降る雨粒が淋《さび》しげに映し出されるヘッドライトの明かりの中に、いくつもの無残が蠢《うごめ》いていた。

八坂がいた。見知った顔もあった。間違いなくＪＥＴ企画のメンバーだ。

全員がずぶ濡れのまま、まるで地虫のように地べたを這いずっていた。

方向も動きもバラバラだが、なにかを求めているわけではないようだ。目の前にしてさえ消え入りそうな微弱な気に、絆が感じられるものは強烈な怯え・恐怖、それだけだった。

ジェット企画のメンバー全員は、見えないなにかから必死に逃げていた。

――あ、ああ。

――おお、おおお。

雨が小止みになったせいで、彼らが漏らす呪詛《じゅそ》のような呻き声が鮮明だった。

「お、おい、東堂。あいつらは、いったい――。なにがあったんだ」

百戦錬磨のはずの、下田の声すら堅かった。

絆は無言で前に出た。ライトに照らされているからだけでなく、濡れた地面の色が違った。血の臭いが濃密にした。

さらに前進すると、糞尿《ふんにょう》や吐瀉物《としゃぶつ》の臭いも混じった。

靴底になにかを踏んだ。柔らかいが、芯のあるなにかだった。似たようなものは周囲に広くばら撒かれていた。ゴミかと思ったが、足裏が伝える感触はただのゴミにしては異質だった。

絆はかがみ込んで、それをライトに翳《かざ》した。くの字に折れ曲がった、人の指だった。鉈《なた》のようなもので断ち落とされたようで、切断面はひどく潰れていた。

絆は急ぎ、八坂の元へ走った。

八坂は一台のライトに向かい、痙攣《けいれん》のような動きでもがいていた。

伸ばそうとする両手の先には、十本すべての指がなかった。

「八坂っ」

飛び寄って抱き起そうとすると、八坂は指のない手を振って暴れた。

「ひぃぃっ！」

血が飛び散った。青黒く腫れ上がった顔に表情は見られないが、突き抜けた恐怖が絆には〈観〉えた。

「か、勘弁ちしぇくぇよ。も、もう、勘弁ちしぇくぇよぉ」

口中もズタズタなのだろう。言葉はベチャベチャとして聞き取りづらかった。

絆は素早く辺りを見回した。隣も、その隣のメンバーも、手の先に指はなかった。おそらく全員分の指が、雨の中でただのゴミになっていた。

「若松さんっ」

組対ではなく、絆はまず強行犯係の若松を呼んだ。

「こいつら、指を落とされてます。たぶん、全員、全部っ」

なんだって、と後ろの方から答えが返った。

雨を蹴散らす足音があり、渋谷署強行犯係の係長が惨状の中に駆け入った。

「こりゃあ」

若松の確認と判断は早かった。

「おい。救急車だっ。早くしろっ」

若松の指示が部下に飛んだ。

ときならぬ喧騒の始まりだった。一斉に十数人が動き出すが、あまりに無残な光景を目の当たりにし、何人かは口元を押さえてコンテナの間に駆け込んだ。

これは、それほどの事態だった。

絆は半眼に落とした目を、広く全体に据えた。据えたまま、救急車が到着するまで一歩も動かなかった。

想像を超える、現実がある。

そのことを絆は、深く胸に刻み込んだ。

やがて、雨が止んだ。

金田が絆の右隣に出た。片桐が左に出、取り出した煙草に火を点けた。

「初めてか」

紫煙が絆の鼻腔を刺激した。

「そうですね。ここまでのは、さすがに初めてです」

「そうか。けどよ、現実にこういう抗争もあるんだ。組対にいりゃあよ。遅いか早いか、それだけだ」

片桐は一歩前に出た。紫煙の流れがライトに浮かんだ。

「──チャイニーズ・マフィアですか」

絆は問い掛けた。魏老五かとは言わなかった。肩越しに絆を見る片桐の横顔がライトに浮かんだ。一片の乱れもなかった。おそらく聞いても、魏老五は遥かに遠いことだけは理解された。

「チャイニーズだろうがヤクザだろうが関係ねえ。どっちでもいい。今はな」

片桐は煙草を吸った。

「今、お前に必要なのはよ、この光景を見て、お前の心に問うことだ」

「問う？　なにを」

「びびらねえか。あるいは怖くねえかってな。なあ、カネさん」

「ああ。そうだね。これぱっかりは、誰も手助けできないところだからね」

「──びびらないかどうか、怖くないかどうか、ですか」

「そうだ」

「怖いとなったら、どうなんですか」

「ま、仕事なんざ、他にいくらでもあるということだ。どうだ」

「正直、怖いですよ。いや、怖くない人なんかいないと思います」

「ふん。怖いか」

「怖いですね。どうしようもなく怖い。ただし」

絆も前に出て片桐に並んだ。

「それは、刑事であることと相反することじゃない」

「ん？」

「祖父に言われたことがあります。いざというときには臆病であれ。臆病は細心となり、万全を作ると。臆病こそ無敵だと」

「ほう」

片桐の目が細められた。二人の脇を、ちょうど八坂を乗せた救急隊員の担架が過ぎた。八坂は目を恐怖に見開き、小刻みに震えて運ばれていった。

「あんなの見たら、誰だって怖いですよ。でも、この怖さをこそ胸に刻む。こんな怖いことが、なんの罪もない人たちに起こらないように。それが刑事ですよ。それが俺の、仕事です」

「ふん」

片桐は煙草を揉み消した。

「どうだい。カネさん」

片桐が絆越しに金田に声を掛けた。言葉に釣られ、絆も首を回す。

金田は我関せずといった顔で、空を見上げていた。

「どうやら、雨は上がったようだよ」

ビニール傘を肩に引っ掛け、金田は現場に背を向けた。

「亮介、東堂君。帰ろうか」

必要なのは慣れか、克己か。いずれにしても、自分はまだ持たない。

飄々と行く金田の背を見せられては、絆は苦笑するしかなかった。


八坂たちが病院に搬送された翌日、傷害事件の現場として規制線の張られたコンテナ倉庫には、すべてのコンテナに対して令状が許可された。

結果として、散らすように隠匿されていたティアドロップが発見、押収された。ブルーからレッドまで、それぞれが別のコンテナから計三基だ。今がタイミングと見た警視庁上層部は、ティアドロップ殲滅《せんめつ》の大号令を掛けた。この後一ケ月余り、特捜隊は渋谷・新宿両署の組対と合同でこの一件に当たった。もちろん絆もその一員だった。

ＪＥＴ企画は八坂を筆頭に全員、下に関して、つまり売人に関しては総浚《そうざら》いというほどに素直だった。供述に従って摘発された売人は総計で四十人にも上った。販売ルートはほぼ壊滅と言ってよかった。記者クラブにもそう発表された。新型の危険ドラッグとしてマスコミもこぞってティアドロップを扱い、一時期、全体の危険ドラッグに関する啓蒙がＴＶやラジオで再燃した。

ただ、これだけ見れば成果は大と言えるが、全体としての進捗はあまり捗々《はかばか》しいものではなかった。販売ルートと裏腹に仕入れルートに関しては、八坂を含む主だった者たちは口を閉ざし、頑として供述することがなかったからだ。傷害に至る当日の状況も、コンテナ倉庫に向かって以降の供述はすべて拒否だった。命に別状はなかったが、やはり右手の指全部を落された恐怖か。少なくとも罪状を否認しているわけではない連中の口を、取り調べでそれ以上開くことはできなかった。

コンテナ倉庫を管理・運営する金松リースは、八坂たちＪＥＴ企画の連中より厄介だった。ティアドロップに関して初めて、沖田組という組織の関与が浮上したのは大きい。が、だからといって沖田組本体にまで司直の手は届かない。金松リースは当然、フロント企業として用意周到だった。第三者に貸したコンテナだと言い張り、賃貸契約書その他も完璧な物が用意されていた。行き着くのは先の辿れない、架空名義でしかなかった。

付記するとすれば、入院加療から逮捕・拘置・起訴を経ているうちに、ＪＥＴ企画の所属女優がすべて会社側の契約不履行を理由に戸島のエムズに移籍した。近々、撮影に支障をきたしたメーカーと女優、すべてが民事で損害賠償請求を起こすことも検討しているらしい。音頭を取るのはエムズの戸島だった。

八坂にはもう、選択肢などどこにもなかった。倒産、自己破産、そして収監は、定められた一本道だった。

この一連の流れで、エムズに対してもガサ入れを提唱する向きもあったが、時期尚早として警視庁上層部は受け入れなかった。

宮地の殺害事件に関しては引き続き、担当部署が継続捜査ということになった。言うのは簡単だが、時間が掛かり過ぎていた。下田にしても若松にしても、彼らから漏れ聞く印西署にしても、半ばお宮入りは覚悟しているようだった。

季節が残暑から秋に移り変わる頃には、マスコミも世間も新たな話題を求め、ティアドロップを忘れた。

表面上、いったんは、すべてが終息したという方向に流れ、消えたのだった。

終章

一

それから一ケ月後の、W大の学園祭の日だった。

W大の学園祭は盛大だ。毎年、広い構内のいたるところに四百を超えるサークルや同好会の模擬店が所狭しと並び、二日間で二十万人の来場者が見込まれている。

「あ、絆くん。こっちこっち」

「ゴメン。遅れたね」

「ううん。平気だよ」

学園祭最終日の日曜日、絆は尚美と正門前で待ち合わせた。絆が遅れるのはいつものことだが、この日に限ってはあまり責任はない。明け番になる絆は、特捜隊での残務を処理してのち、ひとりで学園祭に顔を出そうと思っていた。尚美が一緒なのは、明け番だと知る尚美が朝イチで入れてきたおはようメールからの遣り取りの結果だ。尚美は尚美で、ゼミの友だちと学園祭に行こうと思っていたようだ。

〈じゃあ、待ち合わせしましょ〉

〈友だちは？　俺はいいよ〉

〈学祭、絆君と行くの初めてでしょ。行けるなら一緒に行きたいの〉

〈でも、寄り道するよ。お昼過ぎには行けると思うけど、ちょっとわからない〉

〈いいの。いつものことでしょ。正門前で待ってる〉

　そんな流れだった。

「あれ。それ、なに？　なに持ってきたの？」

尚美は絆が背中に斜め掛けしている黒い筒に目を止めた。Ａ１サイズのポスターケースだった。

「ああ、これ？　仕事の資料だよ。これのために寄り道したんだ」

絆は、特に詳しくは説明しなかった。尚美も仕事の資料と言われればそれ以上は聞かない。ただ、

「例年通りで大混雑よ。それ、気を付けてね」

とだけは念を押された。

「ＯＫ。じゃ、行こうか」

それから二時間余り、絆は尚美とW大の学園祭を堪能した。母校という場所への親しみか、尚美は常に上機嫌だった。

その後、二人はもっと慣れ親しんだラグビー部へ顔を出した。部室もそうだが、ラグビー部では伝統的に例年、一年生と手の空いているマネージャーが学園祭に模擬店を出すことになっていた。なんの店を出すのも自由だが、ただひとつ暗黙の了解があった。

――儲からなかったら、殺す。

言葉は物騒で一年生は実際ビビるが、必ず訪れるOB連のはからいで、最後には絶対黒字になる仕組みだった。

この年は、なぜかお汁粉屋だった。絆の記憶にある限り、汁粉屋を出店したことはない。

そんな幟《のぼり》がはためいていた。

〈男の本気汁粉〉

「なんか、嫌な感じだな。大丈夫？」

出された溢れそうな汁粉を手には取って、絆は後輩に聞いた。

「問題ないっすよ。東堂先輩」

絆に汁粉を運んできた小山のような身体のラガーシャツが胸を叩いた。

「俺の実家が老舗の汁粉屋なんす。だから餡子《あんこ》は本格っす」

「いや。そうじゃなくて、ネーミング」

絆が怪しい名前の汁粉を、どうですかどうですかと喧しい筋肉たちに囲まれて食べている間、尚美は後輩のマネージャーと談笑していた。そもそも尚美は絆と違い、まだ現役に後輩がいる。笑顔は解れて、普段見ないほど明るかった。男女問わず後輩にちやほやされて、尚美は楽しげだった。

夜までいてください、呑みましょうという部員らに尚美はOKするが、その前に友だちとゼミの催し物に顔を出すという。本来の目的はそれなのだ。ゼミの友だちとも会場で待ち合わせているらしい。

食っても食っても減らない汁粉をようやく平らげると、時を合わせたかのように絆の携帯が振動した。金田からのLINEメールだった。時刻は四時を回っていた。大体予定通りと言えた。

「絆君、どう？　ゼミのほうも付き合ってくれない？」

「悪い。これからしばらくは別行動だ」

「え、一緒に行きましょうよ」

尚美は絆の手を引いた。

「先生に絆君を紹介したいの」

「ゴメン。外せない仕事の延長が、どうしてもあってね」

「仕事仕事って、もう」

頬を膨らます尚美に笑いかけて腕を外す。尚美が催し物会場に向かうのを見送り、模擬店の前を離れた絆は一転して口元を引き締めた。

そろそろ酒も入って異常な盛り上がりを見せ始めた群衆の中を、絆は斜めがけにしたポスターケースもまったく苦にせず進んだ。向かう先は、とあるテニス同好会の模擬店だった。オーガニックジュース、という触れ込みで飲み物を売る模擬店だ。

「いらっしゃいませ」

ラグビー部の連中とは売る物も恰好も、比べ物にならないほど爽やかな青年が声を掛けてきた。

「いや。客じゃないんだ。買ってあげたいけど、もうなにも口に入らなくてね」

「えっ」

柳本君はどこかなと聞けば、ああと青年は手を打った。

「先輩ならサ連の方ですよ。場所はわかります？」

「わかるよ。近くだったね」

「はい。あ、でもホームページに出てるほうじゃないですよ。あれは、ここ何年か全然更新してないみたいなんで」

「うん。わかってる」

「あ、柳本先輩に用があるときは、あっちの方が確実ですよ。こっちはもう引退ですし、ほとんど出てこないですから」

「ありがとう。君は親切だね。それに爽やかだ。何年？」

「え。一年ですけど」

「まだいけるね」

絆が顔を寄せ、声を落とした。

「ここだけの話、ラグビー部はどうだい」

無言で後退りする青年に苦笑を残し、絆はその場を後にした。

二

絆は金田に一本のメールを入れ、柳本がいる場所に向かった。正門から出て斜向《はすむ》かいにあるマンションに首都圏サークル連絡会議、通称サ連が入っていることは確認済みだった。

一階に入っているコンビニの喫煙スペースで、燃えるような夕陽を浴びながら片桐がよお、と片手を上げた。

「久し振りだな。一ケ月振りくれえか」

「そうなりますね」

「どうせならこんな休日じゃなく、学園祭なんて人混みのねえほうがありがたかったけどな」

「すいませんね。どうにも今日が、一番確実だったものですから」

金田のＬＩＮＥは片桐の到着と、もうひとつの準備が整ったことを知らせるものだった。

ひとりでもとも思うが、

「どうせあいつは暇だよ。定期的に動かさないとただの呑んだくれに逆戻りだし、それに──」

ひとつの帰結は、東堂君と組んでもらった以上見せておきなさいと、これは口調からするに金田の命令だった。

「行きましょうか」

「おう」

今日の内容は金田から聞いているようだ。片桐は特になにも問わなかった。

オートロックのエントランスにあるのは、カメラ付きのインターホンだった。絆は迷うことなく６１９の部屋番号を押した。

「はい」

すぐにつながった。声は、久し振りに聞く柳本のものだった。

「やあ」

「え？　ああ、あのときの刑事さん」

「そうではあるけど、今日は違うよ。明け番てやつでね。OBとして学園祭を見に来たんだ。模擬店で聞いたらこっちだって教えてくれたんでね。いいかい」

「え、ああ。どうぞ、今開けます」

エレベータを六階で降りると、サ連の部屋はすぐ近くだった。ふたたびインターホンを押す。通話の前に柳本が中から顔を出した。

「お久し振りです。あれ」

背後の片桐を見て柳本は怪訝な顔をした。

「こちらは片桐さん。大学のOBだよ。剣道部でね。今日は一緒なんだ」

「ああ。そうなんですか。どうぞ」

納得の笑顔に戻り、柳本は二人を招き入れた。部屋は3LDKだった。ファミリータイプの物件だが、リビングには応接セットと事務机とPCが整然と並んでいた。

「あ、こんにちは」

K大の和久井もいた。中にいたのはこの二人だけだった。というか、少なくとも二人がいることは予測していた。

「ああ、こんにちは。外でも言ったけど、今日は明け番なんだ」

片桐とソファに座り、ポスターケースをテーブルに立て掛けた。

「学園祭見てきたよ。久し振りだけど、やっぱりいいね。華やかで、賑やかで。——ああ、ありがとう」

出されたコーヒーを飲む。片桐は終始無言だった。柳本がソファで絆たちの相手をし、和久井はPCの前を離れなかった。

「ところで、今日はふたりだけなのかい」

やがて、絆は何気なく話を切り出した。

「ええ。休日ですし、自分のところの学園祭が重なってる奴も多いですから」

「なるほど。サークル連絡会議の部屋だものね。そういえばK大も昨日今日じゃなかったかい。ねえ、和久井君」

「えっ。あ、まあ」

いきなり振られて和久井は戸惑ったようだ。それはそうだろう。和久井の意識は絆たちになく、PCの画面に向けられていた。

「重なっても出てくるとは、二人とも仕事熱心だね」

「いや。仕事じゃないですけど」

柳本が苦笑しながら頭を掻いた。今なら二人ともが絆を意識していた。

「仕事だろう」

絆はコーヒーを置いた。

「今日は愛媛、S市の市議選だったね。でも残念ながら向こうから連絡は来ないよ。ボランティアで潜り込んだ地元出身者は、たしか麻井《あさい》君だったね。ああ、そういえば君たちの地元でも選挙があったね。五月と七月だったっけ。その二ケ月後には君たちも就職が決まったみたいじゃないか。どっちも、羨ましいくらいに超優良企業だね」

「へ？」

「は？」

どちらも気の抜けた返事だった。絆が口にした言葉の重大さに、まだ気付いていない。

「最初から疑問があったんだ。恵比寿で初めて見た君たちには怯えと緊張が見られた。脅されていたからだと思っていたけど、あれはその後、ああいう場面に遭遇するとわかっていた緊張だね。次の日、学生証を取りにきたときはまったく普通だった」

片桐がやおら立ち上がり、リビングのドアに向かった。この辺は絆との呼吸ができてきた証拠だ。中を向き、ドアに寄り掛かった。

「いいかい。君たちは殺人事件の目撃者だ。犯人はまだ捕まらないんですかとか、自分たちを守ってくれとか、そういう言葉が出るのが普通だ。でも、君たちは普通だった。かえって晴れやかだった。まるで、大きな仕事を終えた後のように」

次第に二人の顔色は青ざめていった。ようやく、絆がなにを言おうとしているのかわかったようだ。

「けど、それから何日かしてある会社のイベントに行った。事件絡みでね。そこで見つけた。ホームページ上の告知に協賛社名とかはなかったから、ラッキーだった」

　絆はポスターケースを手に取った。

「これは、ここに来る前に寄って在庫をもらってきたものだ」

　A1のポスターだった。サイケデリックな色彩の中に文字が浮かぶ。〈爆音Vol.20〉のポスターだ。

「ほら。ここからが協賛企業で」

　注意書きの下に、音響メーカー、広告代理店、アパレルなどの有名協賛企業が協賛口数に応じて並んでいた。二十社はあるだろう。

「だんだん文字も小さくなるけど、で、ここ」

　一番下の、普通なら見ないような小さな文字列の真ん中を絆は指差した。首都圏サークル連絡会議の文字が、かろうじて読めた。

「君たちは〈爆音〉との接点について、なにも言わなかった。それはそうだ。〈爆音〉は、サ連の新人を連れて一度は行く場所。宮地みたいな売人を近づけ、どういう反応をするか試す場所だったんだものね」

　絆は立ち、片桐とは真逆の窓際に寄った。暮れなずむ夕陽の中、左手前方にW大の正門が見えた。

「大学に登録されてる場所は、もうずいぶん使ってないんだってね。たしかにここは、いい場所だ。立地もだけど、家賃もね。買えば八千万はするって言うじゃないか。賃貸とはいえ、たいしたものだ。大したもの過ぎるんで、不動産屋に聞いたんだ。契約者のことをね」

いつの間にか、ＰＣの前で和久井が瘧《おこり》のように身を震わせていた。

「最初は、〈ティアドロップ〉で死んだ三多摩の都議会議員さん。お次に杉並の区議さんだね。だから本庁に廻して調べてもらった。俺が所属する組対じゃないよ。刑事部捜査第二課。わかるかい。贈収賄、官製談合、選挙違反、背任行為、そんなことを扱うところだ」

「け、警察。警察。け、警察」

和久井は意味もなく、震えながら繰り返した。

「調べるとなったら、警察はありとあらゆる手を使うんだ。もう二ケ月も前から密かに動いてる。細大漏らさず、見聞きしてきた。サ連のＯＢたちが住む、全国の地方でね」

絆は室内に向き直り、二人を交互に眺めた。

「どの議員も小さな随意契約に執着していると、これは二課に聞いた。君たちにとっては、そう、ティアドロップの一連は就職活動、だね」

柳本がいきなり立ち上がる。絆は強い調子で言った。

「逃げようなんて思わないほうがいい」

本気ではないが、学生を縫い止めるには十分だったろう。

「俺は明け番だけど、周りは押さえてる。本庁組対がね」

これが先ほどLINEで金田が伝えてきたもうひとつの準備だった。

「杉並の区議さんは一昨日の深夜、逮捕になった。少なくとも薬事法違反までは確定だ。逮捕者はほかにも出るだろう。今日S市で当選する市議も、ボランティアの麻井君も、君たちも」

「あ、あ」

「そ、んな」

ふたりとも重心が定まらないように、ゆらゆらと揺れた。膝から床に崩れ落ちる。

「――ただね、柳本君、和久井君」

絆は口調を和らげた。

「もちろん、罪は償わなければならない。君たちの内定も取り消しになるだろう。けど俺は、あまり君たちを責める気が起こらないんだ」

二人は絆をすがるように見上げた。

「逮捕されるサ連のOBは、みんな地元の超優良企業に就職していた。随意契約の口利きには関与していないようだと、これは二課に聞いた。ひとり残らず、どうしてもいいところに就職したかったと、絶対にいいところに就職できる方法だったと言ってるとね、これも二課に聞いた話だ。——マスコミや政府発表がどうだろうと、就職は厳しい。みんな、必死だったんだよな」

「……は、い」

消え入りそうな声で言ったのは柳本だった。和久井はうつむき、嗚咽《おえつ》を漏らした。釣られたか、柳本の目からも涙が溢れた。肩を落とし、下を向いた。

片桐が寄ってきた。

「ま、こいつらもよ」

いつにない静かな目をしていた。

「ある意味、被害者だな」

絆はうなずくにとどめ、黙って柳本たちを見詰めた。急ぐことはなかった。泣けるなら泣けばいい。そこから立ち上がればいい。いくらでもやり直せる。それが若者の特権だ。

「と、俺は思ってるんだけどな」

絆は呟き、玄関のほうへ目をやった。遅れて片桐も気付いたようだ。すぐに、玄関ドアが開く音がした。

リビングに入ってきたのは、三人の男たちだった。二課ではない。見慣れないが、目つきが鋭く、冷徹な気を発散させる男たちだった。

絆は前に出ようとする片桐を制し、立ち上がって三人を待った。冷徹ではあったが、剣呑ではなかったからだ。

「下の連中は解散させた。このあとは我々が引き継ぐ」

先頭の男が鉄鈴のような声を響かせた。

「どちら様でしょう」

絆は平然と受け、逆に聞いた。男は証票を取り出し、開いた。警視庁警部補、漆原《うるしばら》とあった。

「二課」

漆原が言ったのはそれだけだった。他の二人は無言を通し続けた。

「へえ、二課ね。二課ですか」

絆はすぐに理解した。警視庁の二課と名の付く部署で、所属をぞんざいに二課とだけ告げるところは間違いなくほかにはない。

「手前ぇ、公安か」

口にしたのは片桐だった。漆原は片桐に目を移した。

「片桐、亮介さん。噂は耳に」

「噂だと」

片桐は燃えるような目で一瞬睨み、すぐに顔を背けた。

漆原は片桐の言葉を否定はしなかった。

公安の二課、公安第二課、いや、外事第二課。

一瞬考え、絆は漆原に真正面から目を合わせた。

「宮地、戸島、魏老五、それとも沖田組。いや、もっと違う誰か」

さすがに公安だった。絆の言葉に眉ひとつ動かさず、それどころか、おそらく心臓の鼓動ひとつ変わらなかった。

「なんにしても、半島か大陸の資金に〈ティアドロップ〉が繋がったとか」

漆原は玄関への道を開けた。

「君には、どうでもいい話だ」

問答無用のようだった。少しだけ、癪に障った。

「いいでしょう。——ただしっ！」

絆は言葉に威を込めた。三人が三様に、わずかに身体で反応した。

「彼らをよろしく。彼らの前途を、よろしく」

せめてもの抵抗ではあったが、それしかできないのもまた事実だった。

絆は片桐とともにマンションから出た。辺りはすっかり夜だった。携帯が振動した。

「おや。また、珍しいこともあるもんだ」

表示された名前は、大河原組対部長だった。

「はい。東堂です」

——よお。久し振りだな。

警視庁に入庁以来、これで三度目の直電だった。一度目はいきなり本庁勤めになったときで、二度目はわずか半年で所轄に出されたときだった。

「なんでしょう」

——奴ら、もう行ったかい。

「はい」

——悪ぃな。どうにも根こそぎ持ってきてえみたいでよ。ごねてはみたんだがな。こないだまで部長だった長島は、切れ者だったが道理は知ってたんだが。年寄りを敬《うやま》うとかな。

「そうですか」

——ま、これで終わりじゃねえだろ。

「当然です」

なら、前向けよと言って、大河原の電話は一方的に切れた。

「誰からだ」

片桐が聞いてきた。

「部長です」

「ふん。あの腹黒か」

と吐き捨て、片桐はひとり歩き出した。

「直帰ですか」

問い掛けた。

「そんなわけあるめぇ。酒呑みに行くんだ」

狸を引きずり出してよと、背後の絆に軽く手を振りながら片桐は去った。

その背中を見送り、絆はW大の正門に向かった。

尚美と後輩たちが待っている。

W大学園祭後夜祭の名物は、センター広場を開けての盛大なキャンプファイヤーだった。

三

この日、西崎は自宅でくつろいでいた。

少しのツマミとブランデーとクラシック、それとひとりであること。それが西崎の休日の過ごし方だった。

すべてが順調だった。東品川の倉庫が摘発された後、丈一は予想通り電話を掛けてきて怒鳴った。

――お前がつないだクスリだろうが、なんとかしろよ。

新しいティアを供給元に要求したらしいが、NOと言われたようだ。警察に摘発されたことが伝わり、取引を拒絶されたという。

「知りませんよ。売のルートだけじゃなく仕入れまで。ヘタ打ったのはそっちでしょう。こっちは兄さんに言われた通り、売のルートを懸命になって探してる最中ですよ。人の苦労も知らないで、よくも勝手なことばかり言いますね」

強く言いながら、電話の前からそんなことはわかっていた。丈一が密かに大本まで辿ろうとしていたこともわかっている。販売元として七社嚙ませたダミー会社の五社目、台湾の会社にまで辿り着いたのも知っていた。そこに取引停止の指示を出したのは西崎自身なのだ。

——ああ、おうよ。そうだな。そうだよ。認める。俺が悪ぃや。だからよ、次郎。へっへっ。兄弟じゃねえか。喧嘩するつもりはねえんだ。ここはよ、俺の顔を立ててよ。

もう一回、ティアドロップをつないでくれよと丈一は猫撫《ねこな》で声を出した。そう言い出すだろうということは、西崎のシナリオに書かれていた。続く西崎のセリフは、いいですよに決まっていた。

「その代わり、時間は掛かりますよ。金も。出せとは言いませんが、金の代わりに時間はもらいます」

——いいぜ。任せる。あっちこっち、フロントはまあまあ回ってる。お前ぇにおんぶに抱っこしなくとも、しばらくはなんとかならぁ。

言質を取り、丈一はそれから大人しくなった。

ただし、西崎にはわかっていた。丈一は精一杯のやせ我慢をしているだけなのだ。爪を嚙みながら貧乏揺すりをしながら、ただ黙っているだけなのだ。

フロントからあがってくる上納金など、ティアドロップの売り上げに比べれば微々たるものだ。それに、コンテナに唸るほどだったティアの在庫はすべて警視庁によって没収された。沖田組が仕入れにいくら使ったのかは、西崎が作ったダミーを通しているのだから丸わかりだった。

丈一は調子に乗って馬鹿みたいに買い漁《あさ》った。大打撃は間違いない。

上手くはまったと西崎がほくそ笑むほど。

西崎がブランデーを飲みながら、高笑いが収まらないほど。

それから二ケ月余り、丈一は耳障りな電話を掛けてこなくなった。これからの優位は西崎の手に移ったのだ。

静かだった。自力で獲得した静けさは、格別だった。

だが、そんな西崎の静かな休日を破るかのように、携帯が音を立てたのは陽が暮れてからだった。

「なんだ」

鳴ったのは、私用の携帯だった。表示された名前を見て、西崎は眉をひそめた。そちらを休日に鳴らすのは、現在付き合っている二人の彼女のどちらか、丈一と相場は決まっていた。ほかは想定外だった。

掛けてきたのは、迫水だった。迫水は当然番号を知っているし、掛けるときもある。だが、普通ならそれは平日に限られていた。そもそも三日前に、十月の請求書をまとめにMG興商に顔を出したばかりだった。

明日の月曜日に回せないなにか。

緊急事態、あるいは不測の事態でしか、休日に迫水は西崎の携帯を鳴らしはしない。

「私だ」

――単刀直入に申し上げます。サ連にサツが入りました。例の組対の若造です。ですが、結果としては公安が根こそぎ持っていったようです。

努めて冷静に告げる迫水の声だが、なるほど休日に電話を掛けてくるほど、内容は破壊力に富んでいた。

「――間違いないのか」

――ありません。

サ連の部屋は最初から四六時中、迫水の子飼いに交代で盗聴させていた。学生など端《はな》から信用していない。そもそも魏洪盛とかいうチャイニーズにティアドロップを売ってトラブルの発端を作ったのは、間抜けなサ連の連中なのだ。見せしめと引き締めもあって連中に恵比寿を仕切らせた。宮地を脅したのは迫水だが、魏洪盛を恵比寿に呼び出したのはサ連の二人組だった。

(それがまずかったか。いや、そうじゃないな)

あの東堂絆とかいう組対の若造が、万全だったはずの計画に罅《ひび》を入れたのだ。宮地が魏洪盛を刺し殺す場面の目撃者として、上手いつながりがあって選んだだけだ。

——どこの誰が殺したのかわからねぇのは後々面倒だ。ちょうどいいポリ公がいるから誘導すらぁ。どうでぇ。これが担保だ。お前ぇをどうこうするつもりがねぇってことのよ。お前ぇがパクられたら全部おジャンだからな。そんで、お前ぇは海外に高飛びだ。しっかりやれよ。

迫水からは指示しておいたことを、そう宮地に伝えたと聞いた。宮地という馬鹿な半グレを通して、金松リース、ひいては沖田組に警察の目を向けるためだ。

だから東堂など、沖田組壊滅へ向けた駒のひとつでしかなかったはずだ。

それがどうやら、そうではなかった。それだけでは済まなくなった。西崎が引いた籤《くじ》は、大外れのようだった。しかも公安までついてきた。

「そうか」

西崎は携帯を握り締めた。

「早まっただけと思えば想定の内だが、いずれにせよ面白くはないな」

終わらせるつもりはあった。だがそれは二年後からで、しかもゆっくりと閉めるつもりだった。三年から四年は掛けようと思っていた。その間に落ちるはずだった、二十億三十億の金があっけなく霧散した。

（いや。執着だな）

金などさて置いてもいい。そもそも金に拘っていいことはなにもない。すでに沖田組に、いや、沖田丈一に対抗できるだけの金も人脈もできている。

ただ、幕引きが警視庁というのは気に入らなかった。潰すのではなく、潰されるというのがどうにも気に入らない。自分の計画が、なにも持たないひとりの刑事に潰されるというのが、まったく信じられなかった。

いったいなんなのだ。東堂絆という、組対特捜の男は。

「いやいや。それも執着か」

――え。執着がどうしました。

思わず口を衝いて出た言葉に迫水が反応する。

「ふっ。なんでもない」

苦笑が漏れた。たかが一人の若造に、すでに執着し始めている自分を知る。

「迫水。それで、今後のスケジュールはどうする」

――はい。足がつくことはないでしょうが、もう二度と触れないと。そこを徹底しておきます。いくつか、整理しなければならないことも出てくるでしょうが。

「わかった。サ連の話を知っているのは、盗聴に張り付けたそのひとりだけか？」

――はい。交代の連中は任を解きまして、聞いた奴にはそのまま私のところに来るように言ってあります。

「いくつかの整理の中に、それを入れるのも忘れるな」

――整理、ですか。

「場合によっては、だ。任せる」

――了解しました。

通話を終えた後、西崎は虚空《こくう》を睨んだ。これからのことを考えようとして、まとまらなかった。

「いや。まだだ」

まだ使えるかもしれないと呟き、西崎は公用の携帯を手に取った。

四

キャンプファイヤーは盛大だった。夜に赤々と立ち上る炎は辺り一面を暖かく照らし、ロマンチックにして幻想的だった。

それを囲んで芝生やベンチに座り、思い出を語る者、愛を語る者、夢を語る者の声がさざ波となって炎を揺り動かすかのようでもあった。

尚美はゼミの友だち三人と噴水近くのベンチに座り、そんなキャンプファイヤーを眺めていた。

「ねぇ、尚美。絆先輩、まだなの？」

「そうなのよねぇ」

ベンチから身を乗り出し、ひとりが聞いてきた。

尚美は携帯を手の内で弄んだ。噴水近くのベンチにいると、ＬＩＮＥで絆に教えてはあった。

「もう来ると思うけど」

そのとき、携帯が振動した。

「あ、尚美。絆先輩？」

表示された名前は絆ではなかった。

「え。ううん。違う」

だが、尚美にとっては大事な人物、絆の次に大事な人からだった。

「ちょっとごめんね」

三人に断り、尚美はベンチを立った。

電話が掛かってくることは滅多にないが、だから掛かって来たら絶対に出なければならない相手だった。

心が壊れかけた尚美に目薬型の安定剤を処方してくれ、立ち直らせてくれたお医者さま。警視庁にも知り合いがいるということで、絆が彼女と別れたらしいということを教えてくれたのもその人だった。だから、絆との仲を取り持ってくれた愛のキューピッドでもある。現在勤めるＭＧ興商も、その人の紹介があったから入社できたのだ。

尚美はその医師に、揺らぐことのない絶大な信頼を寄せていた。

最近も、恵比寿に怪しげな男たちが現れることを教えてくれた。

――組対の彼氏に教えてあげるといい。ポイントが上がるよ。

〈爆音Vol.20〉の会場に目薬型の危険ドラッグを持った男が現れることも教えてくれた。

――会場で使ってなくてもいい。目薬なのに舌に垂らしてたって彼氏に教えてあげるんだ。危険ドラッグだからね。強引に止めさせるのはその男のためでもある。同じ目薬型でも、君の処方薬とは違うんだ。その男のは青い色をしている。ほら、君のレッドとはまったく別物だろ。

こんな風に、何度か教えてくれた情報で絆も本当に喜んでくれた。

――お手柄だ。助かったよ。

絆がそう言ってくれたのも、すべては西崎医師のお陰だった。

「はい。星野です。――えっ。今ですか。はい。学園祭に友だちと。――はい。今はひとりです。――ええ。とっても楽しいですわ」

歩きながら通話する。白樺を配した公園の際にあるベンチに座った。

「――はい。もちろんです。――ええ。絆君、とっても喜んでくれましたもの。もっともっと喜ばせてあげたいなぁなんて。ふふっ。――ええ。私もそう思います」

しばらく、遠くにキャンプファイヤーを眺めながら談笑する。揺れる炎と踊るような人型のコントラストは、離れたほうがはっきり見えた。

「――えっ。そのために。もちろんです。あなたのことは信頼してます。――はい。じゃあ。――オープン・マイ・ハート」

電話を切り、電話を胸に抱き締める。

――尚美ぃ。いつまで電話してんのぉ。

友だちの一人が探しに来てくれたようだ。

「あっ。ゴメンゴメン」

尚美は立ち上がり、手を振りながら走り寄った。

尚美が去ったベンチに、ささやかな人の声が流れた。

「――オープン・マイ・ハートね」

絆だった。

絆は、ベンチの上に枝を広げる白樺の裏側にいた。幹に背中を委ねるようにして立っていた。

「オープン・マイ・ハート。オープン・マイ・ハートか。なんとも、意味深だ」

木立の間から沈みゆく月を見上げる。守るように周りで瞬く星々が寂しげに見えた。

「俺が喜んだこと、か」

頭を掻き、公園の側に姿を現す。

真っ直ぐ遠くにキャンプファイヤーを見詰める。

揺れる炎の朱を映し、絆の瞳の中では、光と影がひとつだった。

本書は書き下ろし作品です。
また、この物語はフィクションであり、
実在の人物・団体とは一切関係がありません。

中公文庫

警《けい》視《し》庁《ちょう》組《そ》対《たい》特《とく》捜《そう》K《ケイ》

2016年9月25日　初版発行
2019年4月5日　8刷発行

著　者　鈴《すず》峯《みね》紅《こう》也《や》

発行者　松田陽三

発行所　中央公論新社
〒100-8152　東京都千代田区大手町1-7-1
電話　販売 03-5299-1730　編集 03-5299-1890
URL http://www.chuko.co.jp/

DTP　柳田麻里
印　刷　三晃印刷
製　本　小泉製本

Published by CHUOKORON-SHINSHA, INC.
Printed in Japan　ISBN978-4-12-206285-6 C1193

中公文庫既刊より

各書目の下段の数字はＩＳＢＮコードです。978－4－12が省略してあります。

す-29-2
サンパギータ　警視庁組対特捜Ｋ
鈴峯紅也
非合法ドラッグ「ティアドロップ」を巡り加熱する闇社会の争い。牙を剝く黒幕の魔の手が、絆の彼女・尚美に忍び寄る⁉　大人気警察小説、待望の第二弾！
206328-0

す-29-3
キルワーカー　警視庁組対特捜Ｋ
鈴峯紅也
「ティアドロップ」を捜索する東堂絆の周辺に次々と闇社会の刺客が迫る。全ての者の悲しみをまとい、絆が悪の正体に立ち向かう！　大人気警察小説、第三弾！
206390-7

す-29-4
バグズハート　警視庁組対特捜Ｋ
鈴峯紅也
ティアドロップを巡る一連の事件は、片桐、金田ら多くの犠牲の末に、ようやく終結した。片桐の墓の前で死を悼む絆の前に、謎の男が現れるが――。
206550-5

す-29-5
ゴーストライダー　警視庁組対特捜Ｋ
鈴峯紅也
日本最大の暴力団〈竜神会〉首領・五条源太郎が死んだ。次なる覇権を狙って、悪い奴らが再び蠢き出す――。大人気警察小説シリーズ第五弾。文庫書き下ろし。
206710-3

さ-65-5
クランⅠ　警視庁捜査一課・晴山旭の密命
沢村鐵
渋谷で警察関係者の遺体を発見。虚偽の検死をする美人検視官を探るために晴山警部補は内偵を行うが、そこには巨大な警察の闇が――！　文庫書き下ろし。
206151-4

さ-65-6
クランⅡ　警視庁渋谷南署・岩沢誠次郎の激昂
沢村鐵
同時発生した警視庁内拳銃自殺と、渋谷での交番巡査銃撃事件。警察を襲う異常事態に、密盟チーム「クラン」がついに動き出す！　書き下ろしシリーズ第二弾。
206200-9

さ-65-7
クランⅢ　警視庁公安部・区界浩の深謀
沢村鐵
渋谷駅を襲った謎のテロ事件。クランのメンバーは「神」と呼ばれる主犯を追うが、そこに再び異常事件が――書き下ろしシリーズ第三弾。
206253-5

各書目の下段の数字はISBNコードです。978－4－12が省略してあります。

と-26-11 **SRO Ⅲ キラークィーン** 富樫倫太郎

SRO対〝最凶の連続殺人犯〟、因縁の対決再び!! 東京地検へ向かう道中、近藤房子を乗せた護送車は裏道へ誘導され――。大好評シリーズ第三弾、書き下ろし長篇。

205453-0

と-26-12 **SRO Ⅳ 黒い羊** 富樫倫太郎

SROに初めての協力要請が届く。自らの家族四人を殺害して医療少年院に収容され、六年後に退院した少年が行方不明になったというのだが――書き下ろし長篇。

205573-5

と-26-19 **SRO Ⅴ ボディーファーム** 富樫倫太郎

最凶の連続殺人犯が再び覚醒。残虐な殺人を繰り返し、日本中を恐怖に陥れる。焦った警視庁上層部は、SROの副室長を囮に逮捕を目指すのだが――。書き下ろし長篇。

205767-8

と-26-35 **SRO Ⅵ 四重人格** 富樫倫太郎

不可解な連続殺人事件が発生。傷を負ったメンバーが再結集し、常識を覆す新たなシリアルキラーに立ち向かう。人気警察小説、待望のシリーズ第六弾！

206165-1

と-26-37 **SRO Ⅶ ブラックナイト** 富樫倫太郎

東京拘置所特別病棟に入院中の近藤房子が動き出す。担当看護師を殺人鬼へと調教し、ある指令を出すのだが――。累計60万部突破の大人気シリーズ最新刊！

206425-6

わ-24-1 **叛逆捜査 オッドアイ** 渡辺裕之

捜一の刑事・朝倉は自衛官の首を切る猟奇殺人事件を捜査していた。古巣の自衛隊と米軍も絡み、国家間の隠蔽工作が事件を複雑にする。新時代の警察小説登場。

206177-4

わ-24-2 **偽証 オッドアイ** 渡辺裕之

サバイバル訓練中の死亡事故を調べるため、自衛隊特戦群出身の捜査官・朝倉は離島勤務から召還される。ミリタリー警察小説、第2弾。

206341-9

わ-24-3 **斬死 オッドアイ** 渡辺裕之

グアム米軍基地で続く海兵連続殺人事件。NCISから召還された朝倉は、異国で最凶の殺人鬼と対決する。自衛隊出身の捜査官「オッドアイ」が活躍するシリーズ第三弾。

206510-9